mtb

Zum Buch:

Dieses Weihnachten sollte sich Hollys Traum von der perfekten Winterhochzeit erfüllen. Doch seit ihr Verlobter sie verlassen hat, fühlt sich das Haus im Maple Drive leer und einsam an. Selbst die geliebte Weihnachtsdekoration kann Holly dieses Jahr nicht aufheitern. Da zwängt sich plötzlich ein kleiner Hund mit Fledermausohren durch die Katzenklappe in ihre Küche. Zusammen mit dem Postboten Jack setzt Holly alles daran, Claudes Zuhause ausfindig zu machen. Und dabei öffnen die Bewohner des Maple Drive zum ersten Mal nicht nur ihre Türen füreinander, sondern auch ihre Herzen.

Nie war Weihnachten romantischer und lustiger.

Zur Autorin:

Sophie Pembroke wuchs in Wales auf und lebt nun zusammen mit ihrem Ehemann, einem Wissenschaftler, ihrer fantasievollen Tochter und ihrem abenteuerlustigen Sohn in einem verträumten Städtchen im englischen Hertfordshire. In Sophies Welt gibt es die schönsten Happy Ends, die gemütlichsten Teepausen, und für eine weitere Romanseite hat sie immer Zeit.

Sophie Pembroke

Claude allein zu Haus

Roman

Aus dem Englischen von
Corinna Wieja

mtb

MIRA® TASCHENBUCH
Band 26068

1. Auflage: Oktober 2017

Deutsche Erstveröffentlichung

Titel der englischen Originalausgabe:
Claude's Christmas Adventure

erschienen bei:
Avon Books, London

Published by arrangement with
HarperCollins *Publishers* Limited, UK

Umschlaggestaltung: HarperCollins Germany / Deborah Kuschel,
Artwork HarperCollins *Publishers* Ltd / www.headdesign.co.uk.
Umschlagabbildung: allstars, Coprid, Patry Kosmider,
Ievgenii Meyer / Shutterstock
Redaktion: Anne Schünemann
Satz: GGP Media GmbH, Pößneck
Printed in Germany
Dieses Buch wurde auf FSC®-zertifiziertem Papier gedruckt.
ISBN 978-3-95649-735-3

www.mira-taschenbuch.de

Für Sam
Du bist für mich wie das schönste Weihnachtsfest überhaupt.

1. KAPITEL

CLAUDE

Von der Kiste auf dem Tisch wehte ein wirklich interessanter Duft zu mir herüber. Wahrscheinlich steckten viele leckere Sachen darin.

Schnuppernd hob ich die Nase, während ich mit dem Hinterteil über den Fliesenboden am Küchentisch vorbeirutschte und dabei heftig mit dem Stummelschwanz wedelte. Zwar war ich ein ausgesprochen gut aussehendes Exemplar von einem Hund, aber leider nicht besonders groß. Und egal, wie sehr ich mich auch abmühte, ich konnte die Kiste nicht aus der Nähe begutachten und sie mir erst recht nicht schnappen.

Ich musterte die Stühle. Ein Hund mit athletischerer Statur hätte vielleicht versucht, darauf zu springen, aber meine Beine waren einfach zu kurz dafür. Der Gedanke, dass ich bei dem Versuch flach auf der Schnauze landen könnte, war demütigend und gefiel mir kein bisschen.

Der interessante Duft gefiel mir hingegen sehr. Es roch köstlich.

Ich hatte mich gerade auf meine Hinterbeine gesetzt, um

meine Möglichkeiten durchzugehen, als mich ein Fuß in die Seite traf. Voller Empörung jaulte ich auf und wich zurück.

„Oh!", rief Daisy, einer meiner Menschen, und stolperte. Der Geschenketurm fiel ihr aus den Händen, und die Päckchen purzelten über den Tisch. Und auf den Boden. Und auf einen Stuhl. Überall sah ich rotes und golden glänzendes Papier. Glitzer rieselte herab, funkelnd und schimmernd, aber nicht besonders schmackhaft. Das hatte ich bereits geprüft.

„Claude! Was machst du denn hier? Du hast wirklich ein Gespür dafür, dir immer den ungünstigsten Platz auszusuchen. Oliver!"

Daisy wirkte sauer. Das kam nicht oft vor, deshalb spitzte ich meine Ohren besonders aufmerksam. Gewöhnlich klang Daisy fröhlich, lachte viel und sah so aus, als ob sie mich gleich mit einem Leckerli belohnen würde, weil ich nicht auf ihre neuen Schuhe gesabbert hatte. Das war mir letzte Woche versehentlich passiert.

Heute jedoch schien Daisy nicht in der Stimmung zu sein, mir ein Leckerli – oder gar etwas von den interessant duftenden Sachen in der Kiste – zuzustecken.

Das konnte nichts Gutes bedeuten.

Oliver, Daisys Mann, tauchte im Türrahmen auf. Er hatte offenbar genauso schlechte Laune wie Daisy. „Was ist denn?"

„Bringst du Claude bitte in seine Box im Auto. Er ist eine echte Nervensäge." Pah, die Person, die mich in der Küche versehentlich getreten und überall Geschenke und Glitzer verteilt hatte, war ganz sicher eine viel größere Nervensäge, fand ich. Mit einem lauten Bellen tat ich meine Verärgerung kund, aber

Daisy warf mir nur einen finsteren Blick zu. „Außerdem ist dann wenigstens einer abreisefertig, und es gibt ein Hindernis weniger, über das ich in diesem verflixten Haus stolpern kann."

Ich mag meine Box nicht. Für eine Weile kann ich es zwar darin aushalten, aber sie ist nicht annähernd so gemütlich wie mein Körbchen.

Ich schenkte Oliver meinen treuherzigsten Blick und ließ die Ohren hängen, in der Hoffnung, dass er Mitleid mit mir bekommen würde.

„Schon? Sollten wir damit nicht warten, bis wir alle fertig sind?" Braves Herrchen.

„Wir sind fertig!", blaffte Daisy. Oliver betrachtete die verstreuten Geschenke mit vielsagendem Blick. „Oder wir wären es zumindest, wenn ich nicht alles allein einpacken müsste", ergänzte Daisy.

„Ich bringe Claude ins Auto", sagte er schnell. Sein Selbstschutzmechanismus hatte offenbar über sein Mitleid gesiegt. Das konnte ich ihm nicht einmal verdenken. Und draußen war ich zumindest vor Daisy und ihrer üblen Laune sicher.

Sehnlichst fieberte ich dem Tag entgegen, an dem dieses ganze Weihnachtschaos vorüber sein würde und Daisy wieder zu dem liebenswerten Frauchen werden würde, das ich kannte. Am besten ein liebenswertes Frauchen, das mich mit Leckerlis fütterte. Sosehr ich Weihnachten auch mochte – mit all den Geschenken und interessanten Gerüchen und Lichtern am Baum –, ich fand es jedes Jahr furchtbar, dass Daisy kurz vor dem Fest immer so grummelig wurde.

„Gut. Und danach holst du den Korb mit den Weihnachtsdelikatessen.“ Daisy deutete auf die interessant riechende Kiste. „Und vergiss das Geschenk für die Zwillinge nicht! Ich bringe die restlichen Geschenke raus, und anschließend trommeln wir die Kinder zusammen und verfrachten sie ebenfalls ins Auto.“

„Wenn dann überhaupt noch Platz für sie ist“, murmelte Oliver.

Ich hoffte inständig, dass er nur einen Scherz machte. Als Daisy die Kinder erwähnte, hatte ich die Ohren gespitzt. Ich liebte Daisy und Oliver zwar sehr, aber mit den Kleinen konnte man viel mehr Spaß haben. Vor allem mit Jay, der mit seinen sechs Jahren endlich nicht mehr auf mir reiten wollte und ein paar wirklich tolle Spiele kannte. Die Zwillinge waren noch zu klein, um mit mir toben zu können, aber ich freute mich darauf, sie aufwachsen zu sehen. Ich hoffte, dass ich mit ihnen später genauso viel erleben würde wie mit Jay. Dann gab es noch Bella. Sie war älter als Jay, aber manchmal ging sie mit mir spazieren – gewöhnlich dann, wenn sie Abstand von ihren Eltern brauchte. Gelegentlich redete sie auch mit mir, wenn wir zusammengerollt auf dem Sofa lagen und sie sich unbeobachtet fühlte. Ich glaube, es gefällt ihr, dass ich ihr nicht widersprechen, sondern nur zurückbellen kann.

Trotz allem muss ich zugeben, dass Jay mein Lieblingsmensch ist.

„Komm mit, Claude, alter Junge.“ Oliver hob mich hoch und steuerte die Küchentür an. Als wir am Wohnzimmer vorbeikamen, sah ich die glitzernden Lichter am Weihnachtsbaum und hörte leise das Lieblingsspielzeug der Zwillinge, das immer wieder dieselben Geräusche von sich gab. Vermutlich spielte Jay damit. Mit ihren fünf Monaten interessierten sich die Kleinen noch nicht sonderlich für ihre Spielsachen. Jay dagegen fand sie toll. Ich hab mal an dem ein oder anderen geknabbert, aber Oliver und Daisy haben es mir immer sofort wieder weggenommen.

Was mir nichts ausmachte. So gut schmeckte das Plastikding dann doch nicht.

Draußen war es sehr viel kälter als in der Küche. Die Haustür fiel hinter uns zu, und der Kranz aus Blättern und Beeren, den Daisy zur Dekoration aufgehängt hatte, schlug mit Schwung gegen das Holz. Unser Auto parkte mit weit geöffneten Wagentüren und aufgerissener Kofferraumklappe in der Einfahrt. Vor einer Weile schon war mir aufgefallen, dass wir ein viel größeres Auto besaßen als die meisten anderen in der Straße. Vielleicht deshalb, weil in unserem Haus mehr Leute wohnten als in den anderen Häusern im Maple Drive.

Meine Box stand im Kofferraum, vor mir waren die Sitze von Jay und Bella, die sich wiederum hinter der Bank mit den Kindersitzen befanden, und die waren hinter Oliver und Daisys Plätzen. Meine rote Decke lag auf dem Boden der Box ausgebreitet und darauf entdeckte ich ein paar Kauspielzeuge, mit denen ich mir die Zeit vertreiben konnte. Ich fragte mich, wie weit wir heute wohl fahren würden.

Schließlich war es Weihnachten, und das bedeutete gewöhnlich, dass wir ein paar Tage in Omas und Opas Haus am Meer verbringen würden. Es gefiel mir dort – der Sand fühlte sich komisch unter meinen Pfoten an, und es machte großen Spaß, den Wellen hinterherzujagen, auch wenn sie sich nie fangen lassen wollten. Doch dieses Mal schien irgendetwas anders zu sein. Zunächst einmal fehlte jede Spur von guter Laune. Und manche Sachen, die ich bei Daisys Reisevorbereitungen aufgeschnappt hatte, ergaben keinen Sinn. *Fähre. Frankreich. Château.* Die Wörter hatte ich noch nie in meinem Leben gehört.

Aber sie sprach auch von Oma und Opa, das war also schon mal ein gutes Zeichen. Ohne die beiden wäre es kein richtiges Weihnachtsfest. Sie hatten immer Leckerlis für mich, und ihre Hündin Petal teilte gern ihre Spielzeuge mit mir. Und ihre Menschen.

Ich hingegen teilte meine Menschen überhaupt nicht gern, aber Jay hatte mich sowieso lieber als jeden anderen Hund, daher hatte ich nichts zu befürchten.

Oliver schloss die Tür meiner Box. Ich machte es mir gemütlich und wartete darauf, dass meine Familie zu mir ins Auto stieg. Vorzugsweise mit ein paar Snacks.

Ich musste mich nicht lang gedulden.

„Claude!" Jay flüsterte meinen Namen in einer Lautstärke, in der die meisten Menschen etwas riefen. Beim Klang seiner Stimme sprang ich auf. „Tut mir leid, dass du in deiner Box festsitzt. Ich hab dir was mitgebracht, damit dir auf der Fahrt nicht langweilig wird." Er fummelte an der Tür herum und schob mir ein Kuscheltier zu. Ich schnaubte meinen Dank. Es war nicht irgendein Kuscheltier, sondern der besondere Plüschhund, der wie eine Französische Bulldogge aussah. Oma und Opa hatten es für Jay gekauft, weil sie fanden, dass es mir bis aufs Haar glich.

Ich sah das anders. Mein schwarz-weißes Fell glänzte viel eleganter als das des Stoffhundes.

„Jay!", rief Daisy aus dem Haus. Ihre Stimme klang streng und ungeduldig. Der kleine Junge riss erschrocken die Augen auf.

„Bis später, Claude!" Er schlug die Tür zu und war weg, bevor ihm auffallen konnte, dass das Schloss nicht richtig eingerastet war.

Interessant.

Aber eigentlich wollte ich nirgendwohin. Daher legte ich mich wieder auf meine Decke und schaute in Gesellschaft des Kuscheltiers zu, wie die Familie kam und ging und Kisten und Koffer ins Auto lud. Ein voluminöser Behälter wurde auf dem Dach befestigt. Oliver trat aus dem Haus und kämpfte mit einer riesigen Geschenkschachtel, die größer war als meine Box, und stopfte sie in den Kofferraum neben mich. Auf dem Geschenkpapier waren Bilder von rot-weiß gestreiften Zuckerstangen und goldfarbenen Gebäckmännchen, die köstlich aussahen.

„Das ist nichts zum Fressen", erinnerte mich Oliver. „Wenn du das erste Weihnachtsgeschenk der Zwillinge zerrupfst, ist die Hölle los." Er ging ins Haus zurück, um weiteres Gepäck zu holen.

Als ob ich so blöd wäre. Außerdem hatte ich das schon im vergangenen Monat an Jays Geburtstag ausprobiert. Geschenkpapier schmeckte nur minimal besser als Glitzer.

Jedes Mal, wenn die Tür aufging, hörte man das Geschrei der Zwillinge. Unvermittelt war ich froh, dass ich im Auto warten musste, auch wenn mir noch niemand einen Vormittagssnack zugesteckt hatte.

Oliver balancierte die wunderbar duftende Kiste einen Augenblick neben meiner Box, stellte sie dann aber auf den Rücksitz. „Sicher ist sicher", sagte er und schaute mich bedeutungsvoll an.

Ich schnaubte und drehte ihm das Hinterteil zu. Er musste ja nun wirklich nicht gleich beleidigend werden.

Und dann entdeckte ich noch jemanden vor dem Auto. Jemanden, der eindeutig nicht zu meiner Familie gehörte.

Perdita. Die lächerlich flauschige, unnötig hochnäsige Katze aus Nummer zwölf auf der anderen Straßenseite.

Neugierig reckte sie die Nase empor und schnupperte.

„Was riecht hier so fantastisch?", miaute sie und schlenderte näher. „Oh, tut mir leid. Das kannst du ja nicht wissen. Du sitzt ja in dieser Box fest."

Als ob sie nie in einer Box zum Tierarzt fahren müsste. Katzen. Sie halten sich immer für was Besseres.

„Ich weiß immerhin, dass es nicht dir gehört, ganz egal, was es ist", knurrte ich.

Perdita sprang in den Kofferraum und kletterte vorsichtig über den Gepäck- und Geschenkeberg, um den Korb auf dem Rücksitz zu begutachten. „Riecht nach Fisch. Vielleicht Räucherlachs …" Sie tastete mit einer Pfote auf der aromatischen Kiste herum.

Eine Pfote zu viel für mich.

Ohne Vorwarnung stieß ich die Boxentür auf und sprang bellend hinaus, worauf Perdita erschrocken aufkreischte. Sie machte einen Satz, weg von der Kiste, und schoss über das Weihnachtsgeschenk der Zwillinge hinweg aus dem Auto. Ich stieß ein zufriedenes Brummen aus, und sie fauchte mich an.

Sie wagte es tatsächlich, mich anzufauchen.

Tja. Auch ein Hund hat seinen Stolz. Das konnte ich ihr auf keinen Fall durchgehen lassen.

Ich landete hinter ihr auf dem Bürgersteig und jagte sie über die Straße, raus aus meinem Revier. Weg von meiner Familie.

Wir brauchten hier keine doofen Katzen.

Ich hatte nicht die Absicht, sie einzuholen, und das war eine gute Entscheidung, denn Perdita flog wie der Blitz über die Straße und machte einen Satz über den Zaun von Nummer zwölf. Trotzdem hatte ich ihr meinen Standpunkt wohl unmissverständlich klargemacht, dachte ich zufrieden.

Etwas langsamer trabte ich nun vor mich hin, und als ich an einem gemütlich aussehenden Fleckchen Gras im Schutz einer immergrünen Hecke vorbeikam, beschloss ich, mir eine kleine Pause zu gönnen, um mich von dem Sprint zu erholen. Rennen gehört nicht zu meinen Lieblingsbeschäftigungen. Auch Laufen ist mir eigentlich schon zu anstrengend. Ich stelle mir gern vor, dass ich dafür geschaffen bin, die Füße eines Menschen vor einem Kaminfeuer zu wärmen. Und fürs Fressen natürlich. Leicht keuchend schnappte ich nach Luft. Ich wollte mich nur einen Moment hinlegen, um mich auszuruhen. Dann würde ich zum Auto zurücktrotten. Schließlich wollte ich unbedingt herausfinden, was *Fähre*, *Frankreich* und *Château* bedeuteten.

Plötzlich hörte ich das Zuschlagen von Autotüren und das unverkennbare Geräusch eines startenden Motors. Und das war der Augenblick, in dem mein Abenteuer erst richtig begann.

DAISY

„Gut. Haben wir alles?“ Daisy schnallte Lara im Kindersitz fest und ignorierte dabei das empörte Gemecker ihrer kleinen Tochter, das die Weihnachtsmusik aus der Stereoanlage im Auto übertönte. Oliver kümmerte sich auf der anderen Seite um Luca. Die beiden waren noch so klein und sträubten sich schon gegen alles, was Daisy ihnen beibringen wollte. Wenn sie sich nicht irrte, hatte es bei Bella und Jay länger gedauert, bis sie diesen trotzigen Widerstand an den Tag gelegt hatten, oder? Vielleicht lag das daran, dass sie dieses Mal zwei Babys gleichzeitig versorgen musste. Chaos im Doppelpack nannte Oliver die Zwillinge, und das nicht ohne Grund.

In der Sitzreihe dahinter versuchte Jay, sich selbst auf seinem Sitzkissen anzuschnallen. Bella verdrehte die Augen so verächtlich, wie das nur eine Vierzehnjährige konnte, nahm ihm den Gurt aus der Hand und steckte ihn mühelos in die Halterung.

Wie schnell die Zeit doch verging. In ihrem Inneren fühlte sich Daisy kaum älter als ihre Teenager-Tochter. Tatsächlich hatte sie jedoch vier Kinder, einen aufmerksamkeitsbedürftigen Hund, ein lächerlich großes Auto und ihr stand eine Reise über den Ärmelkanal am Tag vor Heiligabend bevor. Nicht zu vergessen ihren Ehemann, der schon erschöpft und mürrisch wirkte, noch bevor das ganze Abenteuer überhaupt begonnen hatte.

Weihnachten sollte doch eine Zeit der Familie, der Freude und des Feierns sein. Ohne Stress, Räucherlachs aus der Fertigpackung und ohne die geheime Sehnsucht, sich schon um elf Uhr morgens einen Gin Tonic zu genehmigen.

„Die Koffer sind im Auto. Claude ist in seiner Box." Oliver zählte an seinen Fingern ihre To-do-Liste ab. Er hatte die Stimme erhoben, um sich über das immer lauter werdende Geschrei der Zwillinge und der Musik von Slade, die die Ankunft von Weihnachten besangen, Gehör zu verschaffen. Wenigstens bestand die Chance, dass die Kleinen wie gewöhnlich einschliefen, sobald sich das Auto in Bewegung setzte. Sie mussten nur zusehen, dass sie endlich losfahren konnten. „Wir haben Windeln, Geschenke, Snacks und die Reisepässe. Fehlt noch was?"

„Hast du an den Korb mit den Weihnachtsdelikatessen gedacht?" Dieselbe Frage hatte ihre Mutter ihr an diesem Morgen bei jedem ihrer Anrufe gestellt, zusammen mit der Frage, ob sie schon auf dem Weg nach Frankreich seien.

„Steht auf dem Rücksitz zwischen Bella und Jay. Ich fand, dort ist er sicherer als neben Claude."

„Gute Entscheidung." Claude würden zwar weder der Räucherlachs noch die anderen Delikatessen aus dem Marks-und-Spencer-Geschenkkorb schmecken. Das hieß jedoch nicht, dass er sie nicht auffressen würde, nur um sich zu vergewissern, dass sie ihm nicht schmeckten. In der vergangenen Woche hatte er eine ganze Schüssel Cashewkerne verdrückt, und die Woche davor hatte er sich ein Stück Käsekuchen von ihrem Teller stibitzt. Sie war nur kurz nach oben gegangen, um nach den Zwillingen zu sehen, und als sie zurückkam, war der Kuchen weg. Der verflixte Hund war total verfressen.

„Sag mir noch mal, warum deine Eltern das Essen nicht in Frankreich einkaufen konnten“, bat Oliver. Nach einem genervten Blick auf die Lichterkette am Armaturenbrett setzte er sich auf den Beifahrersitz. Das hieß wohl, dass sie fahren sollte. Auch gut.

„Offenbar schmeckt es anders.“ Was eigentlich nach Daisys Auffassung der Sinn der Sache war. Warum sollte man überhaupt nach Frankreich umziehen wollen, wenn man dann doch nur Marks-und-Spencer-Delikatessen in einem etwas sonnigeren Klima genoss? Vielleicht wegen des Weins, schlussfolgerte sie. Das klang logisch.

„Ich verstehe immer noch nicht, warum wir überhaupt fahren müssen“, brummte Oliver. Daisy biss sich auf die Wange, um sich davon abzuhalten, ihm eine scharfe Antwort um die Ohren zu hauen. Schließlich war er es gewesen, der dem Vorschlag ihrer Eltern, Weihnachten in ihrem neuen Haus in der Normandie zu verbringen, so begeistert zugestimmt hatte. Wäre sie an diesem Abend ans Telefon gegangen, könnten sie jetzt ganz in Ruhe zu Hause sitzen und Mince Pies essen.

Zugegebenermaßen hätte das aber auch nicht unbedingt von Erfolg gekrönt sein müssen. Man konnte ihren Vater nur schwerlich von einer Idee abbringen, wenn er sie sich erst einmal in den Kopf gesetzt hatte. Als Einzelkind fühlte sie sich ihren Eltern gewissermaßen verpflichtet. Sie hätte aber zumindest versucht, es ihm auszureden. Welcher liebende Vater bestand schon darauf, dass seine Tochter mit vier Kindern und einem Hund im Schlepptau zwei Tage vor Weihnachten die lange Fahrt über den Ärmelkanal auf sich nahm?

Daisy atmete tief durch. Alles würde wunderbar werden. Ein richtiges, schönes Familienweihnachtsfest. Sie würden Zeit miteinander verbringen und Brettspiele oder Scharade spielen. Sie würde mit ihrer Mutter einen wunderbaren Weihnachtsbraten zubereiten, und alle würden viel zu viel Pudding essen. Claude und Petal würden um Truthahnhappen betteln, Jay würde alle Knallbonbons öffnen, und die Zwillinge würden endlich nachts durchschlafen.

Na, das vielleicht nicht. Selbst die Zeit der Wunder hatte ihre Grenzen.

Das Wichtigste war jedoch, dass sie kostbare Zeit zusammen verbringen würden.

Daisy lächelte leicht. Schön. Wenn sie sich auf die wirklich wichtigen Dinge konzentrierte, fühlte sie sich schon viel gelassener. Sie gab den Zwillingen einen Kuss, worauf die beiden mürrisch das Gesicht verzogen.

„Gut, Kinder, alles klar bei euch da hinten?“, rief sie. Keine Antwort. „Bella?“

Daisy blickte über die Sitzbank nach hinten. Natürlich. Bella hatte ihr Handy in der Hand und starrte auf den Bildschirm, die Kopfhörer im Ohr. Jay war bereits in irgendein Spiel auf seinem Tablet vertieft. In der Hoffnung auf Unterstützung schaute sie zu Oliver. Aber der spielte Candy Crush auf seinem Handy.

Noch einmal atmete sie tief durch, doch dieses Mal brachte es nichts.

„Okay!", zischte sie, beugte sich zwischen den Sitzen nach vorn und riss Oliver das Handy aus der Hand.

„Hey!"

„Gebt mir Handy und Tablet." Fordernd streckte sie die Hand nach Bellas und Jays Geräten aus. Die beiden sahen sie entsetzt an. „Wir machen Familienferien. Der Sinn der Sache ist, dass wir Zeit miteinander verbringen und als Familie wieder zusammenwachsen. Dass wir miteinander reden, unsere Gedanken austauschen und zusammen spielen. Nicht, dass jeder für sich auf irgendeinen Bildschirm starrt, bis wir in drei Tagen wieder nach Hause fahren."

„Und was hast du jetzt vor? Willst du unsere Handys einschließen?" Bella hob die Augenbrauen. „Echt jetzt?"

„Wenn es nötig ist." Konnte sie die Dinger überhaupt irgendwo wegsperren? Daisy ließ den Blick durchs Auto schweifen und entdeckte auf dem Boden vor der Sitzbank den alten Schminkkoffer ihrer Mutter, den sie in einen Erste-Hilfe-Kasten umgewandelt hatte. Der würde für ihre Zwecke schon genügen.

„Aber dann verpass ich ja alles!", jammerte Bella. „Wie soll ich denn erfahren, was zu Hause bei meinen Freunden los ist?"

„Du kannst sie ja fragen, wenn du zurück bist", erwiderte Daisy. Das Quieken der Babys ignorierend lehnte sie sich über den Sitz und schnappte sich Jays Tablet und Bellas Handy. Beides legte sie zusammen mit Olivers Handy in den Schminkkoffer, direkt auf eine halb volle Pflasterpackung und eine antiseptische Wundsalbe, die sich am Deckel grün verfärbt hatte.

„Und was ist mit deinem Handy?", fragte Bella mit Gewittermiene. „Wenn wir unsere nicht benutzen dürfen …"

„Schon gut!" Daisy zog ihr Handy aus der Tasche und legte es zu den anderen auf den Stapel. Dann fischte sie den Schlüssel aus der Innentasche im Kofferdeckel und verriegelte das Schloss. „Erledigt." Das Gemotze von der Rückbank ignorierte sie. „Alle angeschnallt?"

„Ja", kam es trotzig zurück. Daisy schob sich rückwärts aus dem Auto und stieß ein stummes Stoßgebet aus, dass die Zwillinge bald einschlafen würden und sich nicht ausnahmsweise entschlossen, auf der Fahrt wach zu bleiben. Oder dass sie zumindest endlich mit dem Geheule aufhörten. Bei dem Lärm war es schwierig, einen klaren Gedanken zu fassen.

Sie schob den winzigen silbernen Schlüssel in die Tasche ihrer Jeans und warf einen Blick auf die Armbanduhr, während sie mit der anderen Hand die Kofferraumklappe schloss. Für einen Moment zumindest verstummte der Lärm. Verflixt, sie waren spät dran. Die Fahrt nach Portsmouth dauerte mindestens eine Stunde, und die Fähre wartete nicht. Sie würde Gas geben müssen, wenn sie es noch rechtzeitig schaffen wollte. Flüchtig warf sie durch die schmutzige Heckscheibe einen Blick auf Claude. Neben dem riesigen Geschenk für die Zwillinge sah er winzig aus. Was hatte sie sich nur dabei gedacht?

Tja, die Antwort darauf kannte sie natürlich. Sie hatte das Geschenk schon im Oktober gekauft und gedacht, dass sie Weihnachten ausnahmsweise mal zu Hause verbringen würden, statt durchs ganze Land zu fahren, um die Familie zu besuchen. Sie hatte gedacht, dass sie zur Abwechslung mal ein friedliches, ruhiges Weihnachtsfest erleben würden, nur zu sechst. Na gut, zu siebt, wenn man Claude mitzählte.

Sie hatte nicht damit gerechnet, dass ihre Eltern anrufen und verlangen würden, dass sie Weihnachten bei ihnen in Frankreich verbringen.

Daisy seufzte und wiederholte ihr Mantra. Alles würde gut werden. Claude schien zu schlafen. Sie hoffte nur, dass er vor Portsmouth nicht raus musste, um sein Geschäft zu erledigen …

„Können wir jetzt endlich los?", rief Oliver vom Beifahrersitz. Aus seinem Ton schloss Daisy, dass er wenig begeistert darüber war, dass sie sein Spielzeug einkassiert hatte. Tja, Pech gehabt.

„Ja", antwortete sie, so fröhlich, wie sie konnte. Sie schnallte sich an, steckte den Schlüssel in die Zündung und stellte die Weihnachts-CD lauter. „Also, wie soll ich am besten fahren?"

Oliver zuckte mit den Schultern. „Woher soll ich das wissen? Das Navi hab ich auf dem Handy. Das du weggesperrt hast."

Himmel, er war ein noch größerer Schmollkopf als Bella. Daisy hätte nicht gedacht, dass das überhaupt möglich war.

Sie griff unter ihren Sitz und zog den uralten Straßenatlas heraus, den sie seit Bellas Babyzeit nicht mehr benutzt hatten.

„Dann müssen wir den Weg eben auf die altmodische Art finden, oder?“, sagte sie und schenkte Oliver ein zuckersüßes Lächeln, als sie ihm den Straßenatlas reichte. „Wie wäre es mit einem Spiel? Ich fang an. Ich sehe was, was ihr nicht seht, und das fängt mit M an.“

„Muh, muh, muh“, rief Luca kläglich, und Lara jammerte zur Antwort.

„Miese Laune“, riet Bella.

„Mein Tablet“, antwortete Jay traurig.

„Mordsmäßig viele Meilen mit diesem Mist vor uns“, murmelte Oliver.

Daisy vermutete, dass sie bis Portsmouth wohl noch einige Male tief durchatmen musste. Und dass sie einen großen Gin Tonic brauchen würde, sobald sie auf der verdammten Fähre waren.

JACK

Jacks Blick fiel auf den traurig herabhängenden Stechpalmenzweig am Türklopfer von Nummer dreizehn, und er kam zu dem Schluss, dass der Maple Drive die Straße auf seiner Route war, die am wenigsten Festtagsstimmung ausstrahlte. Es schien fast, als hätten die Anwohner Weihnachten vergessen und erst im letzten Moment gemerkt, dass es so weit war, und dann keine Lust mehr gehabt, sich die Mühe mit dem Schmücken noch zu machen. Den ein oder anderen Kranz entdeckte er zwar und hinter einigen Fenstern auch einen geschmückten Weihnachtsbaum, aber das war auch schon alles. Abgesehen von der schönen Eiszapfen-Lichterkette, die ein Fenstersims im oberen Stock von Nummer zwölf zierte. Doch selbst die wirkte im grauen fahlen Winterlicht etwas verloren.

Jack fand keineswegs, dass auf jedem Dach ein beleuchteter Weihnachtsmann mit acht unheimlich im Dunkeln leuchtenden Rentieren thronen sollte. Dennoch hätte er gegen ein bisschen mehr festlichen Glanz nichts einzuwenden gehabt. Er hatte sogar angefangen, auf seiner Postrunde Weihnachtslieder zu summen, nur um die Stimmung in der Straße zu heben. Aber ganz offensichtlich war man im Maple Drive an der falschen Adresse, wenn man Festtagsstimmung und Weihnachtsfreude suchte.

„Schauen Sie sich nur diese geschmacklose Dekoration von Nummer zwölf an. Man kommt sich vor wie im Rotlichtviertel." Mrs. Templeton schüttelte missbilligend den grauhaarigen Kopf. Sie erinnerte Jack an die Direktorin seiner Vorschule, die furchteinflößender und strenger gewesen war als alle seine Vorgesetzten beim Militär zusammengenommen. Wer hätte gedacht, dass es nach zehn Jahren als Berufssoldat immer noch Situationen gab, die seine Knie zum Schlottern bringen konnten.

Mrs. Templeton deutete empört mit dem Zeigefinger auf Nummer zwölf, und Jack fühlte sich verpflichtet, auch hinzusehen, in der Hoffnung, dass sie ihm dann endlich den Erhalt des Päckchens gegenzeichnete. Er konnte jedoch nur die Eiszapfenlichterkette unter dem Fenstersims erkennen. Ein kleiner Lichtfleck an einem dunklen Wintertag.

„Mir gefällt sie eigentlich", sagte er sanft und erntete einen bösen Blick von Mrs. Templeton.

„Das wundert mich nicht." Sie musterte ihn von Kopf bis Fuß, und Jack fragte sich, was sie sah. Einen gutmütigen Postboten oder den Ex-Corporal Tyler? An manchen Tagen war er sich selbst nicht ganz sicher, wer er war.

Mrs. Templeton rümpfte die Nase. „Das Mädchen ist wohl auch ganz hübsch. Wenn auch auf eine übertrieben kitschige Art und Weise."

Ah. Das dachte sie also. Nun, zum Teil hatte sie recht. Die junge Frau von Nummer zwölf war wirklich hübsch. Sehr hübsch sogar. Aber auf eine traurige einsame Art, wie er fand.

In den vergangenen Monaten hatte er zahlreiche Päckchen bei ihr abgeliefert und dabei ausreichend Gelegenheit gehabt, sich eine Meinung zu bilden. Holly Starr aus dem Maple Drive Nummer zwölf schien alles, was sie zum Leben brauchte, online zu bestellen.

„Und ihre schreckliche Katze erst! Da ist sie schon wieder, rennt wie angestochen durch die Gegend!" Jack drehte sich um und entdeckte ein flauschiges schwarz-weißes Etwas, das über die Straße schoss. In einigem Abstand folgte ihr ein schwarz-weißer Hund. Seine überdimensional großen Ohren flatterten beim Laufen.

„Oh, von den Hunden in der Straße will ich gar nicht erst anfangen", sagte Mrs. Templeton, als der Kleine die Verfolgung aufgab und umkehrte. Wahrscheinlich machte er sich auf den Heimweg, vermutete Jack.

„Wenn Sie bitte hier unterschreiben würden", unterbrach er Mrs. Templetons Schimpftirade und hielt ihr das Unterschriftenpad erneut unter die Nase. Nur mühsam verkniff er sich ein Seufzen, als Mrs. Templeton schniefte.

„Dieser moderne Kram." Sie nahm den Kunststoffstift geziert zwischen Daumen und Zeigefinger. „Warum kann man nicht bei Stift und Papier bleiben? frage ich mich."

Jack schenkte ihr ein, wie er hoffte, geduldiges Lächeln. Das fasste sie leider als Ermutigung auf.

„Genau das läuft heutzutage falsch. Alle hängen viel zu sehr an diesen elektronischen Geräten. Vor allem die Kinder. Sogar mein Enkel Zach klebt nur noch vor seinem Computerdings. Aber das liegt daran, dass seine Mutter keine Ahnung hat, wie sie ihn erziehen soll. Bei mir spielt er mit diesem Ding jedenfalls nie." Fast schon drohend, wie Jack fand, deutete sie mit dem Stift auf ihn. „Ich kann mich noch gut daran erinnern, als es all diesen Kram noch nicht gab. Die Kinder haben auf die Erwachsenen gehört und waren zum Spielen draußen auf der Straße. Sie haben nie so altklug getan, als wüssten sie, was gut für sie ist. Und es gab nicht diese kitschige ... Amerikanisierung des Weihnachtsfests." Sie deutete mit dem Stift auf die Eiszapfenlichterkette. „Unmöglich! Lichterketten. Außen am Haus!"

Jack konnte nicht widerstehen. „Sie sollten mal die Häuser in der Cedar Avenue sehen", flüsterte er verschwörerisch. „Auf einem Dach steht ein beleuchtetes Schneewittchen mitsamt den sieben Zwergen."

Mrs. Templeton schnappte sichtlich entsetzt nach Luft. „Aber ... das ist doch überhaupt nicht weihnachtlich!"

Jack zuckte mit den Schultern. „Es gibt auch eins mit einer Krippenszene. Vielleicht würde Ihnen das ja besser gefallen."

„Das bezweifle ich stark."

Jack ebenfalls. „Jedenfalls ..." Er blickte vielsagend auf den Stift, mit dem Mrs. Templeton immer noch jede ihrer Äußerungen untermalte. „Wenn Sie jetzt bitte ..." Er wedelte mit dem Gerät vor ihrer Nase.

„Hmpf." Mrs. Templeton krakelte ein paar Striche aufs Display, und Jack beschloss, dass ihm das als Unterschrift genügte. Er übergab ihr das Päckchen und dazu ein paar Umschläge in Weihnachtskartengröße. Sie betrachtete sie finster. „Sehen Sie sich nur diese Briefmarken an! Was ist aus den guten altmodischen Krippenszenen auf den Weihnachtsmarken geworden, frage ich Sie."

Jack gefielen die Weihnachtsmänner auf den Marken, aber Mrs. Templeton hatte bereits die Tür zugeknallt, bevor er ihr das sagen konnte.

„Frohe Weihnachten, Mrs. Templeton", rief er durch die geschlossene Tür. „Du alte griesgrämige Schachtel", fügte er leise hinzu.

Als er in den Maple Drive gezogen war, hatte er völlig andere Erwartungen von dem Leben hier gehabt. Nach seiner Entlassung aus dem Militärdienst hatte er die Stelle als Postbote angenommen. Und als man ihm einen Vorortsbezirk mit netten kleinen, freundlich aussehenden Häusern und gepflegten Gärten zuteilte, hatte er gedacht, dass er genau das gefunden hatte, wonach er suchte. Einen friedlichen, freundlichen, durch und durch britischen Ort. Einen Ort, wo man sich gelegentlich gegenseitig auf eine Tasse Tee oder ein Stück Kuchen einlud. Oder zumindest einen Ort, wo er Freunde finden und Teil einer Gemeinschaft werden konnte, so wie bei seinen Kameraden zu Armyzeiten, die wie eine Familie für ihn gewesen waren.

Er war sich so sicher gewesen, dass dies der Ort seiner Träume sein könnte, dass er sich sogar eines der kleineren Reihenhäuser am Rande des Bezirks gemietet hatte. Die Straße, in der er lebte, grenzte direkt an den Maple Drive.

Doch schon bald war seine Traumblase geplatzt.

Der Maple Drive mochte zwar wirken wie eine Nachbarschaft, in der Freundschaft großgeschrieben wurde, aber der Anschein und die in Tierformen gestutzten Hecken täuschten. In der Straße lebten Menschen, die verstohlen hinter den Vorhängen hinausspähten, viel beschäftigte Berufstätige, die ihm per Haftnotiz mitteilten, dass er ihre Pakete an seltsamen Verstecken hinterlassen sollte, und Mrs. Templeton. Seit drei Monaten wohnte er schon hier, doch die Gespräche mit seinen Nachbarn konnte er an einer Hand abzählen. Und wenn es doch einmal zu einer Unterhaltung kam, drehte sie sich meistens um Fragen zum Prozedere der Post. Er bezweifelte, dass einer seiner Nachbarn im Maple Drive überhaupt gemerkt hatte, dass er auch dort wohnte.

Seufzend trottete Jack die Sackgasse hinunter. Er steckte ein paar Karten in den Briefkasten von Nummer elf, den der McCawleys, und wollte gerade die Straße überqueren, um das kleine Paket in seiner Posttasche an Holly Starr in Nummer zwölf auszuliefern – die Frau mit der Eiszapfenlichterkette –, als er etwas Glänzendes auf dem Weg entdeckte. Stirnrunzelnd hob er es auf. Es war ein kleiner silberner Schlüssel. Neugierig betrachtete er ihn. Er sah aus wie einer dieser Schlüssel aus einem Knallbonbon oder von einem Tagebuch. Vielleicht war er nicht wichtig, aber dennoch … Er drehte sich um und warf ihn in den Briefkasten von Nummer elf, wo er auf den Karten landete. Auf diese Weise würde die Familie ihn finden, falls sie ihn brauchte.

Nach einem zufriedenen Nicken marschierte er über die

Straße zu Nummer zwölf. Es war Weihnachtszeit. Und die Freude, die es ihm bereitete, Holly Starr ein Päckchen zu überreichen, war wohl das einzige Geschenk, das er in diesem Jahr erhalten würde.

Vielleicht würde er ihr sogar sagen, dass ihm die Eiszapfenlichterkette gefiel.

2. KAPITEL

CLAUDE

Ich flitzte hinter dem Auto her, aber da meine Beine so kurz sind, war die Wahrscheinlichkeit, es noch einzuholen, genauso gering wie die Chance, Perdita zu erwischen. Andererseits konnten Autos nicht auf Zäune klettern, so gesehen war die Chance wohl einen winzigen Hauch größer …

Wie dem auch sei, als ich endlich zu Hause ankam, war das Auto mitsamt meiner Familie weg. Auf dem Weg zu *Fähre*, *Frankreich* und *Château*. Sie hatten mich zurückgelassen.

Allein.

Das ging auf keinen Fall, fand ich. Seit meiner Welpenzeit war ich noch nie richtig allein gewesen. Am Anfang meines Lebens hatte ich meine Geschwister, meine Mutter und die Menschen meiner Mutter. Bald darauf traten Daisy, Oliver, Bella und der winzige Jay in seinem Buggy in mein Leben. Sie nahmen mich mit in den Maple Drive, und ich wusste, dass ich niemals allein sein würde. Na ja, abgesehen von den wenigen Stunden, wo alle aus dem Haus waren. Ehrlich gesagt fand ich es aber gar nicht so schlimm, wenn ich gelegentlich mal ein

Stündchen für mich allein hatte, um ungestört ein Nickerchen zu machen. Meistens war jedoch jemand da, um mich hinter den Ohren zu kraulen, mir den Bauch zu streicheln oder meine Futterschüssel aufzufüllen. Jetzt war das anders. Sie hatten alles eingepackt – sogar die interessant duftende Kiste. Das machten sie auch immer, wenn wir Oma und Opa am Meer besuchen wollten. Ich kam mir vor wie damals beim Campingausflug. In der Woche hatte ich selbst in meinem flauschig weichen warmen Hundekörbchen gefroren. Jay hat schließlich mit mir darin geschlafen. Dass sie alles mitgenommen hatten, verriet mir jedenfalls, dass meine Familie nicht so bald zurückkommen würde. Sie hatten vorgehabt, mich mitzunehmen, dessen war ich mir sicher. Wieso war ihnen nicht aufgefallen, dass ich fehlte?

Wie konnten sie mich einfach hier vergessen?

Mich! Claude! Ihr geliebtes Haustier!

Ich kauerte mich neben den Busch am Ende unserer Einfahrt und tat mir unglaublich leid. Ich fühlte mich einsam und ich wollte Jay. Sogar die Zwillinge wären mir jetzt als Gesellschaft willkommen gewesen.

Dann knurrte mein Bauch, und mir wurde klar, dass die Situation noch schlimmer war, als ich anfangs gedacht hatte.

Ich war nicht nur allein, ich hatte auch noch Hunger. Und da ich ja eigentlich gar nicht mehr hier sein sollte, hatten mir Daisy und Oliver natürlich auch kein Futter dagelassen!

Ich sprang auf, schlenderte die Einfahrt hoch und hopste die drei Stufen zur Haustür hinauf. Ich kratzte am Holz und winselte. Wider besseren Wissens hoffte ich, dass Daisy vielleicht vergessen hatte, die Haustür abzuschließen, und sie vielleicht durch den Druck meiner Pfote aufschwingen würde.

Aber ich hatte Pech.

Vielleicht die Hintertür … Ich rannte um das Haus herum, aber die massive Tür gab ebenfalls nicht nach. Auch die Terrassentüren waren fest verschlossen. Im oberen Stock stand eines der Fenster zwar einen winzigen Spalt offen, aber niemals würde ich so hoch springen können, um mich durchzuquetschen.

Das Haus hätte genauso gut eine Festung sein können, wie die große Holzburg, mit der Jay manchmal in seinem Zimmer spielte. Ich war gewöhnlich sein edles, gut aussehendes Ross. Ich wusste zwar nicht sicher, was ein Ross war, aber edel und gut aussehend traf durchaus auf mich zu.

Ich setzte mich auf die Stufe vor der Hintertür und schaute in den Garten. Wenn ich es schaffen würde, die Leiter hochzuklettern, könnte ich mich ins Baumhaus verkriechen. Allerdings hatte ich das schon ein oder zwei Mal vergeblich probiert, als sich Perdita dort oben versteckt hatte.

Moment mal. Perdita.

Sie allein trug die Schuld an meiner misslichen Lage. Ich wäre nie aus dem Auto gesprungen, wenn sie nicht herumgeschnüffelt und versucht hätte, an die interessante Kiste zu gelangen. Ja, das alles war ganz eindeutig Perditas Schuld. Und das hieß, dass Perdita es auch wieder in Ordnung bringen musste. Oder mir wenigstens etwas Futter beschaffen sollte.

Ich war mir sicher, dass Daisy, Oliver und die Kinder bald zurückkehren würden. Sobald ihnen mein Fehlen auffiel, würden sie sich schnellstens auf die Suche nach mir machen. Wir waren immerhin eine Familie, und Familien hielten zusammen. Sie würden mich an Weihnachten nicht allein lassen. Sie würden in Nullkommanichts zurück sein, vermutlich mit ein paar extra Leckereien als Wiedergutmachung. So wie der mit Kauknochen gefüllte Strumpf, den sie mir im letzten Jahr an Weihnachten geschenkt hatten. Ja, natürlich würden sie zurückkommen.

Ich musste nur geduldig warten. Und in der Zwischenzeit irgendetwas zu fressen finden, damit ich bei Kräften blieb.

Fröstelnd tapste ich zurück zur Straße. An so kalten Tagen wie diesen sehnte ich mich nach dem Mäntelchen, das Daisy mir gekauft hatte. Oliver hatte sie deswegen ausgelacht, deshalb holte sie es nur aus dem Schrank, wenn er es nicht sah.

Auf der gegenüberliegenden Seite befand sich die Nummer zwölf – das Territorium meiner felligen Nemesis. Ich hatte das Haus noch nie zuvor betreten, aber durch meine Begegnungen mit Perdita wusste ich ungefähr, wie es dort aussah. Einmal hatte sie damit geprahlt, dass sich in der Hintertür eine spezielle kleine Klappe befand, die nur für sie angefertigt worden war, sodass sie kommen und gehen konnte, wie es ihr passte. Sie musste nicht warten, bis man sie rausließ, damit sie ihr Geschäft an einem hübschen Fleckchen erledigen konnte, oder darauf, dass man sie danach wieder reinließ. Sie musste auch nicht warten, bis ihr Mensch sie Gassi führte, und niemand konnte sie im Haus einsperren.

Katzen genossen eine Freiheit, von der wir Hunde nur träumen konnten. Aber ich hatte den Eindruck, dass ihnen dadurch auch die enge Beziehung entging, die wir mit unseren Menschen pflegten. Welcher Mensch wollte schon ein Haustier, das ihn nicht brauchte?

Gewöhnlich ging mir die Tatsache, dass Perdita kommen und gehen konnte, wie es ihr beliebte, sogar in meinen Garten, gehörig auf die Nerven. Heute war ich jedoch froh darüber. Denn heute würde ich mir ihren Katzenvorteil zunutze machen und durch ihre kleine Tür spazieren. So viel größer als sie war ich nicht, und ich konnte mich sicher hindurchzwängen, wenn ich es versuchte. Und wenn ich erst mal im Haus war …

Nun, so viel anders als Hundefutter konnte Katzenfutter doch wohl nicht sein.

DAISY

Daisy stieß erleichtert die Luft aus, als der Beamte sie nach einem kurzen Nicken auf die Fähre fahren ließ, nachdem er eine gefühlte Ewigkeit ihre Pässe begutachtet hatte. Eigentlich waren sie nur ein paar Sekunden zu spät dran. Na gut, vielleicht ein paar Minuten. Jedenfalls nicht mehr als eine halbe Stunde.

Ach, wem wollte sie etwas vormachen? Seit der Geburt von Bella haperte es bei ihr mit der Pünktlichkeit. Es kam ihr so vor, als hätten die Kinder ihr die Fähigkeit geraubt, die Uhrzeit abzulesen, oder zumindest die Fähigkeit, korrekt einzuschätzen, wie lange etwas dauern würde. Andererseits war es auch wirklich schwierig einzuschätzen, wie oft die Zwillinge frische Windeln brauchten. Oder wie lange es dauern würde, irgendein Spielzeug zu finden, das Jay verlegt hatte, aber unbedingt mitnehmen wollte. Oder wie lange Bella mit ihr darüber diskutieren würde, warum sie überhaupt zu Weihnachten wegfahren mussten. Sie konnte es zwar aufgrund vorheriger Erfahrungen ungefähr einschätzen, aber immer dann, wenn sie glaubte, sie hätte die Sache endlich im Griff, änderten die Kinder das Spiel und ließen sich etwas Neues einfallen.

„Wir haben es geschafft“, sagte Oliver. Warum musste er bloß immer das Offensichtliche kommentieren? Sie konnten alle mit eigenen Augen sehen, dass sie es geschafft hatten. Schließlich befanden sie sich auf dem verflixten Schiff. Schon seltsam. Damals auf der Uni war er derjenige gewesen, der ihr mit seiner ungewöhnlichen Sicht auf die Welt die Augen geöffnet hatte. Er hatte Dinge wahrgenommen, die anderen entgingen. In letzter Zeit jedoch blieb es bei „Wir sind auf der Fähre“.

Tief durchatmen, Daisy. Wäre es auf der M25 nicht so albtraumhaft voll gewesen, hätte sie sicher nicht solche Probleme, in Weihnachtsstimmung zu kommen. Auf der Autobahn herrschte natürlich immer viel Verkehr, und sie hatte die vage Vorahnung gehabt, dass es so kurz vor dem Fest noch schlimmer sein würde als sonst. Vor ein paar Wochen hatte sie sogar noch daran gedacht, einen Zeitpuffer für die Fahrt einzuplanen. Doch irgendwie war dieser Gedanke in dem Trubel der Reisevorbereitungen, dem Einpacken der Geschenke, dem hektischen Schreiben von Weihnachtskarten an alle, die sie vergessen hatte, und dem nächtlichen Nähen von Jays Schafhirtenkostüm für das Krippenspiel untergegangen.

Friede und Freude waren im vergangenen Monat im Maple Drive Nummer elf reichlich zu kurz gekommen.

„Kann ich jetzt mein Handy wiederhaben?“, fragte Bella vom Rücksitz. Das waren die ersten Worte, die sie von sich gab, seit sie vor vierzig Minuten beim Ratespiel verloren hatte.

„Nein." Daisy dachte nicht mal über die Antwort nach und bedauerte es schon, als die unausweichliche zweite Frage folgte.

„Warum nicht?"

Ja, Daisy. Warum eigentlich nicht? Warum machst du die ganze Angelegenheit noch anstrengender für dich?

Sie seufzte. Weil sie sich ein perfektes Fest wünschte. Sie wollte, dass ihre Familie es genoss, Zeit miteinander zu verbringen. Sie wünschte sich, dass der Stress verschwand und das Hamsterrad aus Schule, Hobbys, Arbeit, Windeln, E-Mails und Bildschirmen nur ein einziges Mal stehen blieb. Sie wollte mit ihnen Weihnachten auf die Art verbringen, wie sie es früher als Kind erlebt hatte.

Nur nicht unbedingt in einem verfallenen Château in Frankreich, in das sich ihre Eltern aus rätselhaften Gründen verliebt hatten und dessen stolze Schlossherren sie nun waren. Aus Gründen, die wahrscheinlich nicht lauteten „Wie wir Daisys Leben schwieriger machen könnten", aber manchmal fühlte es sich genau so an. Eigentlich meistens. Wer kaufte schon aus einer Laune heraus ein Château? Nur ihre Eltern. Und da sie erst vor ein paar Wochen eingezogen waren, würden sie sich glücklich schätzen können, wenn es bei ihrer Ankunft überhaupt Betten für alle gab. Gott allein wusste, in welchem Zustand sich das Haus befand. Alle Zeichen wiesen geradewegs darauf hin, dass die Feiertage in einer einzigen Katastrophe enden würden. Aber Daisy war fest entschlossen, diese Katastrophe abzuwenden und ihrer Familie ein perfektes Weihnachtsfest zu bescheren. Allerdings hätte sie gegen ein wenig Hilfe nichts einzuwenden gehabt.

„Weil wir jetzt gemeinsam auf der Fähre zu Abend essen", sagte Daisy gezwungen ruhig. „Und das wird großartig werden."

Bella stöhnte theatralisch. Aus Olivers Richtung vernahm sie nur ein leises Seufzen.

„Was ist mit Claude?", piepste Jay. „Kann er mitkommen?"

„Natürlich", antwortete Oliver. „Er gehört schließlich auch zur Familie, stimmt's?"

„Stimmt", gab Daisy zurück und fragte sich insgeheim, ob im Restaurant Hunde erlaubt sein würden. Auch das hätte sie vermutlich bei der Planung der Reise überprüfen sollen. Und vermutlich wäre es auch besser gewesen, vorab einen Tisch zu reservieren. Sie hatte sogar kurz daran gedacht, es dann aber wieder vergessen.

Vierzehn Jahre Kindererziehung hatten ihr Hirn offenbar in ein Sieb verwandelt, und sie war unfähig, einen Gedanken von Anfang bis Ende zu …

„Bahh!" Bella rümpfte die Nase. „Riecht ihr das? Ist das Luca oder Lara?"

Oliver zog eine Grimasse. „Dem Gestank nach zu urteilen beide. Wo hast du die Wickeltasche hingepackt, Daisy?"

„Die Wickeltasche?" Woran hatte sie gerade gedacht? Irgendwas wegen des Abendessens. Jetzt war es auf jeden Fall weg. „Hast du die nicht eingepackt?"

„Hab ich das?" Oliver machte ein verdutztes Gesicht. „Vielleicht ist sie im Kofferraum bei Claude unter dem Geschenk der Zwillinge." Dem riesigen, lärmenden Fehler eines Geschenks. Jedes Mal, wenn sie durch ein Schlagloch oder über eine Bodenwelle holperten, hatte das Ding „Old McDonald“ zum Besten gegeben.

Warum? wollte Daisy fragen. Warum hast du die einzige Sache, die wir mit Sicherheit benötigen werden, ausgerechnet an den unerreichbarsten Platz gesteckt? Wurde auch bei Männern das Hirn durch Kinder zum Sieb? Wahrscheinlich.

Oliver machte keine Anstalten, die Wickeltasche zu holen, also schnallte Daisy sich ab und ging zum Kofferraum. Wenn die Windeltasche nicht dort war, würden sie doch sicher auch auf dem Schiff Windeln und Feuchttücher bekommen, oder? Wechselkleidung für die Zwillinge lag im Koffer. Eine vergessene Windeltasche war keine Katastrophe. Ganz ruhig. Friede und Freude. Das war ihr Mantra. Sie würde sich von so einer Kleinigkeit wie einer vergessenen Windeltasche nicht die Weihnachtsstimmung verderben lassen. Auch wenn darin die Lieblingsbeißringe der Zwillinge steckten. Und vermutlich auch ihr Portemonnaie.

Nein. Es war alles in Ordnung. Die Tasche würde im Kofferraum liegen. Oliver war gelegentlich ein wenig unordentlich, und sie war vielleicht nicht die bestorganisierte Mutter in ihrer Nachbarschaft, aber gemeinsam würden sie es doch wohl geschafft haben, so eine blöde Wickeltasche einzupacken. Mit angehaltenem Atem öffnete Daisy den Kofferraum. Erleichtert stieß sie die Luft aus und grinste. Da lag die Wickeltasche, vollgepackt, direkt neben Claudes Box, halb unter der Old-McDonald-Monstrosität. Prima. Sie waren doch nicht so chaotisch. Alles war gut.

„Na komm, Claude“, sagte sie. „Du musst vermutlich auch

dringend mal." Als sie nach dem kleinen Sperrhebel der Box griff, stellte sie fest, dass die Tür bereits offen war. Daisy verdrehte die Augen. Typisch Claude. Zu faul, um zu entwischen, selbst wenn er die Möglichkeit dazu hatte. Durch das Gitter konnte sie sehen, dass er immer noch schlief!

Sie piekte ihm in die Seite. „Aufwachen!" Ihr Finger versank in weichem Plüsch und Füllstoff. Daisy blinzelte, schluckte schwer und spürte, wie ihr die Hitze ins Gesicht schoss. Augenblicklich rauschte das Blut in ihren Ohren, während sich die Welt immer schneller drehte, im Rhythmus mit ihrem wild trommelnden Herzschlag. Sie musste sich hinsetzen. Oder die Flucht ergreifen. Oder schnell einen Gin Tonic runterstürzen. Oder alles auf einmal. „Nein", flüsterte sie, als ihr die schreckliche Wahrheit dämmerte.

Das war nicht Claude. Der Hund in der Box war nicht ihr geliebtes Haustier. Es war Jays verflixtes Spielzeug!

Panik durchströmte sie. Plötzlich war ihr alles andere egal – ihr mürrischer Mann, das furchtbare Riesengeschenk für die Zwillinge, Bellas Teenagerallüren, Jays Gejammer wegen seines Tablets, selbst das lächerliche Château in Frankreich, in dem sie Weihnachten verbringen sollten. Und was kümmerte sie jetzt noch die Wickeltasche.

Das war eine Katastrophe!

Sie mussten zurück zum Maple Drive, zu Claude.

Sofort!

HOLLY

Noch dreiunddreißig Stunden und vierzehn Minuten bis Weihnachten.

Holly rechnete die verbleibende Zeit im Kopf aus. Dabei ignorierte sie die leise innere Stimme, die ihr sagte, dass ihr übertriebener Bastel- und Backwahn inklusive Puderzuckernebel und Sprühkleberdämpfen, den sie im vergangenen Monat ausgelebt hatte, in nur siebenundfünfzig Stunden für ein weiteres Jahr ein Ende haben würde.

Sie wollte nicht, dass Weihnachten vorüberging. Sie liebte das Fest – schon seit ihrer Kindheit. Nicht einmal als trotziger Teenager hatte sie ihren Weihnachtsenthusiasmus verloren, und auch später hatte sie nie zu den desillusionierten Mittzwanzigern gehört, die zynisch erklärten, dass Weihnachten nicht mehr so schön sei wie früher. Nichts hatte in den vergangenen siebenundzwanzig Jahren ihre Liebe zu Weihnachten trüben können, und sie würde auf keinen Fall zulassen, dass ihr verdammter Ex dieses Jahr das Fest für sie ruinierte. Selbst wenn das bedeutete, dass sie jeden Kuchen, jedes Plätzchenrezept backen und sämtliche Festtagsdekoration basteln musste, die sie auf ihrer Pinterest-Pinnwand mit dem Motto „Kreatives Weihnachten“ hinzugefügt hatte.

Zugegeben, ganz so hatte sie sich ihr erstes Weihnachtsfest im neuen Zuhause im Maple Drive nicht vorgestellt. Als Sebastian ihr im Februar den Heiratsantrag gemacht hatte, war sie davon ausgegangen, dass sie Weihnachten gemeinsam mit Freunden feiern und natürlich auch ihre Eltern und zukünftigen Schwiegereltern zu einem Festessen einladen würden. Sie hatte sich ausgemalt, wie sie das Haus geschmackvoll im skandinavischen Stil rot und weiß schmückte, mit einem gelegentlichen Hauch von Silber für etwas Glanz und Glitzer. Sie hatte sich auf schön verpackte Geschenke unter dem Baum gefreut. Am Kamin sollten Weihnachtsstrümpfe für Sebastian, sie und Perdita hängen, und auf dem Rost hätte ein selbst bemalter Teller mit Keksen und einem Glas Sherry für den Weihnachtsmann stehen sollen. Girlanden aus grünen Zweigen, in denen Lichterketten funkelten, sollten das Treppengeländer zieren. Und abends würde sie mit Sebastian auf dem Sofa kuscheln und sich mit ihm *Ist das Leben nicht schön* oder *Die Muppets-Weihnachtsgeschichte* ansehen. Sie würden köstlichen Wein trinken, appetitlich angerichtete Delikatesshäppchen essen und ausgesprochen glücklich sein – und natürlich verheiratet.

In Wirklichkeit sah es in ihrem Haus jedoch aus, als wäre das Bastelzimmer eines Kindergartens explodiert. In dem verzweifelten Bemühen, sich die Weihnachtsstimmung nicht verderben zu lassen, obwohl sie das Fest allein und als Single verbringen würde, hatte sie sich mit Bastelarbeiten und Backen beschäftigt. Sebastian hatte ihre Hobbys gehasst – er gab sein Geld lieber für teure, angesagte Dinge aus und konnte nicht verstehen, warum Holly so gerne selbst werkelte. Manchmal vermutete sie, dass Sebastian sie nie richtig verstanden hatte.

Holly drückte die Klammerpistole so fest gegen das „Parkplatz für den Weihnachtsmann!"-Schild, dass sie abrutschte und die Klammer durch die Küche flog. Sie seufzte genervt. Die Klammer musste sie unbedingt finden, bevor Perdita versehentlich hineintrat. Ihre geliebte – aber zugegebenermaßen auch reichlich verwöhnte – Katze würde ihr das sonst niemals verzeihen.

Perdita hatte Sebastian nicht ausstehen können. Wie es aussah, zu Recht.

Ein Klopfen an der Tür lenkte Holly von der Klammersuche ab. Schnell streifte sie die Glitzerreste von ihrem weihnachtlich roten Kleid und ging zur Tür. Im Flur blieb sie kurz stehen und erfreute sich an dem Anblick der Lichter und der winzigen roten Filzsocken, die anstatt roter Beeren die grüne Girlande am Treppengeländer schmückten. Sie brauchte keinen Ehemann, um ihr Weihnachtsfest perfekt zu machen. Vielleicht entsprach ihre Deko nicht dem minimalistischen, magazinwürdigen skandinavischen Stil, aber sie war definitiv einzigartig. Und Holly hatte sie ganz allein gestaltet.

Vor der Tür stand natürlich der Postbote. Sie konnte sich nicht erinnern, wann zum letzten Mal jemand anderes als ihre Eltern oder der Postbote bei ihr geklingelt hatte. Da ihre Eltern derzeit durch die Karibik schipperten, blieb also anscheinend nur der Postbote übrig. Und da er wirklich heiß aussah, auf geheimnisvolle, breitschultrige, dunkle Art und Weise, hatte sie nichts gegen seinen Besuch einzuwenden.

„Noch ein Päckchen für Sie, Miss Starr." Er schenkte ihr ein herzliches Lächeln, das im krassen Gegensatz zu den leichten dunklen Schatten stand, die sie immer in seinen Augen sah. Vielleicht bildete sie sich die Schatten auch nur ein. Sebastian hatte sich ständig über ihre blühende Fantasie beschwert und behauptet, sie nehme Dinge wahr, die gar nicht existierten. Zum Beispiel, dass er sie liebte.

Allerdings hatte er ihr einen Antrag gemacht. Das zumindest entsprang nicht bloß ihrer Fantasie. Er hatte es sich nur eben vier Monate später anders überlegt.

„Danke." Sie nahm das Päckchen, das der Postbote ihr entgegenhielt, an sich und hoffte inständig, dass ihre Wangen sich nicht röteten. Dass er diese Reaktion in ihr hervorrufen könnte, befürchtete Holly nicht etwa, weil er so attraktiv war, sondern wegen der Tatsache, dass er seit gut einem Monat fast jeden Tag ein Päckchen bei ihr ablieferte. Vermutlich dachte er, dass sie so viel bestellte, um einen Vorwand zu haben, ihn zu sehen. Na ja, sie konnte sich Schlimmeres vorstellen. Zum Beispiel, dass er annehmen könnte, sie wollte die perfekte Weihnachtsdekoration gestalten, um ihre Einsamkeit zu vergessen. Diese Tatsache wollte sie dem Postboten ganz bestimmt nicht unter die Nase reiben. Wenn er jedoch mehr als nur einen Blick in ihren Flur erhaschte, würde er wohl von selbst draufkommen. „Bitte, nennen Sie mich doch Holly."

„Holly“, wiederholte er. Ihr Name bedeutete Stechpalme, doch aus seinem Mund klang er gar nicht dornig, sondern warm und weich. Das gefiel ihr. „Ich bin Jack.“

Jack. Ein guter, starker Name, der Verlässlichkeit ausstrahlte. Und als Postbote war er auch sehr verlässlich. Was Holly nur recht war. Sie konnte täglich einen attraktiven Mann bewundern, der ihr zuverlässig Bastelsachen und Weihnachtsdeko ins Haus lieferte, und musste nichts dabei riskieren. Keine Enttäuschung, kein Herzschmerz. Nur ein kleiner Flirt. Perfekt.

„Hallo, Jack.“ Holly wagte ein Lächeln. Er hatte es sich verdient. Vor allem nach der Ton-Lieferung in der vergangenen Woche. Eigentlich hatte sie nur fünf kleine Päckchen bestellen wollen, aber aus irgendeinem Grund hatte sie fünf Packungen zu je zwanzig Päckchen erhalten. Und die waren ziemlich schwer gewesen.

Sie wusste nicht, was sie sonst noch sagen sollte. Sie hatten sich einander vorgestellt, er hatte ihr das Paket gegeben und jetzt? Sollte sie einfach die Tür schließen? „Bis morgen“ sagen? Mit ihm flirten und einen Scherz machen? In solchen Sachen war sie noch nie gut gewesen. Oh, du lieber Himmel, ihr gelang es nicht einmal, mit dem Postboten zu flirten. Wie sollte sie sich da jemals wieder hinaus in den Datingdschungel wagen? Niemals, so viel war sicher. Vielleicht konnte sie sich ja ihren Traummann aus dem lufttrocknenden Ton basteln.

„Mir gefällt übrigens Ihre Lichterkette“, sagte er. Verdutzt schaute sie ihn an, bis er mit einem Zeigefinger nach oben zum Schlafzimmerfenster deutete. Ach ja. Die Eiszapfen. Sie war sich nicht sicher gewesen, ob sie die Lichterkette überhaupt aufhängen sollte. Niemand sonst im Maple Drive hatte sein Haus geschmückt, aber für sie gehörte eine üppige Anzahl an Lichtdekoration ebenso zur Weihnachtstradition wie der Tannenbaum. Die einsame funkelnde Eiszapfengirlande fühlte sich daher wie ein Kompromiss für Holly an – eine winzige Demonstration ihrer Liebe für das Fest.

„Äh, danke." Und jetzt? Sollte sie Jack ein Kompliment zu seiner Posttasche machen? Was würde eine normale, nicht bastelwütige Frau jetzt tun? Sie konnte sich normal geben, dessen war sie sich fast sicher. Man schaue sich nur die Eiszapfen an!

Der peinliche Moment zog sich in die Länge, während Holly sich fragte, wie sie den Blickkontakt unterbrechen sollte. Bis ein Knall aus der Küche sie erschreckt herumwirbeln ließ.

„Was in aller Welt …?" Sie ließ die Tür offen stehen und rannte in die Küche. Vielleicht war Perdita in die verflixte Klammer getreten und hatte sich erschreckt. Aber ein Jaulen hatte sie nicht gehört. Und Perdita machte sich gewöhnlich lautstark bemerkbar …

„Vorsicht", warnte Jack. Sie drehte sich um und bemerkte, dass er ihr gefolgt war. Seine Posttasche hatte er auf den Rücken geschoben und die Fäuste erhoben, als wollte er ein unsichtbares Gegenüber zum Kampf herausfordern. „Es könnte ein …" Sie betraten die Küche und blieben überrascht stehen. „Ein Hund sein?", beendete Jack seinen Satz.

„Ein Hund", stimmte Holly zu. Aber nicht irgendeiner. Ein kleines, bulliges Fellbündel lag ausgestreckt auf ihrem Küchenboden und sah sie aus traurigen Augen an. Sein Fell war fast ganz weiß; nur die übergroßen Ohren, zwei runde Flecken um seine Augen und ein oder zwei Punkte auf seinem Rücken glänzten tiefschwarz. „Er muss sich wohl durch die Katzenklappe gezwängt haben."

„Muss ziemlich eng gewesen sein", meinte Jack und musterte erst den Hund, dann die Katzenklappe. „Vor allem mit den breiten Schultern. Und dem dicken Bauch."

„Und den Fledermausohren …" Der Hund hatte die Ohren gespitzt, was ihn ein paar Zentimeter größer wirken ließ. „Was ist das für eine Rasse?" Sie hatte noch nie einen solchen Hund gesehen, der nicht nur eine faltige Schnauze und sehr kurze stämmige Beine hatte, sondern dessen Schwanz zudem kaum erkennbar war. Andererseits, wenn sie so darüber nachdachte … hatte die Familie von gegenüber nicht einen Hund? Als erklärte Katzenliebhaberin hatte sie nie bewusst darauf geachtet. Dennoch meinte sie, schon mehrmals zufällig beobachtet zu haben, wie der Mann und das Mädchen von der anderen Straßenseite mit einem Hund spazieren gegangen waren.

Sie hatte sich den Kleinen nur nie genauer angesehen. Diese Ohren …

„Eine Französische Bulldogge, glaube ich." Jack kauerte sich vor das Tier, das Hollys Blick mit gleicher Verwunderung erwiderte. „Moment. Er hat ein Halsband. Hallo, Junge."

Der letzte Satz war natürlich an den Hund gerichtet, denn Jack griff langsam und vorsichtig nach der Marke, die am Halsband des kleinen Einbrechers baumelte. „Er heißt offenbar Claude. Was für ein Name."

„Claude“, wiederholte Holly. „Er sieht nicht aus wie ein Claude.“

„Er sieht aus wie ein Strolch“, stimmte Jack zu. „Abgesehen von den Ohren.“

„Und den Augen.“ Holly runzelte die Stirn und betrachtete das Tier genauer. „Sie sehen … sanft aus. Und traurig.“ In ihnen lagen fast dieselben Schatten wie in Jacks Blick. Das arme Tier strahlte eine Aura der Trauer aus. Oder der Einsamkeit.

Holly bekam Mitgefühl. Vielleicht sollte sie Claude ein Weihnachtshütchen basteln.

„Steht auch eine Adresse drauf? Oder eine Telefonnummer?“, fragte sie und schüttelte das seltsame Gefühl der Verbundenheit mit dem Hund ab.

„Er gehört den McCawleys, aus Nummer elf.“ Jack ließ die Marke los und stand auf. „Das ist auf der anderen Straßenseite. Aber ich glaube, sie sind nicht da. Haben Sie vielleicht ihre Telefonnummer?“

Holly schüttelte den Kopf. Ihr fiel auf, dass sie von keinem ihrer Nachbarn die Telefonnummer kannte. Wozu auch? Sie wohnten ja gleich nebenan.

Außerdem war sie beim Einzug viel zu aufgeregt und verliebt gewesen, um sich Gedanken über andere Leute zu machen. Ihre ganze Welt hatte sich darum gedreht, das Haus zu renovieren, die Hochzeit zu planen und von ihrer Zukunft zu träumen – ihre Leben zu vereinen, wie Sebastian es ausgedrückt hatte, und … Nein, sie wollte nicht an Sebastian denken. Ganz und gar nicht. Obwohl morgen ihre Hochzeit gewesen wäre.

Nein. Zurück zu dem Hund.

„Wir könnten einen Zettel unter ihrer Tür durchschieben", schlug Holly vor. Wie lautete überhaupt die richtige Vorgehensweise für den Fall, dass ein fremder Hund ins eigene Haus einbrach?

„Falls sie nicht im Weihnachtsurlaub sind." Jack richtete sich auf, und Claude sah ihn flehentlich an.

„Glauben Sie, er hat Hunger?" Vielleicht schaute er sie deshalb mit so großen Augen an. Er hätte ohne Probleme in einem Disneyfilm mitspielen können. „Ob Französische Bulldoggen Katzenfutter mögen, was glauben Sie? Etwas anderes habe ich nicht."

Jack zuckte mit den Schultern. „Einen Versuch wäre es wert. Ich hab so das Gefühl, dass der kleine Kerl alles fressen würde, was Sie ihm hinstellen."

Das Gefühl hatte Holly auch, obwohl sie nicht wusste, warum. Sie war ganz gewiss keine Hundeflüsterin. Ihrer Erfahrung nach hatten Tiere ebenso einen eigenen Charakter wie Menschen. Und bisher war sie nicht einmal besonders erfolgreich darin gewesen, einen Menschen dazu zu bringen, das zu tun, was sie wollte.

Sie kramte einen Ersatznapf aus Perditas Schrank und kippte Trockenfutter hinein. Dann stellte sie die Schüssel vor Claude. Kurz darauf fiel ihr ein, dass der Kleine auch noch eine Schale mit Wasser brauchen würde, und stellte sie daneben. Als sie ein paar Schritte zurückwich, merkte Holly, dass der Postbote noch immer in ihrer Küche stand. Obendrein musterte er nun auch noch eingehend den Tisch, der im Augenblick eher der Werkstatt des Weihnachtsmannes glich.

„Sie waren fleißig“, stellte er fest und griff sich eine Girlande mit roten, goldenen und grünen Wimpeln, die am Ende des Tisches lag. Ein Teil der Girlande verfing sich mit den Fäden in den restlichen Dekorationsmaterialien, die auf der Tischplatte verteilt waren. Holly hielt den Atem an und wartete angespannt darauf, dass der Bastelturm mitsamt dem Gewirr aus Lichterketten und dem Gitter, auf denen die Einzelteile für das Lebkuchenhaus abkühlten, in sich zusammenstürzte. Zum Glück passierte jedoch nichts. Das hätte ihr gerade noch gefehlt, den Postboten unter Lebkuchen und Stoffbahnen in ihrer Küche zu begraben. „War das in den vielen Päckchen? Bastelsachen?“

„Meistens“, gab Holly zu. „Basteln und Backen sind meine Hobbys. Ich hab gern was zu tun. Und Weihnachten ist doch die ideale Zeit für Selbstgemachtes, finden Sie nicht?“

„Ich hab noch nie darüber nachgedacht.“ Jack musterte sie mit schräg gelegtem Kopf, und Holly wurde das unangenehme Gefühl nicht los, dass er diesen neuen Informationsbrocken zu all dem anderen packte, was er bereits über sie wusste. Sie wünschte nur, sie wüsste, welche Schlussfolgerungen er daraus zog. Talentierte Hobbybastlerin oder verrückte Pinterest-Süchtige? Für was hielt er sie wohl? „Und was ist in dem Päckchen von heute? Stoff? Pailletten? Wenigstens war es nicht so schwer wie das Zeug von letzter Woche.“

„Das war Ton. Tut mir leid.“ Die unangenehme Röte schoss Holly nun definitiv in die Wangen. „In dem Päckchen heute ist aber nichts zum Basteln. Vermutlich ist es Perditas Weihnachtsjäckchen.“

„Perdita?“ Jack zog die Augenbrauen so hoch, dass sie fast unter den kurzen dunklen Haaren verschwanden, die ihm lockig in die Stirn fielen.

„Meine Katze.“ Na großartig. Es würde sie nicht wundern, wenn er sie jetzt für eine durchgeknallte Katzenlady hielt. So viel zu dem Versuch, normal zu wirken. Jetzt war es jedoch zu spät. Holly öffnete das Paket und zeigte ihm das flauschige rote Teil mit den braunen Bommeln, die wie Weihnachtspuddings aussahen.

„Aha.“ Jack betrachtete die Jacke einen Moment und wendete dann – offensichtlich entsetzt – den Blick ab. „Gefällt es ihr, sich … äh … schick machen zu lassen?“

„Nicht besonders.“ Holly schaute zu Claude, der Perditas Futter verschlang. Ob ihm wohl ein Weihnachtsjäckchen gefallen würde? „Aber ich füttere sie und biete ihr ein Dach über dem Kopf, also wird sie meine Marotten ertragen müssen.“

„Das erscheint mir fair“, sagte Jack. „Vermutlich ist Perdita kein großer Hundefan?“

„Nein, kann man nicht sagen.“ Beide schauten sie zu Claude, der ihre Aufmerksamkeit spürte. Er setzte sich vor die nun leere Schüssel und erwiderte ihren Blick. „Ich glaube, es wird ihr gar nicht gefallen, Claude hier anzutreffen, wenn sie nach Hause kommt. Das ist für sie vermutlich wie eine Szene aus Schneewittchen. Sie wissen schon. ‚Wer hat von meinem Tellerchen gegessen?‘“

Jack seufzte. „Es sieht so aus, als ob du mit mir kommen wirst, alter Junge.“ Er hob Claude hoch. In Jacks starken Armen sah der Hund noch kleiner aus, seine Ohren noch komischer. Zumindest nahm Holly an, dass Jack starke Arme hatte. Sie sahen muskulös aus. Und die Tonlieferung hatte er mühelos gestemmt.

Möglicherweise war sie ein wenig besessen von seinen Armen.

„Ich kann mich auf meiner Runde bei den Nachbarn nach der Telefonnummer der McCawleys erkundigen“, fuhr Jack fort. „Ich wünschte nur, ich hätte eine Leine. Könnte ich mir vielleicht etwas Band von Ihnen ausleihen?“

Holly wandte den Blick von Jacks Armen ab und ging zu Perditas Schrank. „Ich hab was Besseres. Sie können sich Perditas Leine borgen. Man kann sie einfach ans Halsband schnallen.“ Sie drehte sich um und streckte ihm die Leine entgegen, hielt aber inne, als sie feststellte, dass Jack zur Abwechslung sie anstarrte.

„Sie haben eine Leine für Ihre Katze?“

Wieder merkte Holly, wie ihr das Blut in die Wangen schoss. Verflixt, an diesem Nachmittag errötete sie öfter als in den vergangenen fünf Jahren zusammen. „Ja, als wir hier einzogen, war Perdita ein wenig durch den Wind. Und Sebastian meinte … na, egal. Hier bitte.“ Er musste nicht unbedingt wissen, dass Sebastian darauf bestanden hatte, dass sie das „verdammte Katzenviech“ abschaffte, wenn sie es nicht endlich in den Griff bekam. Holly hatte die Leine besorgt, um Perdita in ihrer Nähe zu halten, bis sie sich an die neue Umgebung gewöhnt hatte.

Noch einmal hielt sie ihm die Leine hin, und dieses Mal nahm Jack sie entgegen.

„Sebastian?“, fragte er, während er die Leine an Claudes Halsband befestigte.

„Mein Ex“, erklärte Holly knapp.

„Ach so.“ Stand in seinen Augen Mitleid? Oder … vielleicht, aber auch nur vielleicht, war es etwas anderes.

Holly hoffte es inständig. Sie hatte die Nase voll davon, immer nur Mitleid zu ernten. Vielleicht war es längst höchste Zeit für etwas anderes.

„Viel Glück“, wünschte sie Jack auf dem Weg zur Tür. „Ich meine, mit Claude.“

„Danke.“ Jack schenkte ihr ein Lächeln. „Ich schau später noch mal vorbei, wenn es Ihnen recht ist. Um Sie wissen zu lassen, was ich herausgefunden habe. Und natürlich, um Ihnen die Leine zurückzugeben.“

„Natürlich.“ Holly erwiderte sein Lächeln. „Das wäre … nett.“

„Ja, sehr nett“, wiederholte Jack.

Und dann schauten sie einander wieder stumm an, und das führte zu nichts.

„Bis später dann“, sagte Holly, die Hand an der Tür.

Sie konnte nicht den ganzen Tag rumstehen und flirten. Sie musste noch einen Haufen Mince Pies backen, ein Lebkuchenhaus zusammensetzen und dekorieren und noch ein paar Girlanden basteln.

Während Jack mit Claude die Straße hinunterlief, drehte er sich noch einmal um und winkte Holly zu. Ein warmes Kribbeln breitete sich in ihr aus. Er würde wiederkommen.

Ob Jack wohl Eierpunsch mochte?

3. KAPITEL

CLAUDE

Es ist für einen Hund ziemlich demütigend, an einer Katzenleine herumgeführt zu werden. Selbst wenn niemand außer einem selbst und dem Menschen am anderen Ende der Leine weiß, dass es sich um die Leine einer Katze handelt. Da Postbote Jack diese Lächerlichkeit nichts auszumachen schien, beschloss ich, mich ebenfalls damit abzufinden. Außerdem war die Leine immer noch besser als das hässliche Jäckchen, das Holly für Perdita gekauft hatte. Ich schnaubte zufrieden. Schön, dass meine Erzfeindin in gewisser Weise dafür bestraft wurde, in welche Lage sie mich gebracht hatte.

Die Begegnung mit Holly hatte mich nachdenklich gemacht. Vermutlich genoss Perdita gar kein so freies, leichtes Leben, wie sie immer behauptete. Diese fiese flauschige Katze fühlte sich mir überlegen, weil sie überallhin gehen und alles tun konnte, wonach ihr der Sinn stand. Sie musste niemandem Rechenschaft ablegen, was sie mir ständig unter die Nase rieb. Für mich sah es jedoch so aus, als ob Holly ziemlich an ihrer Katze hing. Und Perdita mochte ihren Menschen wohl auch mehr, als sie zugeben wollte, wenn sie sich Dinge wie Weihnachtsjäckchen und Leinen gefallen ließ.

Deshalb konnte ich Perdita zwar keinen Deut besser leiden, aber ich bekam das Gefühl, dass wir uns ähnlicher waren, als sie dachte.

Außerdem hatte ich ihr Futter gefressen. Es schmeckte natürlich nicht so gut wie meines, aber verlassene Hunde mussten nehmen, was sie bekommen konnten.

Verlassen.

Ein schreckliches Wort. Ich wusste, was mit verlassenen Hunden geschah. Die anderen Hunde redeten nicht gern darüber, aber manchmal im Park oder auf einer Gassirunde hörte man Gerüchte. Ein neuer Hund tauchte auf und wirkte gehetzt und nervös. Und jemand hörte, wie ein Mensch etwas darüber erzählte, dass manche Menschen keine Haustiere verdient hätten. Man hörte von Besitzern, die ihre Hunde schlugen oder ihnen nichts zu fressen gaben oder sie einfach irgendwo aussetzten, allein und verängstigt. Und dass der Hund von Glück reden konnte, dass er ein neues Zuhause gefunden hatte. Diese Hunde sahen jedoch nicht glücklich aus. Zumindest anfangs nicht. Da wirkten sie völlig verängstigt, als ob sie fürchteten, dass ihnen so etwas noch einmal passieren könnte.

Im Laufe der Zeit, wenn sie wirklich Glück hatten, verloren sie diesen gehetzten Blick. Aber manchmal verschwanden sie auch einfach wieder und wir erfuhren nie, was mit ihnen geschehen war.

Die Hunde, die blieben, redeten jedoch gelegentlich darüber. Mir gefielen ihre Geschichten ganz und gar nicht.

Und ich wollte mir auf keinen Fall vorstellen, dass mir etwas Ähnliches passieren konnte.

Nein. Ich schüttelte den Kopf. Meine Ohren flatterten im Wind, während ich neben Jack den Maple Drive entlangtrottete. Ich war kein ausgesetzter Hund. Daisy und Oliver hatten mich nicht zurücklassen wollen. Dessen war ich mir sicher.

Ich konnte mir nur nicht erklären, warum sie nicht schon längst zurückgekommen waren.

Sie mussten doch inzwischen gemerkt haben, dass ich nicht im Auto war, oder?

„Tja, alter Junge", sagte Jack. Ich riss mich aus meinen furchtvollen Gedanken und hörte zu. Man kann Menschen durchaus verstehen, wenn man gut aufpasst. Dennoch ist es ungefähr so, als ob man einem Eichhörnchen oder einer Katze beim Reden zuhört.

Das, was sie von sich geben, ergibt nicht immer gleich Sinn wie bei Gesprächen mit anderen Hunden.

Was ja auch logisch ist. Jeder weiß doch, dass Hunde die intelligentesten Lebewesen sind.

„Sehen wir mal, ob wir jemanden finden, der weiß, wo deine Familie steckt", fuhr Jack fort. Er klang jedoch wenig hoffnungsvoll. Ich nahm es ihm nicht übel. Schließlich konnte ich mich nicht daran erinnern, wann Daisy oder Oliver das letzte Mal mit den Nachbarn gesprochen hatten. Ich unterhielt mich öfter mit Perdita als sie sich mit Holly, das war eine Tatsache. Und es schien im Maple Drive so üblich zu sein. Ich kannte nicht mal die Namen aller Tiere, die in unserer Straße lebten. Und meine Familie war andauernd unterwegs, oft mit mir im

Schlepptau. Wann hätten meine Menschen da noch Zeit finden sollen, um jemandem von ihren Reiseplänen zu erzählen?

Ich sah wohl ziemlich verzweifelt aus, denn Jack kraulte mir die Ohren. „Schau nicht so traurig, Claude. Sicher kommen sie bald zurück. Vermutlich schon, ehe ich mit meiner Runde fertig bin. Sie dachten sicher, dass du im Haus warst, als sie weggefahren sind, oder?"

Ich wusste, dass er mich aufmuntern wollte, doch seine Worte machten mich nur noch trauriger. Was sollte aus mir werden, wenn meine Familie gar nicht plante zurückzukommen? Sie waren auf dem Weg ins *Fähre-*, *Frankreich-* und *Château*-Abenteuer und hatten sicher jede Menge Spaß ohne mich.

Daisy und Oliver hatten mich bestimmt nicht absichtlich zurückgelassen, aber allmählich machte ich mir Sorgen, dass sie mich gar nicht vermissten. Und was sagte das über meinen Platz in der Familie aus?

Die McCawleys waren mein Rudel. Für sie war ich jedoch nur ein Haustier. Und in diesem Fall … ich sah zu Jack auf, der eine Melodie pfiff, die ich von Daisys Weihnachts-CD kannte. Falls ich mir eine neue Familie suchen musste, könnte ich es viel schlechter treffen als mit Jack. Bisher war er sehr nett zu mir gewesen, und er half mir – auch wenn er mir diese Leine angelegt hatte. Er und Holly hatten mich gefüttert, und sie versuchten, meine Familie zu finden.

Ja, Jack und Holly waren gute Menschen. Vielleicht sollte ich sie adoptieren. Warum sollten sich immer nur die Menschen die Haustiere aussuchen? Die beiden würden sich sicher über die

Gesellschaft eines attraktiven Hundes wie mir zu Weihnachten freuen. Unvermittelt fühlte ich mich sehr viel besser, und der Tag und die bevorstehenden Weihnachtsfeiertage sahen nicht mehr ganz so trostlos aus. Ich musste Jack und Holly nur zeigen, dass sie jetzt meine Menschen waren. Zumindest bis Daisy und Oliver zurückkamen.

Das konnte ja nicht so schwierig sein.

DAISY

„Ich glaube, dass Sie den Ernst der Lage nicht verstehen", stieß Daisy hervor, während sie bemüht war, die Fassung zu bewahren. In Gedanken verfluchte sie den Mann am Informationsschalter der Fähre. Sie wünschte ihm Furunkel an unangenehmen Stellen oder dass sich die Lamettaverzierung am Tisch wie eine Schlange erhob und ihn würgte … „Wir müssen nach England zurück. Sofort!"

Jay hatte die dünnen Ärmchen um ihren Bauch geschlungen und ihr Pulli war nass von seinen Tränen. Das war eine Katastrophe. Wieso hatten sie Claudes Fehlen nicht bemerkt?

„Madame, Sie verstehen doch sicher, dass wir das Schiff nicht einfach ‚wenden' können, wie Sie sagen." Der Mann schenkte ihr ein unechtes Lächeln, und Daisy wünschte ihm Schlimmeres als Furunkel an den Hals. Vielleicht entzündete Warzen im ganzen Gesicht … Jay stieß einen weiteren Schluchzer aus, und Daisy beschloss, die stummen Flüche sein zu lassen und sich aufs Betteln zu verlegen.

„Bitte." Sie las sein Namensschild. „Henri. Es geht um unseren Hund, verstehen Sie. Er ist zu Hause. Ganz allein. Wir müssen zu ihm zurück."

In Henris Gesicht spiegelte sich Verachtung. „Ein Hund? Madame, das sind wilde Tiere. Die können sich um sich selbst kümmern. Sie müssen sich bestimmt keine Sorgen machen." Er winkte ab, suchte eine Karte aus dem Plastikständer neben sich und reichte sie Daisy. „Hier, bitte. Für ein Gratisgetränk in unserer Bar. Sie werden Ihre Reise mit uns sicher schon bald so sehr genießen, dass sie den Hund vergessen haben."

Daisy schenkte dem Fährangestellten einen bösen Blick, als sie den Gutschein entgegennahm. Als ob sie bei einem Gratisgetränk Claude vergessen könnten, der ganz allein und sicher völlig verängstigt und, wie sie Claude kannte, hungrig zu Hause saß. Das war jedoch kein Grund, einen Gutschein abzulehnen.

„Wenn es aber ein Notfall wäre? Wenn es um Leben und Tod ginge? Würden Sie das Schiff dann umkehren lassen?" Die Frage schien ihr einen Versuch wert. In ihrer Lage war sie bereit, nach jedem Strohhalm zu greifen, um nach Hause zu Claude zu kommen. Ohne das haarigste Mitglied ihrer Familie wäre das Weihnachtsfest nicht vollkommen.

„Das hängt davon ab, was es für ein Notfall ist", sagte Henri wissend. „Ob Leben und Tod eines Menschen oder eines Tieres auf dem Spiel stehen. Wenn Sie mich jetzt bitte entschuldigen würden …" Er wandte sich ab und winkte den Nächsten in der ziemlich langen Schlange hinter ihr heran.

Sie seufzte. Plan A war total schiefgegangen. Zeit für Plan B.

Sie griff sich noch einige Gutscheine aus dem Ständer, als der Angestellte nicht hinsah, und machte sich dann auf die

Suche nach der restlichen Familie. Jay zog sie dabei hinter sich her.

Oliver wartete mit Bella und den Zwillingen an der Bar auf sie. Vor ihm stand bereits ein Glas Bier. Ein ziemlich sicheres Zeichen dafür, dass er nicht die Absicht hatte, sich in Frankreich hinters Lenkrad zu setzen. Aber bis zu ihrer Ankunft würde es sowieso noch fünf Stunden dauern. Wenn er nicht noch sehr viel mehr trank, konnte sie ihn vielleicht dazu überreden, dass er fuhr.

Es war eindeutig an der Zeit, dass er zur Abwechslung mal was tat.

Sie warf die Gutscheine auf den Tisch und setzte sich mit Jay auf die mit Samt überzogene Sitzbank. Ihr Sohn klammerte sich noch immer mit beiden Armen an sie.

„Im Restaurant gab es keinen Platz mehr. Aber sie haben hier Chips." Oliver hielt ihr die Packung hin. Daisy ignorierte sie. „Hattest du keinen Erfolg mit deiner Mission, das Schiff wenden zu lassen?", fragte er mit hochgezogenen Augenbrauen.

Daisys Körperhaltung verspannte sich. „Na los, reib es mir schon unter die Nase, dass du es mir ja gleich gesagt hast."

„Einen Versuch war es wert", meinte Oliver schulterzuckend, obwohl sie ziemlich sicher war, dass er etwas anderes dachte. Er hatte ihr deutlich zu verstehen gegeben, dass er ihren Vorschlag für lächerlich hielt. Aber vermutlich war selbst den unaufmerksamsten Ehemännern klar, dass es eine Grenze gab, die sie bei ihren Ehefrauen besser nicht überschritten. Und egal, was er dachte und sagte, sie hatte etwas tun müssen. Jay hatte sie aus großen feuchten Augen angestarrt, die Zwillinge hatten geweint, und sogar Bella sah traurig statt motzig aus. Der Gedanke, dass Claude allein und zitternd in der Kälte saß und von Leckerlis träumte, brach ihr das Herz.

„Und was machen wir jetzt?", fragte Bella. Daisy musterte ihre Tochter. Sah sie da etwa einen Hauch von Begeisterung in ihrer Miene? Es war so lange her, dass Bella sich für irgendetwas begeistert hatte. „Wir müssen doch zurück, oder? Und Weihnachten im Maple Drive verbringen?"

Ja, das war definitiv Begeisterung. Aber weshalb? Weil sie nach Hause fahren mussten? Daisy verstand, warum sie Weihnachten nicht in Frankreich verbringen wollte. Bella hatte ihre Meinung darüber laut und deutlich verkündet. Aber warum wollte sie unbedingt in den Maple Drive zurück? Im vergangenen Jahr hatte sie sich weiß Gott oft genug über ihr Zuhause beschwert.

Irgendetwas ging in ihrer Tochter vor, und Daisy war entschlossen herauszufinden, was es war. Sobald sie sich vom schluchzenden Jay gelöst, die Zwillinge gefüttert und entschieden hatte, was sie wegen Claude tun sollten.

„Aber bis wir zu Hause sind, wird es sicher noch eine Weile dauern, oder?", fuhr Bella fort. „In der Zwischenzeit müssen wir doch was tun. Zum Beispiel … einen Social-Media-Hilfe-Aufruf. Ja, wir brauchen eine Findet-Claude-Kampagne. Wir könnten sein Foto ins Internet setzen, und Leute aus ganz England können es teilen und Ausschau nach ihm halten und uns mitteilen, wo sie ihn gesehen haben und …"

„Ich bezweifle, dass Claude sich aus dem Maple Drive fortbewegt hat“, sagte Oliver trocken. „Vermutlich sitzt er auf der Treppe vorm Haus.“

Bella sackte sichtlich in sich zusammen, und Daisy schenkte Oliver einen wütenden Blick. „Das ist eine tolle Idee!“, sagte sie und tätschelte ihrer Tochter die Hand.

Bellas Gesicht leuchtete auf. „Super! Gibst du mir mein Handy zurück? Damit ich die Suchkampagne nach Claude starten kann.“

Ihr Handy. Natürlich, das erklärte alles. „Eins nach dem anderen.“ Daisy reichte Bella zwei Gutscheine. „Hol mir bitte zuerst eine Diätcola und für Jay einen Apfelsaft.“ Der Gin Tonic musste leider warten.

Bella verdrehte zwar die Augen, aber sie ging zur Bar. Das betrachtete Daisy als kleinen Fortschritt.

„Also“, sagte Oliver und reichte Jay eine Serviette, damit er sich die Nase putzen konnte. „Was machen wir jetzt? Wollen wir wirklich im Internet so ein Tränendrüsenvideo veröffentlichen, in dem wir Claude mitteilen, dass wir nicht böse sind, sondern nur wissen wollen, dass es ihm gut geht?“

Daisy ignorierte seinen sarkastischen Ton. „Wir müssen auf jeden Fall sichergehen, dass mit Claude alles in Ordnung ist“, dachte sie laut. „Damit hat Bella recht. Vielleicht können wir die Nachbarn anrufen und sie bitten, nach ihm Ausschau zu halten.“

„Haben wir denn überhaupt die Nummer von irgendeinem Nachbarn?“ Oliver runzelte die Stirn. „Ehrlich gesagt kann ich mich nicht mal an die Namen der meisten erinnern.“

„Hm … ich glaube, ich habe Mrs. Templetons Nummer im Handy gespeichert, wegen dieser Nachbarschaftswache, für die sie uns einspannen wollte." Es wäre natürlich besser gewesen, wenn sie die Telefonnummer von irgendeinem anderen Nachbarn gehabt hätte, aber es war schließlich ein Notfall.

„Glaubst du wirklich, Mrs. Templeton wird sich auf die Suche nach Claude machen und ihn bis nach Weihnachten mit Hundekuchen füttern, nur weil wir sie darum bitten? Sie ist nicht unbedingt Claudes größter Fan."

„Und uns mag sie auch nicht." Mrs. Templeton schien immer in der Nähe zu sein, wenn Claude oder eines der Kinder etwas angestellt hatte. Daisy vermutete, dass die alte Schreckschraube den ganzen Tag am Fenster verbrachte, nur um sie auf frischer Tat zu erwischen. Sie seufzte. „Uns bleibt wohl keine andere Wahl. Wir haben von niemandem sonst die Telefonnummer, und wir können Claude nicht einfach seinem Schicksal überlassen. Wenn wir ihr sagen, dass wir schnellstmöglich zurückkehren, wird sie uns doch sicher helfen."

„Kehren wir denn schnellstmöglich zurück?", fragte Oliver. „Werfen wir die ganze Idee, Weihnachten bei deinen Eltern in ihrem neuen Château zu verbringen, einfach in den Müll?" Beim Wort „Château" malte er Anführungszeichen in die Luft. Daisy überkam das Gefühl, dass er vom letzten Immobilienkauf seiner Schwiegereltern nicht sonderlich viel erwartete. Was sie ihm nicht verübeln konnte. Auch sie rechnete mit Mäusen im Haus und bröckelndem Mauerwerk.

„Das müssen wir doch, findest du nicht?", sagte Daisy. „Wir müssen zumindest versuchen, ein Ticket für die nächste Fähre nach England zu bekommen. Ich rufe Mum und Dad an und erkläre ihnen alles. Sie werden es sicher verstehen."

Oliver wirkte nicht überzeugt, aber was blieb ihnen schon anderes übrig. „Gut, dann brauchen wir zuerst die Handys wieder. Gibst du mir den Schlüssel?“ Darüber schien er sich zumindest zu freuen. Sogar Jays Gesicht heiterte sich bei der Aussicht, sein Tablet wiederzubekommen, auf.

„Na gut“, schnaubte Daisy. Sie griff in die Jeanstasche und fischte nach dem winzigen silbernen Schlüssel. Sie hatte ihn ganz sicher dort hineingesteckt. Doch sie fand ihn nicht.

Oliver beobachtete mit wachsendem Entsetzen, wie Daisy zerknüllte Papiertaschentücher, eine Tankquittung, zwei Bonbons und eine glitzernde grüne Geschenkschleife aus den Taschen kramte. Aber keinen Schlüssel.

„Vielleicht gibt es hier irgendwo ein Telefon“, sagte sie hoffnungsvoll, als Oliver seinen Kopf auf den Tisch hämmerte.

JACK

Jack wusste nicht, wann er zum letzten Mal mit einem Hund spazieren gegangen war. In seiner Kindheit hatte seine Familie immer Hunde gehabt. Allerdings waren diese deutlich größer gewesen, Labradore oder Border Collies, niemals eine so kleine Rasse wie die Französische Bulldogge, die gerade neben ihm lief. Jacks letzter Hund war kurz vor dem Tag gestorben, an dem sein Dad seiner Mum in den Himmel gefolgt war. Kurz nachdem Jack sich bei der Army gemeldet hatte. Doch das Leben beim Militär hatte keine Zeit für Haustiere gelassen.

Er warf einen Blick auf Claude, der, die übergroßen Ohren gespitzt und auf die Umgebungsgeräusche lauschend, am anderen Ende der glitzernden pinken Leine neben ihm hertrabte. Vielleicht sollte er noch mal seinen Mietvertrag überprüfen. Zwar wusste er, dass Haustiere verboten waren, aber vielleicht gab es ein Schlupfloch. Oder er könnte umziehen …

Er hatte seinem Chef schon eine E-Mail geschrieben und um Versetzung gebeten. Der Maple Drive hatte seine Erwartungen enttäuscht. Es brachte nichts, noch länger hierzubleiben und abzuwarten, ob die Dinge sich ändern würden. Das taten sie seiner Erfahrung nach ohnehin nie. Nein, es war an der Zeit, weiterzuziehen und woanders sein Glück zu versuchen. Vielleicht würde ein Hund ihm bis dahin die Gesellschaft bieten, nach der er sich sehnte. Ein richtiger Hund. Einer, der einen anständigen Schwanz zum Wedeln hatte und weniger auffällige Ohren.

„Tja, wir sollten wohl besser herausfinden, ob jemand weiß, wo sich deine Besitzer herumtreiben, mein Junge." Wunderbar, jetzt redete er schon mit einem Haustier. So sehr fehlten ihm menschliche Beziehungen anscheinend. Andererseits hatte er sich heute ein wenig mit Holly angefreundet. Das glaubte er zumindest. Es war schon eine Weile her, dass er sich so sehr mit einem Menschen verbunden gefühlt hatte. Aber vielleicht bildete er sich das auch nur ein. Vielleicht fragte sie sich: „Was will dieser Fremde in meinem Haus?" Ebenso wie sie sich über Claude fragte: „Was will dieser fremde Hund hier?"

Die Begegnung war definitiv seltsam gewesen. Trotzdem freute er sich schon darauf, Holly später wiederzusehen.

Zunächst musste er jedoch seine Runde beenden. Und sich etwas wegen Claude einfallen lassen, der ihm ziemlich nah auf die Pelle gerückt war, während er neben ihm hertrottete.

„Ich hoffe, einer der Nachbarn weiß, wie ich mit Mr. und Mrs. McCawley Kontakt aufnehmen kann." Er hatte keine Ahnung, was er mit Claude andernfalls anfangen sollte. Claude rückte noch ein Stück näher heran und brachte Jack beinahe zu Fall, als hätte er genau dieselbe Sorge. Vielleicht ist das auch so, dachte Jack, während er einen kleinen Hopser machte, um sich nicht in der Leine zu verfangen. Niemand war schließlich gerne allein.

Er selbst kannte das Gefühl nur zu gut. Obwohl man ihn nicht verlassen hatte. Er hatte sich entschlossen zu gehen. Das durfte er niemals vergessen.

Bei den ersten Häusern, an denen sie vorbeikamen, brannte kein Licht. Jack klopfte trotzdem an, bevor er die Weihnachtskarten und die Rechnungen in den Briefkastenschlitz steckte. Niemand öffnete ihm.

Die nächste Tür wurde von einer gehetzt wirkenden jungen Frau aufgerissen, die ein Baby in den Armen hielt. Jacks Stimmung stieg. Das Glück musste einfach auf seiner Seite sein. Da die junge Mutter gewiss den Großteil des Tages zu Hause verbrachte, hatte sie sicherlich auch gelegentlich Kontakt zu den Nachbarn. „Hallo, ich wüsste gern, ob Sie mir helfen können. Ich versuche, die Besitzer von dem kleinen Kerl hier zu erreichen. Die McCawleys. Aus Nummer elf. Haben Sie zufällig deren Telefonnummer für mich?" Jack setzte ein freundliches Lächeln auf, aber es brachte nichts. Die Frau schüttelte den Kopf, schnappte ihm die Briefe aus der Hand und warf nicht einen Blick auf Claude.

„Nein danke", murmelte sie und schloss die Tür.

Jack seufzte. Er hatte geahnt, dass es kein Kinderspiel werden würde, jemanden zu finden, der die McCawleys gut genug kannte, um ihm zu sagen, wo sie sich aufhielten. Aber er hatte nicht erwartet, dass es so schwierig werden würde.

Während er zur Straße zurückkehrte, dankbar für den dicken Wintermantel, der ihn vor der bitteren Dezemberkälte schützte, klingelte sein Handy. Er fischte es aus der Tasche, während Claude um seine Füße tänzelte und ihm die Leine um die Knöchel schlang.

„Hallo?“, sagte Jack und trat vorsichtig aus der Leine heraus.

„Jack, hier ist Bill.“ Sein Chef. Jack verspannte sich. Vermutlich ging es um die E-Mail, die er Bill am vergangenen Abend geschickt hatte, dennoch bestand immer die Möglichkeit, dass sich der Anruf um etwas Schlimmeres drehte. Dann begann Bill jedoch mit den Worten „Wegen Ihrer Nachricht …“, und Jack stieß erleichtert die Luft aus. Er lief zu der überdachten Bushaltestelle am Ende des Maple Drive und setzte sich. Claude schnüffelte die Beine der Bank ab, ehe er sich auf Jacks Stiefeln zusammenrollte.

„Ja. Was ist damit? Ist eine Versetzung möglich?“

„Ja, vermutlich schon. Vielleicht. Es wird sicher ein Weilchen dauern, aber … Um ehrlich zu sein, Jack, mich interessiert, warum Sie sich versetzen lassen wollen.“ Bill klang persönlich beleidigt. Vielleicht hätte er besser mit ihm persönlich reden sollen, statt ihm eine E-Mail zu schreiben. Es war nur schon so spät gewesen, und er war so frustriert und hatte etwas tun wollen, irgendetwas, das ihm das Gefühl gab, dass es voranging.

„Das hat nichts mit Ihnen oder dem Job zu tun“, sagte Jack rasch. „Ehrlich. Ich arbeite gern hier. Sehr gern.“

„Trotzdem wollen Sie sich versetzen lassen“, wandte Bill ein. „Deshalb frage ich noch mal. Warum?“

Jack seufzte. Wie sollte er das nur erklären? „Also … Sie wissen doch, wie das ist, wenn Sie eine Vorstellung davon haben, wie etwas sein sollte? Man setzt sich Ziele und malt sich aus, wie es sein wird, wenn man an einem gewissen Punkt im Leben oder an einem bestimmten Ort angelangt ist."

„Ja. Natürlich."

„Nun, ich dachte, das Leben hier im Maple Drive würde … anders sein."

„Inwiefern anders?", fragte Bill.

Jack wusste, dass er ihm das niemals verständlich machen könnte. Vielleicht jemand anderem, Holly womöglich, aber bestimmt nicht Bill, seinem ruppigen, zufriedenen Vorgesetzten. Bill lebte schon sein ganzes Leben lang in der Gegend, das hatte er Jack an seinem ersten Tag stolz erzählt. Seit seinem Schulabgang arbeitete er im Postamt. Bills Kinder, Enkel, Geschwister, Nichten und Neffen, Cousins und Cousinen und alle Schulfreunde, die ihm was bedeuteten, lebten im Zwanzig-Meilen-Radius von ihm entfernt. Er konnte sie jederzeit sehen, wenn er das wollte. Bill lebte nicht nur hier. Er gehörte hierher. Und Jack hatte sich seit dem Ende seiner Militärkarriere nirgendwo mehr zugehörig gefühlt.

Obwohl er sich genau das wünschte, dieses Gefühl des Zuhauseseins.

Es sah nur so aus, als ob er es im Maple Drive nicht finden würde. Einen Ort wie diesen wollte er nicht seine Heimat nennen.

„Ich dachte, ich könnte mich hier zu Hause fühlen", sagte er schließlich. „Aber ich glaube, das fällt mir woanders leichter. Ich denke, es ist Zeit für mich zu gehen. Weiterzuziehen, verstehen Sie?" Claude schaute ihn mit riesigen Augen an, und seine übergroßen Ohren hingen seltsam herab, als ob er jedes von Jacks Worten verstanden hätte und sie ihm nicht gefielen.

Bills Seufzen drang durch den Hörer zu ihm. „Ich kenne Sie noch nicht lange, mein Junge, und Ihre Lebensgeschichte geht mich auch nichts an. Aber ich weiß, dass Sie beim Militär waren, und ich vermute mal, da war man oft unterwegs, oder?"

„Ja", stimmte Jack zu und fragte sich, worauf sein Vorgesetzter hinauswollte.

„Und jetzt wollen Sie Wurzeln schlagen", fuhr Bill fort. „Aber die Sache ist die. Es dauert eine Weile, bis Wurzeln wachsen. Sie müssen sich erst ausbreiten und an ihr Umfeld gewöhnen, bevor sie in der Erde Fuß fassen können. Das ist so wie beim Unkraut in meinem Schrebergarten. Wenn ich es schnell ausreiße, kurz nachdem es aus der Erde tritt, dann lässt es sich leicht entfernen. Aber wenn ich es zu lange wachsen lasse ..."

„Fasst es Wurzeln", beendete Jack für ihn. War es das, was er tun musste. Wurzeln schlagen? Vielleicht, aber nicht im Maple Drive.

„Genau. Aber das dauert seine Zeit. Und wenn Sie jedes Mal die Zelte abbrechen, wenn irgendwas nicht ganz so läuft, wie Sie es erwartet haben, dann werden Sie wohl an keinem Ort so tief verwurzelt sein, wie Sie es sich wünschen."

„Sie lehnen die Versetzung also ab." Vielleicht hatte Bill ja recht. Jacks Blick schweifte über den Maple Drive – die dunklen Fenster, die verlassenen Auffahrten, die verschlossenen Türen – und dachte unwillkürlich, dass wohl auch keiner seiner Nachbarn Wurzeln geschlagen hatte, egal, wie lange sie schon hier wohnten. Warum also sollte es für ihn anders sein?

„Ich mein nur, dass Sie noch mal darüber nachdenken sollten", sagte Bill. „Morgen ist Heiligabend, Junge. Überlegen Sie sich die Sache wenigstens bis Neujahr."

Das hielt Jack für einen fairen Vorschlag. Er war immerhin schon ein paar Monate hier. Da kam es auf ein paar Wochen mehr oder weniger auch nicht mehr an. „Okay, aber wenn ich dann immer noch gehen will?" Was für Jack so sicher wie das Amen in der Kirche war. Claude schüttelte den kleinen Kopf und stand auf. Er tapste zum anderen Ende der Bushaltestelle, bis sich die Leine straffte.

„Dann werde ich mich selbst um Ihre schnellstmögliche Versetzung kümmern", versprach Bill. „Abgemacht?"

„Abgemacht."

„Gut. Und nun sehen Sie zu, dass Sie mit Ihrer Runde fertig werden." Er legte auf, und Jack lächelte, als er sein Handy in die Tasche zurücksteckte.

Bill hatte recht, er hatte noch Post auszuliefern. Und er musste wenigstens versuchen, die Familie des kleinen Hundes zu finden. Auch wenn sich das als ziemlich schwierig gestaltete, weil es ganz den Anschein machte, als ob die McCawleys bisher auch noch keine Wurzeln im Maple Drive geschlagen hatten.

„Na, komm mit, Claude", sagte er und zog den Hund, der auf der anderen Seite offenbar irgendeinen interessanten Geruch erschnuppert hatte, zu sich. „Wir haben noch etwas zu erledigen."

4. KAPITEL

CLAUDE

Der Nachmittag war schon zum Abend verblasst, als Jack endlich seine Runde beendete. Wie sich herausstellte, lieferte er nicht nur in unserer Straße Post aus, sondern auch in allen umliegenden Straßen. Wir klapperten alle Häuser im Maple Drive ab, denn Jack hatte mich auf seine restliche Runde mitgenommen. Doch nicht überall war jemand zu Hause, und er versprach, dass wir später noch mal wiederkommen würden, wenn hoffentlich mehr Leute zu Hause waren. Inzwischen taten mir die Pfoten weh, und ich sehnte mich nach meinem gemütlichen Körbchen und meiner roten Decke. Selbst Perditas Futternapf wäre mir jetzt recht gewesen! Meine Gedanken kreisten jedoch vor allem um Jacks Bemerkung, dass auch er weggehen würde. Obwohl er es nicht wusste, hatte ich jedes Wort seines Telefongesprächs verstanden. Er wollte nicht im Maple Drive bleiben. Er würde mich verlassen, genau wie Daisy und Oliver.

„Jetzt sind's nicht mehr viele, Junge." Jack kraulte mich zwischen den Ohren, was mir äußerst gut gefiel. Zumindest im Moment schien er froh über meine Gesellschaft zu sein.

Die anderen Bewohner im Maple Drive hatten etwas weniger Begeisterung gezeigt, als ich vor ihnen stand. Ich hatte aber auch nichts anderes von den Menschen erwartet. Mir war schon öfter aufgefallen, dass die Leute ihre eigenen Haustiere zwar meistens sehr gern mochten, die von anderen dagegen nicht so sehr. Und die Bewohner im Maple Drive bildeten keine Ausnahme. Nur bei vier Häusern hatte man uns die Tür geöffnet, und nur einmal hatte sich jemand zu mir heruntergebückt, um mich zu streicheln. Einer! Die anderen hatten mir kaum einen Blick geschenkt. Abgesehen von dem Mann, der sich ziemlich unhöflich über meine Ohren geäußert hatte.

Am schlimmsten war jedoch, dass niemand wusste, wohin Daisy, Oliver und die Kinder gefahren waren. Und ich konnte keinem *Fähre*, *Frankreich* und *Château* erklären.

Also hoffte ich, dass wir mehr Glück bei den anderen Tieren in der Straße haben würden. Vielleicht hatten die wenigstens Mitleid mit mir. Und vielleicht wusste ja einer meiner felligen Nachbarn, was *Fähre*, *Frankreich* und *Château* bedeutete. Womöglich konnte ich sogar bei einem von ihnen unterkommen, wenn Jack mich verließ. Nur für den Fall, dass meine Menschen bis dahin nicht zurückgekommen waren.

Im Maple Drive gab es mehr Haustiere, als ich gedacht hätte. Manche kannte ich bereits, einige der Katzen hatte ich sogar schon mal aus meinem Garten gescheucht. Aber bis heute hatte ich mich mit keinem von ihnen richtig unterhalten. In einem Haus traf ich einen Cocker Spaniel, der mit flatternden Ohren auf die Tür zusprang, bis sein Besitzer ihn am Halsband packte.

Während Jack die Frage nach meinen Menschen wiederholte, bellte ich kurz eine Frage an den Spaniel. „Ist das ein gutes Zuhause?"

Die Antwort des Cocker Spaniels fiel, wie für die Rasse typisch, übertrieben begeistert aus. „Das beste! Ich liebe es. Es gibt ständig Leckerlis, Ohrengekraule und Bauchstreichler."

Ich schaute mir seinen Besitzer genauer an. Er wirkte ganz nett. Und wenn der Cocker Spaniel sich hier wohlfühlte … Ich schenkte dem Mann meinen treuherzigsten Blick und wartete darauf, dass er mich bemerkte.

Denn natürlich entschieden nicht die Haustiere, wer bei ihnen wohnte, sondern deren Menschen.

„Tut mir leid, Mann, ich kenn sie kaum", sagte er und wandte seine Aufmerksamkeit wieder Jack zu. „Ich glaub, auch den Hund habe ich hier noch nie gesehen. An diese Ohren würde ich mich erinnern." Er lachte und Jack stimmte in sein Lachen ein, daher beschloss ich, ihm bald mal wieder die Leine um die Füße zu wickeln.

Meine Ohren waren wunderbar, vielen Dank auch. Das hatte mir Daisy des Öfteren bestätigt.

Überall war es das Gleiche. In jedem Haus wurde genickt und überlegt: „Hm, ja, Nummer elf …" Aber am Ende mussten alle eingestehen, dass sie Daisy und Oliver eigentlich gar nicht kannten.

In jedem Haus erhaschte ich einen Blick auf Weihnachtsbäume, funkelnde Lichter, lächelnde Gesichter, und mir stiegen köstliche Gerüche in die Nase. Aber nichts davon drang hinaus auf den Maple Drive. Und nichts davon würde mit einer armen, verlassenen und einsamen Französischen Bulldogge geteilt werden.

Ich versuchte mein Glück bei einem anderen Hund, einem ruhigen Westie, der sich anständigerweise für die Kommentare seiner Besitzerin über mein Aussehen entschuldigte – und danach bei zwei Katzen. Beide gehörten leider zu Perditas kleinem Rudel. Die eine hatte sich mal das Hinterbein aufgeschürft, als ich sie über den Zaun gejagt hatte, weshalb mir beide ihre Hilfe verweigerten.

Nun war es offiziell: Die McCawleys und ich hatten keine Freunde im Maple Drive.

Abgesehen von Jack. Im Moment hatte ich wenigstens ihn.

Er hatte dem Mann am Telefon gesagt, dass er über seine Versetzung nachdenken wollte. Hatte er tatsächlich die Absicht, von hier fortzugehen? Wahrscheinlich. Wenn ich bloß einen Grund finden würde, der Jack davon überzeugen könnte zu bleiben. Die Menschen, mit denen wir am Nachmittag gesprochen hatten, waren keine besonders große Hilfe dabei gewesen, seine Meinung zu ändern. Aber wenn ich an heute Morgen zurückdachte … Holly hatte ihn hereingelassen, ihn willkommen geheißen und sich länger mit ihm unterhalten.

Vielleicht war das ein Anfang. Vielleicht mussten wir nur mit mehr Leuten wie Holly reden.

Eines stand fest: Ich musste Jack davon abhalten, von hier wegzugehen, denn sonst hatte ich wirklich niemanden mehr, der sich um mich kümmerte.

DAISY

Die Fähre steuerte nach Backbord. Oder war es Steuerbord? Das konnte sich Daisy nie merken. Sie klammerte sich an einer Stuhlreihe fest, um nicht das Gleichgewicht zu verlieren. Oliver und die Kinder saßen in der Bar und aßen Chips, während sie dabei unaufhörlich den Verlust ihrer elektronischen Spielzeuge bejammerten. Deshalb hatte sich Daisy freiwillig auf den Weg gemacht, um herauszufinden, ob auf der nächsten Fähre Richtung Heimat noch ein Platz für sie frei war. Sie hatte das unangenehme Gefühl, dass die Rückreise bei Nacht mit ziemlich hohem Wellengang einhergehen würde. Wenn sie überhaupt jemals einen Tisch im Restaurant ergattern sollten, würden sie womöglich nicht einmal das Essen bei sich behalten.

So gesehen war es vielleicht ganz gut, dass sie keinen Tisch reserviert hatte.

Niemand sonst schien ihr jedoch dankbar für irgendetwas zu sein. Zugegebenermaßen hatte sie bei der Organisation dieser Familienreise bisher nicht gerade geglänzt, aber sie hatte eine Menge Arbeit in die Vorbereitung gesteckt, egal, was Oliver dachte.

Sie hatte die Fähre gebucht, den Weihnachtsdelikatessenkorb besorgt, die Koffer für alle gepackt, die Weihnachtsgeschenke gekauft und eingepackt. Na ja, die meisten zumindest. Ein oder zwei Geschenke warteten noch auf ihre Verpackung, und Daisy würde sich darum kümmern, wenn das Geschaukel irgendwann mal nachließ. Und das verdammte Haus hatte sie auch dekoriert, obwohl sie gar nicht da sein würden, um sich daran zu erfreuen.

Sie hatte von Weihnachten jetzt schon die Nase gestrichen voll, dabei war es noch nicht mal Heiligabend.

Doch wenn zur Belohnung ein wundervolles Weihnachtsfest zu Hause bei Claude mit Putenbraten, den traditionellen Knallbonbons, Faulenzen auf dem Sofa und einem schnulzigen Film nach dem Essen heraussprang, nahm sie den ganzen Stress gern in Kauf.

Daisy stellte sich in der Schlange vor der Information an und hoffte inständig, dass statt des Idioten, der das Boot nicht hatte wenden wollen, ein anderer Angestellter Schalterdienst hatte.

Heute war definitiv nicht ihr Tag.

„Ah, Mrs. McCawley, nicht wahr?“ Henri lächelte sie gezwungen an. „Ich hoffe, Sie haben Ihre Gratisgetränke genossen.“

„Eigentlich nicht. Hören Sie, ich brauche einen Platz für meine Familie auf der nächsten Fähre von Caen nach Portsmouth. Können Sie das für mich buchen?“

„Natürlich!“, sagte er, und Daisys Stimmung hob sich so leicht wie der Dampf von einem Glühweinbecher, bis er fortfuhr: „Im Prinzip schon, heute jedoch nicht.“

„Und warum nicht?“, fragte Daisy genervt. Sie wünschte, sie hätte ein Fass Glühwein, das sie diesem grässlichen Mann über den Kopf kippen konnte.

„Vielleicht ist Ihnen in Ihrer dramatisch großen Sorge um Ihren Hund nicht aufgefallen, dass die See heute ziemlich stürmisch ist, Madame. Die Schifffahrt wurde bis morgen früh eingestellt.“

Bis morgen früh? Das bedeutete, dass sie Claude über Nacht allein lassen mussten. Das war noch nie vorgekommen. Sie hatten ihn immer mitgenommen, zu jedem Familienurlaub, jedem Wochenendausflug, selbst wenn es nur eine Nacht war. Nur ein einziges Mal hatten ihre Eltern ein paar Stunden abends als Hundesitter auf ihn aufgepasst.

Wie es Claude wohl ging? Daisy hoffte inständig, dass er sich vor ihrer Abreise ins Haus zurückgeschlichen hatte, ohne dass sie es bemerkt hatten, was natürlich höchst unwahrscheinlich war. Anderseits fiel ihr auch kein Grund ein, warum er ausreißen sollte, außer vielleicht die Aussicht auf sein gemütliches Körbchen oder ein Ausflug zum Futternapf.

Doch was, wenn er nicht im Haus war? Was, wenn er ganz allein und hungrig draußen in der Winterkälte saß?

Was würde er tun?

„Aber morgen ist Heiligabend“, murmelte sie.

„Sehr gut bemerkt, Madame“, sagte Henri fröhlich.

„Fahren dann überhaupt noch Fähren?“ Sie konnte sich zwar Schöneres vorstellen, als an Heiligabend unterwegs zu sein, aber Hauptsache sie kamen zu Claude nach Hause …

„Nur eine“, verkündete er. „Um halb neun Uhr morgens.“

„Können Sie uns einen Platz buchen?"

„Natürlich!" Mit angehaltenem Atem wartete Daisy ab; sie traute sich nicht, sich wieder zu früh zu freuen.

„Im Prinzip schon", bestätigte Henri prompt.

„Im Prinzip schon", echote Daisy. „Heute jedoch nicht."

„Genau", stimmte Henri zu. „Es tut mir leid, die Überfahrt morgen früh ist sehr beliebt und komplett ausgebucht."

„Gibt es eine Warteliste?"

„Eine sehr lange."

„Können Sie uns trotzdem draufsetzen?"

„Ja", gab er widerwillig zu. „Persönlich glaube ich jedoch nicht, dass Sie eine Chance haben."

„Es ist Weihnachten", erwiderte Daisy. „Zeit der Wunder."

„Verzeihen Sie, aber inwiefern ist die Überquerung des Ärmelkanals ein Wunder? Es sei denn, Sie wollen übers Wasser gehen, dann wohl schon …"

„Setzen Sie uns einfach auf die Liste", entgegnete Daisy gereizt.

Henri gehorchte. Er notierte die Telefonnummer ihrer Eltern, die Daisy bei einem der Anrufe ihrer Mutter aus Frankreich zum Glück auf die Rückseite eines Kassenbons gekritzelt und in ihr Portemonnaie gesteckt hatte. Henri versprach, dass er sich melden würde, falls ein Platz auf der Fähre frei werden sollte. „Wenn das alles ist …"

„Ja, ich denke, das ist alles", stimmte Daisy zu, doch noch bevor sie sich abwenden konnte, hörte sie die Stimme ihrer Tochter.

„Mum!" Bella drängte sich neben sie an den Schalter und

lächelte Henri an. „Hast du einen Platz für uns auf der nächsten Fähre bekommen?"

„Nein, hat sie nicht", antwortete Henri, bevor Daisy ihre Tochter schonend darauf vorbereiten konnte. Sie warf ihm einen grimmigen Blick zu und wünschte ihm einen von Tannennadeln ausgelösten juckenden Ausschlag an den Hals.

Bella schüttelte stirnrunzelnd den Kopf. „Dann müssen wir ‚Findet Claude' schnellstmöglich starten. Wenn wir heute nicht zurückkönnen …"

„Entschuldigung. ‚Findet Claude'?", mischte sich Henri ein.

„Eine Social-Media-Kampagne, mit deren Hilfe wir unseren Hund finden wollen", erklärte Bella.

„Natürlich." Henris Stimme troff vor Verachtung.

„Das ist eine großartige Idee." Daisy legte einen Arm um Bellas Schultern, doch ihre Tochter schüttelte sie sofort ab.

„Hast du den Schlüssel gefunden? Damit wir die Handys aus dem Koffer holen können?"

„Noch nicht", gab Daisy zu.

„Es ist schon erstaunlich, wie nachlässig manche Leute mit persönlichen Dingen wie Schlüsseln umgehen", bemerkte Henri wenig hilfreich. „Oder Hunden."

„Sie haben doch sicher Computer mit Internetzugang auf dieser Fähre?" Bella lehnte sich über die Schaltertheke und starrte Henri so trotzig an, dass er einen Schritt zurückwich. „Wo sind die?"

Vor Verblüffung erwies sich Henri ausnahmsweise als behilflich und gab ihnen eine Karte, auf der das Internetcafé markiert war. Daisy folgte Bella, die sofort zielstrebig auf die PCs zusteuerte.

„Und wie soll das funktionieren?“, fragte sie, als Bella sich vor einen Bildschirm gesetzt hatte.

„Ganz leicht. Ich richte eine Website unter dem Namen ‚Findet Claude‘ ein.“ Sie tippte bereits los. Der Bildschirm füllte sich mit Text und Bildern. „Die verlinke ich mit meinen Profilen, teile sie mit meinen Freunden und bitte sie, die Website mit ihren Freunden zu teilen und so weiter.“

„Bis alle Welt weiß, dass wir verantwortungslose Hundehalter sind, die ihren Hund zu Hause vergessen haben.“ Was sollte das schon bringen?

„Bis sogar Leute, die wir nicht kennen, uns bei der Suche nach Claude unterstützen“, widersprach Bella. Sie drückte noch ein paar Tasten, und ein Foto von Claude erschien. Es war wohl am letzten Weihnachtsfest aufgenommen worden, denn eine leuchtend rote Weihnachtsmannmütze thronte zwischen seinen schwarzen Ohren. „Und fertig!“

„Das ist … unglaublich.“ Daisy ließ den Blick über den Bildschirm wandern. Sie redete sich gern ein, dass sie sich mit Computern gut auskannte, aber an diese Möglichkeit hatte sie im Traum nicht gedacht. Ihre Gedanken waren einzig darum gekreist, wie sie schnellstmöglich nach Hause gelangen konnte. Während sie mit ihrem Plan gescheitert war, hatte Bella die nächstbeste Lösung umgesetzt.

„Findet Claude!“ lautete die Überschrift in Großbuchstaben unter Claudes Foto. In einem kurzen Text darunter erklärte Bella, was passiert war. Dann hatte sie Freunde zu der

Seite hinzugefügt und den Link überall geteilt.

„Und was machen wir jetzt?“, fragte Daisy, als sich Bella ausloggte.

„Jetzt warten wir, bis uns Leute kontaktieren, die Claude gesehen haben.“

„Großartig.“ Warten. Ihre Lieblingsbeschäftigung.

„Keine Sorge, Mum.“ Bella drückte ihre Hand. „Claude geht es sicher gut.“

„Ich hoffe, du hast recht.“ Denn wie es aussah, würden sie vor Heiligabend nicht zu Hause sein. Und das bedeutete, dass Claude die Nacht allein verbringen musste. Vermutlich würde er jede Minute hassen.

Bellas Findet-Claude-Kampagne war das Beste und Einzige, was sie im Moment für ihren geliebten Hund tun konnten. Auf diese Weise würden sich vielleicht andere um ihn kümmern, solange sie selbst dazu nicht in der Lage waren.

HOLLY

Als die Sonne unterging – zugegebenermaßen schon zu der lächerlich frühen Zeit von vier Uhr nachmittags –, hatten Jack und Claude sich immer noch nicht wieder blicken lassen. Holly hatte inzwischen zwei Mince Pies gebacken, einen mit Hackfleischfüllung, den anderen mit Cranberry-Apfel-Füllung. Danach hatte sie die Teile ihres Lebkuchenhauses zusammengesetzt und Glühwein vorbereitet. Eierpunsch war Geschmackssache, und sie war sich nicht sicher, ob Jack ihn mochte, aber Glühwein trank wohl jeder gern. Anschließend hatte sie eine weitere Girlande genäht und ihre zweite Eiszapfenlichterkette aus der Dekorationskiste herausgekramt.

Bisher hatte sie sich nicht getraut, sie aufzuhängen, weil die Bewohner des Maple Drive nicht sonderlich erpicht auf Weihnachtsdekoration zu sein schienen. Niemand außer ihr hatte sein Haus geschmückt, und sie wollte es nicht übertreiben. Andererseits stand Heiligabend bevor, und Jack hatten die leuchtenden Eiszapfen gefallen, also würde eine weitere Lichterkette unter dem Esszimmerfenster sicher nicht schaden.

Außerdem verbreitete das warme Strahlen der Leuchtdekoration eine fröhliche und einladende Atmosphäre. Es wirkte beinahe so, als wolle das Haus Holly begrüßen, wenn sie heimkam, und das gefiel ihr sehr.

Sie schlüpfte in ihren leuchtend roten Mantel, schnappte sich die Lichterkette und ging hinaus. Beim Blick auf den glitzernden Weihnachtskugelkranz, der an der Haustür hing, stahl sich ein Lächeln in ihr Gesicht.

Sie brachte das Batteriefach wie in der Anleitung beschrieben an der Fensterbank an und verteilte anschließend die Eiszapfen so gleichmäßig wie möglich unter dem Sims.

„Was um alles in der Welt machen Sie denn da, junge Dame?"

Holly erstarrte beim Klang der Stimme. Langsam drehte sie sich herum, um sich zu vergewissern, ob nicht etwa eine andere junge Dame für ihr Benehmen gescholten wurde.

Nein. Der Tadel galt eindeutig ihr.

An ihrer Einfahrt stand die Furcht einflößende Mrs. Templeton aus Nummer dreizehn, die Hände in die Hüften gestützt, mit einem verärgerten Ausdruck im Gesicht.

„Ich … hänge eine Lichterkette auf?" Das zumindest hatte sie vorgehabt. Doch dem vorwurfsvollen Ton von Mrs. Templeton nach zu urteilen, hätte sie ebenso gut versucht haben können, ein Bordell in ihrem Wohnzimmer zu eröffnen.

„Falls es Ihrer Aufmerksamkeit entgangen sein sollte, im Maple Drive ist es nicht üblich, Lichterketten aufzuhängen." Mrs. Templeton spuckte die letzten beiden Wörter förmlich aus, als würden sie einen schlechten Geschmack auf ihrer Zunge hinterlassen.

Und falls es Ihrer Aufmerksamkeit entgangen sein sollte, das ist mein Haus, und damit kann ich machen, was ich will.

Genau das hätte sie sagen sollen, schließlich entsprach es der Wahrheit. Die Straße war nicht Mrs. Templetons Eigentum, daher musste Holly auch nicht nach ihrer Pfeife tanzen. Außerdem hatte sie sich vorgenommen, mehr auf ihre eigenen Wünsche zu achten und sie selbst zu sein und nicht die fügsame Holly, die ihr Exverlobter gern aus ihr gemacht hätte.

Das war ihr Zuhause, auch wenn es nicht ganz so gelaufen war, wie sie es sich bei ihrem Einzug mit Sebastian vorgestellt hatte. Aber war es deshalb nicht umso wichtiger, dass sie sich anpasste? Sie lebte ganz allein. Wenn Mrs. Templeton die Nachbarn gegen sie aufbrachte, könnten die ihr das Leben ziemlich schwer machen. Womöglich würden sie Holly sogar aus der Stadt vertreiben! Und alles nur wegen einer Lichterkette.

Holly verdrängte die Bilder, in denen ihre Nachbarn mit brennenden Fackeln hinter ihr herjagten, und konzentrierte sich darauf, Mrs. Templeton zu beschwichtigen. „Es tut mir leid, dass Ihnen meine Dekoration nicht gefällt“, sagte sie freundlich. „Aber es ist doch nur eine kurze Kette mit schlichten weißen Leuchten.“

„Es sind zwei.“ Mrs. Templeton nickte zum Schlafzimmerfenster. „Zwei völlig überflüssige Lichterketten.“ Holly zuckte zusammen, als hätte man sie geschlagen.

„Finden Sie nicht, dass die Straße dadurch stimmungsvoller und heller wirkt?“, versuchte sie es erneut. War es nicht der Zweck von Lichterketten, Weihnachtsstimmung zu verbreiten? Dagegen konnte doch nicht einmal Mrs. Templeton etwas einzuwenden haben.

„Nein, ich finde, dass es völlig geschmacklos wirkt."

Offenbar hatte sie doch Einwände.

„Das tut mir leid", sagte Holly.

„Sie nehmen sie also ab?" Mrs. Templeton blickte sie immer noch finster an.

Holly seufzte. Vielleicht sollte sie an Mrs. Templetons Nächstenliebe appellieren. Vorausgesetzt, die Frau hatte überhaupt Gefühle. „Die Sache ist die … Ich lebe allein hier, von meiner Katze abgesehen. Und es kann ziemlich … einsam werden. Und die Lichterketten, nun … ich finde es schön, wenn ich mich beim Nachhausekommen auf etwas freuen kann. Auch wenn es nur mit Batterie betrieben ist", scherzte sie. Erschrocken schlug sie sich die Hand vor den Mund, als ihr die Doppeldeutigkeit bewusst wurde. Oh, warum konnte sie nicht einfach den Mund halten, bevor es peinlich wurde?

Es dauerte eine Weile, bis Mrs. Templeton begriff, doch dann weiteten sich ihre Augen und ihr Mund öffnete sich zu einem stummen Oh.

„Nun", sagte sie nach einer Pause. „Es geht mich nichts an, was Sie in Ihrer Freizeit bei sich zu Hause treiben, aber was die Straße angeht, sage ich Ihnen als Leiterin der Nachbarschaftswache, dass diese Lichterketten wegmüssen!"

„Ja. Natürlich. Tut mir leid." Hollys Wangen brannten. Sie zog die Reißnägel raus, mit denen sie die Lichterkette befestigt hatte, und wickelte das Kabel auf. „Ich werde auch die im oberen Stockwerk abnehmen."

„Gut." Mrs. Templeton machte auf dem Absatz kehrt und marschierte davon. An der Grundstücksgrenze zwischen ihrem und Hollys Garten blieb sie noch einmal stehen und warf ihr einen misstrauischen Blick zu. Holly seufzte. So viel zum Thema Anpassung. Bevor sie es sich versah, würde Mrs. Templeton in der ganzen Nachbarschaft erzählen, dass Holly Starr ein Bordell betrieb.

Mit der Lichterkette in der Hand ging Holly ins Haus und knallte die Tür hinter sich zu. Sie stampfte nach oben und öffnete das Schlafzimmerfenster, um auch dort die Lichterkette zu entfernen. Umgeben von Eiszapfenleuchten setzte sie sich aufs Bett und kämpfte gegen die aufsteigenden Tränen an.

Es war ein Fehler gewesen. Alles. Sie verfluchte den Tag, an dem sie Sebastian in dieser verflixten Bar kennengelernt hatte und seinem Charme verfallen war. Auch dass sie nach nur sechs Monaten Beziehung mit ihm ein Haus gekauft hatte und in den Maple Drive gezogen war, hatte sich als Fehler erwiesen. Der größte Fehler war jedoch, dass sie nach Sebastians Auszug nicht umgezogen war. Sie hatte behauptet, dass es ihr nichts ausmachte, wenn ihre Eltern das Geld, das sie aus der Ausfallversicherung erhalten hatten, für ihre Karibik-Kreuzfahrt ausgaben, weil sie es ja doch nicht brauchen würde. Himmel, sie hatte ihnen sogar weisgemacht, dass es ihr nichts ausmachte, Weihnachten allein zu verbringen. Sie hatte ihnen vorgemacht, dass sie Freunde besuchen wollte, und darauf gehofft, dass ihre Eltern nicht nach den Namen fragen würden. Denn dann hätte sie nur den Namen ihrer Katze nennen können, wenn sie nicht lügen wollte.

Vor allem aber verfluchte sie Sebastian. Sich auf ihn einzulassen, war der größte Fehler, den sie in ihrem Leben je begangen hatte. Und trotzdem fühlte sie sich selbst vier Monate nach der Trennung beim Gedanken an ihn immer noch elend.

Sebastian hätte die Lichterkette auch verabscheut. Und Perditas Weihnachtsjäckchen. Und den Glühwein.

So betrachtet war sie noch einmal mit einem blauen Auge davongekommen. Sie hatte ihre Zeit damit verschwendet, sich die perfekte Zukunft mit ihm auszumalen, weshalb ihr gar nicht aufgefallen war, dass sie absolut nichts gemeinsam hatten. Sie war auch blind gegenüber der Tatsache gewesen, dass Sebastian über alles, wovon sie träumte und was ihr wichtig war, die Nase rümpfte.

Nicht einmal Weihnachten mochte er.

Wirklich, sie war ohne ihn sehr viel besser dran.

Aber das Alleinsein quälte sie.

Holly blickte auf die traurig herabhängende Lichterkette. Wenn die kleinen Leuchten nicht brannten, war sie nutzlos. Zu viel des Guten. So wie sie es für Sebastian gewesen war.

Die Sache ist die, Holly, ich habe geglaubt, dass ich heiraten will. Jeder sagt doch, dass das die nächste Stufe in einer Beziehung ist, um zu zeigen, dass man es ernst meint. Aber jetzt habe ich dieses großartige Stellenangebot aus Dubai … Wir müssen doch eigentlich nicht mehr heiraten, oder? Und dir würde es dort nicht gefallen. Viel zu heiß für dich. Du würdest dir im Nu einen Sonnenbrand holen. Daher ist es vermutlich das Beste für uns beide, wenn wir uns trennen. Findest du nicht?

Das Beste für sie beide. Als ob er ihr einen Gefallen tun würde, wenn er aus ihrem Leben verschwand.

Als jedoch klar geworden war, dass er nur mit ihr zusammen gewesen war, weil er sich dadurch eine Beförderung erhofft hatte ... Holly erschauerte. Sie konnte von Glück sagen, dass sie ihn los war. Darauf musste sie sich konzentrieren.

Warum hatte sie ihn nicht eher durchschaut? Vielleicht weil sie eine miese Menschenkenntnis besaß.

Es bereitete ihr jedoch nicht die größte Sorge, dass Sebastian sie verlassen hatte. Vielmehr fragte sie sich, ob sie irgendwann noch einmal eine zweite Chance bekommen würde, um ihr Glück zu finden. Dieses Mal aber das wahre, echte Glück.

Eines wusste sie immerhin. Sich in ihrem Schlafzimmer zu verstecken und wegen einer verdammten Lichterkette zu weinen, brachte sie nicht weiter.

Und wenn sie sich ändern wollte, war es auch wenig hilfreich, sich von Mrs. Templeton herumkommandieren zu lassen.

Das war *ihr* Haus. Es gehörte ihr ganz allein, nachdem Sebastian sie verlassen hatte. Sie arbeitete verdammt hart, um die Hypothek allein zu stemmen. Neben ihrem Lehrergehalt erwirtschaftete sie kleine Extrasummen mit einem Online-Bastelshop und Kuchenbestellungen von Freunden und Familie. Sie hatte es sich verdient, ihr Haus so zu schmücken, wie es ihr gefiel.

Und im Moment war ihr nach Fröhlichkeit und Kitsch. Und allem, was Mrs. Templeton nicht ausstehen konnte.

Zum Teufel, wenn sie beleuchtete Vibratoren hätte, würde sie die auf der Stelle vorm Schlafzimmerfenster aufhängen.

Hm, das wäre vielleicht doch ein bisschen zu krass. Aber sie war Kundin in einem guten Online-Dekor-Shop mit Premiumlieferung am nächsten Tag …

Es war an der Zeit, nach vorne zu blicken und Sebastian zu vergessen. Sie wollte vergessen, dass sie einem Mann ihr Jawort gegeben hatte, der sie bloß ausgenutzt hatte und überhaupt nur mit ihr zusammen gewesen war, um Karriere zu machen. Es war an der Zeit, sich von der alten Holly zu verabschieden und auch von dem Gefühl, dass sie nicht genug getan hatte, um ihren Ex-Verlobten zu halten.

Das war Unsinn.

Sie war bereit, wieder sie selbst zu sein. Die Holly, die Weihnachten mochte, die Dinge lieber selbst machte, als sie zu kaufen, die ihre Katze in alberne Jäckchen steckte und sie ab und zu an einer pinken Glitzerleine spazieren führte.

Sebastian verdiente jemanden wie sie gar nicht. Sie brauchte ihn nicht, und sie würde das erste Weihnachtsfest allein auch ohne die tröstenden Arme ihrer Eltern überstehen. Ihre Eltern hatten ein Recht auf ihr eigenes Leben. Lieber blieb Holly allein, wenn sie dafür sie selbst sein konnte. Eines Tages würde sie schon jemanden finden, der sie so liebte, wie sie wirklich war, mit allen Ecken und Kanten. Denn sie war ziemlich einzigartig und liebenswert. Eines Tages würde das ganz sicher auch jemand bemerken. Und bis dahin …

Es war an der Zeit, dass Holly Starr ihren Glanz wiederfand.

Und mit den Eiszapfenlichterketten wollte sie anfangen.

Sie würde jedes Fenster an der Frontseite mit Lichterketten schmücken. Und sie würde sich Dekofiguren für den Rasen bestellen. Denn das war ihr Weihnachtsfest, und sie würde es so feiern, wie es ihr gefiel.

5. KAPITEL

CLAUDE

„Das ist das Letzte." Jack schaute mich mitleidig an.

Wir klapperten inzwischen wieder die Häuser im Maple Drive ab, und ich warf einen sehnsüchtigen Blick auf mein Zuhause auf der anderen Straßenseite. Das Haus, auf das Jack zusteuerte, lag direkt neben Nummer zwölf. „Danach gehen wir zu Holly, damit du diese Leine loswirst."

Dem Himmel sei Dank dafür. Meine Würde war auf einem neuen Tiefstand angelangt, weil ich mit pinken Glitzersteinen um den Hals herumgeführt wurde. Außerdem taten mir von der ganzen Lauferei die Pfoten weh.

Ich bin kein großer Fan vom Gassigehen. Ein kurzer Spaziergang ein oder zwei Mal am Tag reicht mir völlig. Keine stundenlangen Runden, bei denen noch Post in der ganzen Grafschaft ausgetragen wurde.

Das letzte Haus machte jedoch einen verheißungsvollen Eindruck. Als wir uns der Tür näherten, wehten uns interessante Gerüche entgegen. Nachdem die Frau uns auf Jacks Klopfen geöffnet hatte, wurde der Duft sogar noch intensiver.

So etwas hatte ich noch nie gerochen. Das schnupperte noch interessanter als die Kiste, die mir diesen ganzen Ärger eingebrockt hatte.

Ich musste unbedingt herausfinden, was das war.

Die Frau sah älter aus als die meisten Bewohner im Maple Drive, sogar älter als Mrs. Templeton. Ihr dunkelgraues Haar war an den Ohren kurz geschnitten und ihr Gesicht so faltig wie meines. Ihre Augen blickten uns müde und ein wenig traurig entgegen. Zwischen all den herrlichen Düften, die aus ihrem Haus strömten, konnte ich eine Seelenverwandte erschnüffeln – jemanden, der sich dieses Weihnachten ebenso verloren und einsam fühlte wie ich.

Da war es doch meine Pflicht, ihr und den Leckereien Gesellschaft zu leisten.

Geduldig wartete ich, bis Jack ein Päckchen aus seiner Tasche holte. Ich wusste, dass er dazu den Griff um meine Leine lockern musste, während er mit dem Päckchen und diesem komischen Dings jonglierte, auf das die Leute schreiben mussten.

Und dann, genau im richtigen Zeitpunkt, riss ich mich los, sprintete zwischen den Beinen der Frau hindurch und lief mit letzter Kraft in Richtung der herrlichen Düfte.

Wenn ich schon vor Erschöpfung zusammenbrach, dann doch wenigstens bitte in der Nähe dieser verheißungsvollen Köstlichkeiten.

Das Haus war genauso geschnitten wie das meiner Familie und das von Holly, aber trotzdem war es anders. Zum einen konnte ich nirgendwo Weihnachtsdekoration entdecken, nicht mal einen Baum im Wohnzimmer wie bei uns. Daisy hatte einen ganzen Abend damit verbracht, glänzende Dinge daran zu hängen. Sie ließ mich jedoch selbst nicht einmal mit denen spielen, an die ich rankam.

In diesem Haus standen stattdessen andere schimmernde Gegenstände auf jedem Regal und Sims. Jay hätte die alle beim „Fliegenden Zebra" heruntergefegt. Das Spiel hatte er für uns erfunden. Es war eine Mischung aus Fangen und Apportieren, und wir nahmen dafür die vielen weichen Spielzeuge der Zwillinge.

Der verlockende Duft kam jedoch nicht von den Regalen. Wie der Wind flitzte ich durch den Flur und folgte meiner Nase in die Küche.

Der Tisch war etwas niedriger als unserer, und davor stand eine Bank, auf die selbst ich klettern konnte. Eifrig sprang ich hinauf, legte die Vorderpfoten auf den Tisch und atmete tief ein. Dieser Geruch war höchst verführerisch. Ich wusste nicht, was es war, aber ich wollte es fressen. Unbedingt.

„Claude!" Jacks Stimme klang streng, und ich zog die Ohren ein, während mir schwante, dass ich etwas angestellt hatte.

„Es tut mir leid, Mrs. Nordmann", sagte Jack und folgte der Frau in die Küche. „Er ist nicht mein Hund. Ich kümmere mich nur um ihn, bis wir seine Besitzer gefunden haben."

„Sagen Sie Kathleen zu mir, bitte." Die Frau – Kathleen – wirkte nicht verärgert, und ich beugte mich ein wenig näher an das Paket mit den Leckereien. „Er gehört der Familie auf der anderen Straßenseite, oder?"

„Den McCawleys", bestätigte Jack, und mir zog sich das Herz zusammen. Für Jack waren sie nur ein Name, und Kathleen kannte sie nicht einmal. Aber für mich bedeuteten sie die Welt. Ich vermisste sie. Für Jay würde ich vielleicht sogar die interessanten Düfte vergessen, wenn er nur hier wäre.

Ich betastete mit der Pfote das Papier, das den leckeren Geruch einhüllte. Aber da es nicht danach aussah, als ob Daisy, Oliver und die Kinder bald zurückkehren würden, konnte ich auch das Beste aus meinem Abenteuer machen.

„Er scheint sich sehr für die Lebkuchen zu interessieren", stellte Kathleen fest. Sie zupfte das Papier von dem Päckchen, bevor es mir gelang, es auf den Boden zu werfen, um seinen Inhalt zu erkunden.

Ich winselte enttäuscht, und Kathleen lachte.

„Hat dich das hergelockt? Oder das Potpourri im Flur? Auch das riecht weihnachtlich."

Sie nahm einen Teller von der Kommode und stellte ihn auf den Boden. Jack wirkte, seinem Blick nach zu urteilen, genauso überrascht wie ich, als sie einen Lebkuchenmann darauflegte. Er sah genauso aus wie die Figur auf dem Papier, mit dem das Geschenk der Zwillinge eingepackt war. Sogar die Zuckerknöpfe waren gleich.

Ich riskierte einen Blick auf Kathleen, dann auf Jack, und ließ es mir schmecken.

Nur fürs Protokoll, Lebkuchen sind fantastisch!

„Es schmeckt ihm offenbar!", sagte Jack lachend.

„Darf ich Ihnen auch ein Stück anbieten? Oder lieber einen Mince Pie?", fragte Kathleen. „Sie dürfen sich beim Essen auch gern setzen. Und ich mache Ihnen eine Tasse Tee, wenn Sie möchten."

„Ich sollte nicht …“, fing Jack an, doch Kathleen hatte bereits einen Teller geholt und einen Mince Pie und einen Lebkuchenmann daraufgelegt. Ich hatte im vergangenen Jahr Mince Pie probiert, und mir war davon ziemlich übel geworden. Die konnte man voll vergessen, im Gegensatz zu Lebkuchen.

„Bitte“, sagte sie. „Meine Tochter hat mir diesen riesigen Geschenkkorb geschickt. Mit Puddings, Keksen und Schokolade, aber der ersetzt mir natürlich mein Kind nicht. Sie kann leider nicht hier sein, und ich wäre ehrlich gesagt froh, wenn ich die vielen Sachen mit jemandem teilen könnte. Bitte bleiben Sie doch.“ Sie klang fast verzweifelt. Offenbar suchte auch Kathleen nach Menschen, zu denen sie gehören konnte – so wie ich. Und hatte Jack nicht gesagt, dass er Freunde und ein Zuhause wollte? Kathleen mit ihren Lebkuchenmännern schien mir ein guter Anfang zu sein.

Das dachte Jack wohl auch, denn er setzte sich. „Nun, in diesem Fall … danke.“

Ich hatte gerade meinen Lebkuchen verschlungen, als mir etwas auffiel. Kathleen hatte „Korb“ gesagt. Genau dasselbe Wort hatte Daisy für die interessant duftende Kiste benutzt. Und darin hatten sich eindeutig nicht nur Mince Pies und Lebkuchen versteckt.

Das wiederum bedeutete, dass es irgendwo in der Küche noch mehr Leckereien geben musste, die darauf warteten, gegessen zu werden. Und vielleicht, wenn Jack und ich lange genug blieben, würde mich Kathleen auch davon kosten lassen …

DAISY

Die ganze Familie wieder im Wagen zu versammeln und die Fähre zu verlassen, stellte sich als genauso schwierig heraus, wie sie anfangs zu erreichen.

Bella hatte vor dem Einlaufen in den Hafen die Website der Findet-Claude-Kampagne überprüft, doch bisher hatten sie nur eine Nachricht erhalten. Ein Mädchen aus dem Maple Drive schrieb, dass sie gesehen hatte, wie Claude am Vormittag einer Katze hinterhergejagt war.

„Sie ist jetzt shoppen", hatte Bella berichtet, als sie sich wieder ausloggte. „Aber sie hält die Augen offen, wenn sie nach Hause kommt."

„Wenigstens wissen wir jetzt, dass es ihm heute Vormittag gut ging", hatte Daisy erleichtert festgestellt. „Jetzt müssen wir darauf hoffen, dass er bald noch einmal gesichtet wird."

„Wir könnten die Nachrichten natürlich leichter checken, wenn ich mein Handy hätte ..."

Wegen all der Hektik hatte Daisy noch keine Zeit gefunden, nach dem Schminkkofferschlüssel zu suchen. Und nun waren sie in Frankreich, und wie es aussah, hatten es ihre Eltern nicht einmal für nötig befunden, sie von der Fähre abzuholen.

„Welchen Treffpunkt habt ihr ausgemacht?", fragte Oliver und ließ den Blick über den geschäftigen Hafen von Caen schweifen.

„Wir haben nichts Genaues verabredet", gab Daisy zu. Sie hatte schlicht vorausgesetzt, dass ihre Eltern sie am Pier erwarten würden. Schließlich waren sie heute nur ihretwegen so weit gereist.

Oliver seufzte. „Hast du ihre französische Handynummer?"

„Nur auf meinem Handy." Sie erinnerte sich an den Kassenbon in ihrem Portemonnaie. „Aber ich hab ihre Festnetznummer im Château."

„Wir können sie aber nicht anrufen, weil wir kein Handy haben", stellte Bella klar. Mal wieder.

„Außerdem sollten sie hier sein", fügte Oliver hinzu.

Das waren sie jedoch nicht. Selbst Daisy musste sich das eingestehen, als die Menge sich auflöste.

„Da drüben ist eine Telefonzelle", sagte sie. Hoffentlich konnte sie das Gespräch mit der Kreditkarte bezahlen. Ihr Kopf schmerzte so heftig, als ob ein Presslufthammer darin wütete. Warum konnte zur Abwechslung nicht mal etwas glatt laufen? „Ich versuche, sie zu erreichen. Bleib du mit den Kindern hier."

„Daisy, Liebling!" Die Stimme ihrer Mutter klang so wie immer; etwas zerstreut und enttäuscht, aber liebevoll. „Wo bleibt ihr denn? Wir haben euch schon vor Stunden erwartet."

Warum? fragte sich Daisy. Sie hatte ihrer Mutter die Ankunftszeit beim letzten Telefonat durchgegeben. Vermutlich hatte ihre Mutter sie falsch notiert. Oder gar nicht. Beides war ihr zuzutrauen.

Drei aufeinanderfolgende Jahre hatte sie Jays Geburtstag verwechselt und stur darauf bestanden, dass die Angaben in ihrem Kalender richtig seien. Als ob der Kalender besser als Daisy wüsste, wann ihr Sohn geboren wurde.

„Wir sind gerade von der Fähre runtergefahren", sagte sie, denn es war sinnlos, mit ihrer Mutter zu streiten. Ihre Mutter glaubte an ihre Version der Realität mit einer Hartnäckigkeit, die jeder Logik widerstand. „Ich dachte, ihr holt uns ab?"

„Gut, dass wir das nicht getan haben! Stell dir nur vor, wie lange wir hätten warten müssen."

Ja. Natürlich.

Daisy seufzte und rieb sich mit der freien Hand die Schläfen. „Jedenfalls sind wir jetzt hier. Kannst du mir sagen, wie wir zu euch kommen?"

„Warum benutzt ihr nicht Olivers modernes schickes Handy als Navi?", fragte Mum. „Er behauptet immer, dass es alles kann."

Ja, und beim Herumspielen mit dämlichen Apps konnte man jegliches Gespräch mit der Familie vermeiden. „Wir haben beschlossen, Weihnachten ohne elektronisches Spielzeug zu verbringen", klärte Daisy sie auf. Das klang viel besser als: „Ich hab unsere Handys und Tablets in einem Schminkkoffer eingeschlossen und versehentlich den Schlüssel verloren." Der

Schlüssel musste doch irgendwo stecken. Beim Auspacken würde sie ihn sicher finden.

„Ich hole deinen Vater“, sagte ihre Mum und war weg, bevor Daisy Einwände erheben konnte.

Die „hilfreichen“ Wegbeschreibungen ihres Vaters konnte sie jetzt gar nicht gebrauchen.

„Hallo, mein Engel!“ Dad klang ungewöhnlich fröhlich. Daisy vermutete, dass die Cocktailstunde mit Gin Tonic schon etwas früher angefangen hatte als sonst. „Du hast es in unser schönes Land geschafft! Entschuldige, dass wir euch nicht abholen konnten. Es gab ein Problem mit dem Herd, den deine Mutter unbedingt haben wollte. Und mit meiner neuesten Erzfeindin – einer Ringeltaube, die unsere Küche für ihren Taubenschlag hält.“

„Ich glaube, Mum hat sich die Zeit falsch notiert“, sagte Daisy und ignorierte den Teil mit dem Vogel.

„Oh, das ganz sicher. Nach dem Kalender solltet ihr schon vor sechs Stunden eintreffen.“

„Der Kalender irrt mal wieder.“ Bei den Eltern ist es wahrlich kein Wunder, wenn es mir schwerfällt, mein Leben auf die Reihe zu bekommen, dachte Daisy.

„Wie immer.“ Sie hörte ein Rascheln und wusste aus Erfahrung, dass ihr Vater seine Straßenkarten sortierte. „Du brauchst eine Wegbeschreibung, stimmt's?“

„Ja. Aber Dad, mach es so einfach wie möglich, bitte.“

„Natürlich!“

„Gut.“ Daisy zog einen Stift und einen alten Kassenbon aus der Handtasche, um sich Notizen zu machen.

„Die Sache mit den französischen Straßen ist folgende: Man hat immer zwei Möglichkeiten zur Wahl. Entweder man fährt so wie alle oder man nimmt den besten Weg. Ich gebe dir den besten Weg durch."

Oh Gott. Daisy legte die Stirn an die Plastikscheibe der Telefonzelle und bereitete sich innerlich darauf vor, dass sie die nächsten Stunden planlos herumirren würden.

Zehn Minuten später lief sie mit einer Reihe gekritzelter Anweisungen in der Hand zurück zu ihrer Familie.

„Und?", fragte Oliver. Er wischte den Zwillingen gerade irgendetwas vom Gesicht, das aussah wie Apfelbrei. „Kommen sie?"

Daisy schüttelte den Kopf. „Der Kalender behauptet, wir hätten schon vor sechs Stunden da sein sollen, und es gab wohl Probleme mit dem Herd und einem Vogel. Was sich aber hoffentlich nicht aufs Dinner auswirkt", fügte sie schnell hinzu. Oliver und die Kids wären sicher nicht begeistert, wenn nach der ewig langen Reise und dem Tumult um Claude nicht mal ein anständiges Festessen auf sie wartete.

„Und was machen wir jetzt?", fragte Bella. Jay hatte den Kopf in ihren Schoß gelegt und schlief halb. Offenbar hatte ihn der Heulkrampf auf der Fähre müde gemacht. Seinen Kuscheltier-Claude hielt er fest umschlungen. Die schwarzen Ohren schauten unter seinem Arm heraus, aber es war ein erbärmlicher Ersatz für den echten Claude.

„Opa hat mir eine Wegbeschreibung gegeben", sagte Daisy. Oliver und Bella stöhnten einstimmig. „Keine Sorge, es wird schon klappen."

Oliver steckte die breiverschmierten Feuchttücher in einen Windelbeutel, den er in die Wickeltasche packte, damit Daisy sich später drum kümmern konnte. „Wenn wir vor Heiligabend ankommen wollen, sollten wir besser losfahren."

„Dad sagt, es sei nur eine Stunde Fahrt", meinte Daisy. „Und nur auf zwei oder drei Straßen. Je nachdem, wie wir fahren."

Oliver musterte sie eindringlich. „Wie viele Wegbeschreibungen hat er dir gegeben?"

„Er sagt, es gibt zwei Routen. Und dann hat er sechs beschrieben. Oder sieben. Ich hab irgendwann den Überblick verloren."

Oliver verdrehte die Augen und schulterte die Wickeltasche. „Aha."

„Es wird schon gut gehen."

„Das behauptest du immer", warf Bella ein.

„Ich hoffe, dass es dieses Mal stimmt", sagte Daisy. „Immerhin ist es die Zeit der Wunder."

Dieser Spruch nutzte sich jedoch allmählich auch in ihren Augen ab.

In einer Stunde sind wir beim Château, dachte sie. Dort konnten sie sich in aller Ruhe Gedanken darüber machen, wie sie schnellstmöglich zu Claude nach Hause gelangten.

JACK

„Die Mince Pies sind köstlich. Der Lebkuchen auch“, sagte Jack und betrachtete Claude, der bereits sein drittes Stück verputzte. Durften Hunde überhaupt Lebkuchen fressen? Vermutlich nicht, aber er wusste auch, dass er keine Chance hatte, Claude davon fernzuhalten. Er hoffte nur, dass die McCawleys ihm keine Vorwürfe machen würden, wenn der Hund sich den Magen verdarb.

„Das freut mich“, sagte Kathleen. „Ich bin keine Naschkatze. Wahrscheinlich hat mir meine Tochter die ganzen süßen Sachen geschickt, damit ich Gäste bewirten kann. Also haben sie ihren Zweck erfüllt.“

Es war eine Schande, dass Jack und Claude wohl die einzigen Gäste sein würden, die sie bewirten würde. Dennoch war Jack dankbar, dass er nun einen Hauch der nachbarschaftlichen Verbundenheit spüren konnte, die er sich erhofft hatte, als er hergezogen war.

„Kommt Ihre Tochter zu Weihnachten nicht zu Besuch?“ Er wusste, dass es schwierig sein konnte, die Familie an den Feiertagen an einen Tisch zu bekommen, aber der Gedanke, dass Kathleen das Weihnachtsfest allein verbringen musste, gefiel ihm nicht. Und er dachte unwillkürlich, dass er die Feiertage ganz sicher mit ihr verbringen würde, wäre sie seine Mutter. Ein Geschenkkorb konnte einen Besuch nicht ersetzen.

Kathleen schüttelte den Kopf. „Leider nicht. Sie wäre natürlich gern hier, aber … Sie lebt in Australien, bei der Familie ihres Mannes." Sie seufzte. „Sie hoffen, dass sie mich stattdessen im Frühling besuchen können, und das wäre schön. Vielleicht kommt dann auch mein Sohn. Er arbeitet im Moment drüben in Amerika. Er hat einen Fünfjahresvertrag. Allerdings hat er sich dort verliebt, und nun bleibt es abzuwarten, ob er überhaupt nach England zurückkehrt. Derzeit steht nur fest, dass er zu beschäftigt ist, um die Weihnachtsfeiertage bei mir zu Hause zu verbringen."

„Und Sie haben nicht überlegt, zu Ihren Kindern zu fliegen?" Kathleen war offensichtlich enttäuscht, dass ihre Familie sie nicht besuchte, aber Amerika war weit weg und Australien noch weiter entfernt.

„Nein." Sie lächelte flüchtig. „Vermutlich liegt es an meinem Alter oder auch daran, dass ich in meinen jungen Jahren so viel gereist bin. Wie dem auch sei, ich kann mich einfach nicht mehr überwinden, in ein Flugzeug zu steigen. Lily und Hugh versuchen ständig mich zu überreden, nach Australien zu ziehen, damit sie sich um mich kümmern können. Sie schwärmen immerzu von der tollen Lebensqualität, den Möglichkeiten, dem Wetter … Aber ich habe so lange im Ausland gelebt, und meine letzten Tage möchte ich hier verbringen, zu Hause. Wo ich hingehöre."

„Dieses Gefühl kenne ich“, gestand Jack. „Aber ich bin mir sicher, Sie haben noch viele Tage vor sich, an denen Sie Ihr Zuhause genießen können!“

„Das hoffe ich doch! Aber wohl nicht mehr so viele wie Sie.“ Sie musterte ihn kritisch. „Haben Sie auch Zeit im Ausland verbracht? Natürlich haben Sie das. Bei der Army?“

Jack nickte. „Zehn Jahre. Mit einundzwanzig hatte ich mehr von der Welt gesehen, als ich mir vorstellen konnte.“

„Mir ging es ähnlich“, gab Kathleen zu und lächelte. „Mit neunzehn habe ich einen Diplomaten im Auswärtigen Dienst geheiratet. Plötzlich stand mir die ganze Welt offen, und ich habe jeden Moment genossen.“

Jack dachte an all die Päckchen mit den exotischen Briefmarken und interessanten Stempeln in ungewöhnlicher Form und Größe, die er Kathleen in den vergangenen Monaten geliefert hatte. „Ich habe mich schon gewundert. Sie bekommen viel mehr Post aus Übersee als die meisten Leute auf meiner Runde.“

„Viele meiner Freunde wohnen in allen Ecken der Welt“, sagte Kathleen. Meistens schreiben wir uns E-Mails oder skypen. Erstaunlich, wie leicht man heutzutage in Kontakt bleiben kann. Aber zu dieser Jahreszeit senden mir viele von ihnen gern Päckchen. Und ich verschicke bergeweise Tee und Kekse!“

„Das kann ich mir vorstellen“, sagte Jack lachend. „Aber Schreiben und Skypen ist schon etwas anderes, als die Menschen, die man liebt, persönlich zu sehen, wann immer man will.“

„Ja“, gab Kathleen zu. „Das stimmt. Und wie gefällt Ihnen das bürgerliche Leben?“

„Ich muss mich erst noch eingewöhnen“, gestand Jack. „In der Army kümmern sich andere um alles. Ich musste mir nie einen Arzt oder eine Wohnung suchen. Nicht mal Socken musste ich mir kaufen. Alles, was ich brauchte, stand mir immer zur Verfügung, sobald ich es benötigte, oder ich konnte es mir im Ausrüstungslager besorgen. Selbst meine Freunde waren immer in der Nähe.“

Sie schwiegen eine Weile, tranken ihren Tee. Das einzige Geräusch kam von Claude, der gierig einige Kekse verschlang.

„Vermissen Sie sie? Ihre Armyfamilie?“, fragte Kathleen schließlich.

Wie hatte die ältere Dame das geahnt? Seine Kameraden waren tatsächlich nicht nur Freunde für ihn, sondern die einzige Familie, die er seit dem Tod seiner Eltern hatte.

„Ihre Kameraden sind doch wie eine Familie, oder?“, fuhr Kathleen fort, als hätte sie seine Gedanken gelesen. „Wenn man auf so engem Raum zusammenlebt und so viel Zeit miteinander verbringt, ob als Fremde in einem fremden Land oder auch hier in England, wächst man zu einer Familie zusammen. Es muss für Außenstehende nahezu unmöglich sein, das Leben zu verstehen, das Sie geführt haben. All die Herausforderungen und Gefahren, denen Sie sich stellen mussten. Da sind die Leute, mit denen Sie dienen …“

„Wie Brüder und Schwestern“, ergänzte Jack. „Und gleichzeitig auch Eltern und Kinder. Sie sind meine Familie, und es ist … hart, sie zu verlassen.“

„Das kann ich nachvollziehen. Aber Sie stehen noch in Kontakt?“

Jack nickte. „Soweit das möglich ist. Gelegentlich skypen wir oder schicken uns E-Mails. So wie Sie und Ihre Freunde und Familie. Aber es gibt nicht oft Gelegenheit dazu, und die Zeit ist knapp, denn natürlich wollen meine Freunde auch noch mit anderen reden. Mit ihrer echten Familie."

„Und Sie haben keine Familie mehr außerhalb der Army?"

„Nicht mehr." Jack setzte die leere Teetasse ab. Wie war es dazu gekommen, dass er sich einer völlig Fremden anvertraute? Seit wann ließ er sich für eine Tasse Tee und einen Mince Pie seine Geheimnisse entlocken?

Vielleicht hatte er auch nur darauf gewartet, dass er sich jemandem anvertrauen konnte. Jemandem, der ihn verstand.

Er schaute zu Claude hinunter, der sich vor ihn gesetzt hatte und ihn anschaute. Es klang verrückt, aber er konnte das Gefühl nicht abschütteln, dass Claude ihn aus einem bestimmten Grund zu Kathleens Haus geführt hatte. Dass er gespürt hatte, dass Kathleen Gesellschaft ebenso brauchte wie er.

Kathleen neigte den Kopf. „Wenn ich fragen darf … warum haben Sie die Army verlassen? Was haben Sie sich von Ihrem Leben erhofft?"

Das war genau die Frage, die er sich kürzlich bereits selbst gestellt hatte.

Jack fummelte an der Aluverpackung seines Mince Pies herum. „Nun ja …"

„Es tut mir leid", sagte Kathleen. „Sie müssen mir natürlich nicht antworten. Meine Tochter sagt mir ständig, dass ich zu neugierig bin und zu viele Fragen stelle."

„Nein, das ist schon in Ordnung", versicherte Jack. „Um

ehrlich zu sein, ist es sogar sehr nett, dass mich jemand mal danach fragt."

Kathleen lächelte verständnisvoll. „Nun, in diesem Fall …"

„Ich glaube, es war einfach an der Zeit. Zehn Jahre … das ist ein Drittel meines Lebens. Ich bin gern Soldat gewesen, aber ich wollte mich nicht nur darauf beschränken. Ich wollte mir ein eigenes Leben aufbauen, außerhalb der Army. Einen Ort suchen, an den ich gehöre und wo ich mich zu Hause fühle. Ich habe ihn nur noch nicht gefunden."

„Und warum ist das so, was glauben Sie?"

Jack überlegte. Er war sich ganz sicher gewesen, dass er im Maple Drive nicht das finden würde, was er suchte – eine Nachbarschaft, in der er auf eine Tasse Tee und ein kleines Schwätzchen eingeladen wurde. Einen Ort, wo er die Namen der Nachbarn kannte und vielleicht auch die Liebe seines Lebens fand. Und eine neue Familie und eine Zukunft, auf die er sich jeden Morgen nach dem Aufstehen freuen konnte. Aber solche Dinge brauchten Zeit, hatte Bill gesagt. Und im Moment …

Nun, hier saß er, trank Tee und plauderte – dank Claude. Und er kannte die Namen seiner Nachbarn, auch wenn sie seinen Namen noch nicht kannten. Vielleicht lag das auch daran, dass er sich nicht vorgestellt hatte, nie gesagt hatte: „Hallo, ich bin Jack, Ihr neuer Postbote. Übrigens wohne ich gleich um die Ecke."

Ja, nicht alle Bewohner des Maple Drive machten sich die Mühe, ihre Nachbarn kennenzulernen. Aber in den vergangenen zwölf Stunden hatte er längere, persönliche Gespräche mit vielen geführt – angefangen mit Mrs. Templeton und ihrer

Aversion gegen Eiszapfenlichterketten, dann mit Holly wegen der Katzenleine, mit all den Nachbarn, die Claude nicht kannten, und nun mit Kathleen.

Kein schlechtes Ergebnis für einen Tag. Und er hatte sich nicht mal große Mühe gegeben. Nicht auszudenken, was er erreichen konnte, wenn er sich wirklich anstrengte.

„Ich glaube“, sagte er, als ihm bewusst wurde, dass Kathleen immer noch auf eine Antwort wartete, „ich wollte, dass das Glück mich findet, statt mich auf die Suche danach zu begeben. Aber ich denke, ich bin bereit, das zu ändern.“

Kathleen strahlte. „Na, wenn das keine gute Nachricht ist! Erzählen Sie mir mehr von dem Leben, das Sie sich wünschen. In meinem Alter sind die Träume und Bestrebungen anderer das Einzige, woran man sich noch erfreuen kann!“

Zum zweiten Mal hatte sie ihr Alter erwähnt, als gäbe es nichts, was sie noch vom Leben erwarten konnte, außer dem Tod.

Zugegeben, sie war offensichtlich nicht mehr die Jüngste. Dennoch gefiel Jack der Gedanke nicht, dass Kathleen die Stunden bis zu ihrem Ende zählte.

Unvermittelt verspürte er den Wunsch, ihr etwas zu geben, auf das sie sich freuen konnte. Etwas, das sie daran erinnerte, dass das Leben auch für sie immer noch Schönes bereithielt.

Aber wie um Himmels willen sollte er das anstellen? Er hatte keine Ahnung.

Stattdessen erzählte er ihr von seinen Hoffnungen und Träumen.

„Ich glaube, ich war vor allem auf der Suche nach einem Ort, an dem ich mich wohlfühle und Freunde finde." Er spürte, wie sich ein pelziger Kopf an sein Bein drückte, und streckte die Hand aus, um Claude zwischen den Ohren zu kraulen. Der kleine Hund sah dies offenbar als Erlaubnis an, auf seinen Schoß zu springen.

Kathleen schmunzelte. „Wie es aussieht, haben Sie bereits einen Freund gefunden."

Jack schüttelte den Kopf. „Den kleinen Kerl habe ich nur auf Leihbasis", erklärte er. „Sobald die McCawleys zurück sind, gehört er wieder ihnen."

„Vielleicht", antwortete Kathleen. „Aber ich glaube, Sie haben Eindruck bei ihm hinterlassen. Wenn ein Hund mal jemanden mag … Ich bin mir ziemlich sicher, dass er sie nicht vergessen wird."

„Das ist ein schöner Gedanke", gab Jack zu. Ihm gefiel die Vorstellung, dass Claude jedes Mal, wenn er Post für Nummer elf haben würde, heraussprang, um ihn zu begrüßen. Er betrachtete den kleinen Hund in seinem Schoß. Er hatte den Kopf gesenkt und vermutlich auch die Augen geschlossen. Gelegentlich wackelte er mit dem Hinterteil, als ob er mit dem Stummelschwanz wedeln wollte. „Zwischenzeitlich suche ich ihm besser einen Platz für die Nacht. In meiner Wohnung sind keine Tiere erlaubt", erklärte er.

Kathleen blickte besorgt. „Wissen Sie schon, wo Sie ihn unterbringen können? Ich würde ihn ja nehmen, aber ich bin ein bisschen zu alt, um den Umgang mit Hunden zu lernen!"

„Man ist nie zu alt", widersprach Jack. „Aber keine Sorge. Ich werde zunächst mal mit ihm zu Holly von gegenüber gehen und ihr die Leine zurückgeben. Sicher sind die McCawleys bis dahin zurück." Vorausgesetzt sie waren nicht in den Urlaub gefahren. Falls doch ... dann wäre ihnen sicher aufgefallen, dass Claude fehlte, und sie würden sich längst auf den Rückweg gemacht haben. Oder sich zumindest darum gekümmert haben, dass ihn jemand versorgte.

„Holly, soso", sagte Kathleen mit wissendem Lächeln. „Ich hab mich zwar noch nicht oft mit ihr unterhalten, aber sie scheint ein nettes Mädchen zu sein."

„Claude ist sozusagen bei ihr eingebrochen", sagte Jack. „Durch die Katzenklappe."

Kathleen lachte. „Das hätte ich gern gesehen."

„Er hat buchstäblich eine Bauchlandung hingelegt." Lächelnd rubbelte Jack Claudes Rücken, um ihn zu wecken. „Komm, Claude. Zeit aufzustehen."

Schläfrig öffnete Claude ein Auge und schaute ihn an. Nach einem kleinen auffordernden Stups sprang er auf den Boden, und Jack klipste die Leine wieder ans Halsband. Zwar war es nicht weit bis nach nebenan, aber Jack wollte kein Risiko eingehen, dass ihm Claude noch einmal entwischen könnte.

„Wollen Sie nicht noch ein wenig bleiben?" Mit traurigem Blick ergriff Kathleen Jacks Hand. „Ich bekomme in letzter Zeit so wenig Besuch, und ich habe unser kleines Schwätzchen sehr genossen."

„Ich auch", versicherte Jack. Sein Gewissen nagte an ihm. Kathleen wirkte so einsam. „Aber leider muss ich wirklich los.

Vielleicht darf ich Sie ja wieder einmal besuchen? An einem anderen Tag?“

Kathleens Miene hellte sich auf, und sie drückte kurz seine Hand. „Das wäre schön.“

„Dann ist das abgemacht.“ Claude schnüffelte hoffnungsvoll an der Ecke der Theke, wo Kathleen den Korb mit dem Essen abgestellt hatte, und Jack zog ihn weg. „Komm mit, Junge, Zeit, zu Holly zu gehen.“

Als er Hollys Namen hörte, lief Claude folgsam zur Haustür, Jack im Schlepptau. Jack begann allmählich zu denken, dass Claude viel mehr verstand, als er ahnte.

„Danke noch mal für den Tee und den Mince Pie“, sagte Jack zu Kathleen, ehe er vor die Tür trat. Claude fröstelte neben ihm, so kalt war es geworden. „Und Claudes Lebkuchen. Ich wünsche Ihnen ein wundervolles Weihnachtsfest, falls ich es doch nicht schaffen sollte, vorher noch einmal bei Ihnen vorbeizuschauen.“

„Und ich hoffe, dass Sie alles finden, wonach Sie suchen“, antwortete Kathleen und drückte ihm einen Lebkuchenmann in die Hand. Claude bellte erfreut.

„Ich auch“, gab Jack zu. Und er wusste schon genau, wo er mit der Suche anfangen wollte – bei Holly. „Frohe Weihnachten“, rief er, bevor er *Jingle Bells* pfeifend nach nebenan schlenderte. Claude stromerte neben ihm her und wartete wohl darauf, dass er ein weiteres Stück Lebkuchen verputzen durfte.

6. KAPITEL

CLAUDE

Schläfrig lief ich neben Jack her, der mit seinen langen Beinen die kurze Strecke zwischen Kathleens und Hollys Haus in Nullkommanichts zurücklegte. Ein Blick zur anderen Straßenseite verriet mir, dass in der Einfahrt unseres Hauses immer noch kein Auto stand. Es brannte auch kein Licht. Die McCawleys waren also noch fort.

Ich seufzte. So eine Enttäuschung. Ich wäre gern für ein Schläfchen bei Kathleen geblieben, bis Daisy und Oliver mich abholen kamen, vor allem, wenn sie mir weiterhin solche Leckereien wie Lebkuchen gab. Aber Jack hatte wohl seine Gründe, warum er noch einmal zu Holly wollte. Und ich hegte einen gewissen Verdacht, worin diese Gründe bestanden.

Die Menschen unterschieden sich gar nicht so sehr von uns Tieren. Wir wollten alle eine Familie, ein Rudel. Andere, zu denen wir gehörten, einen Ort, den wir Zuhause nennen konnten, egal ob es ein Haus, eine Wohnung oder nur ein Körbchen mit einer Decke war. Ich wusste sehr genau, wer Teil meiner Familie war und wo ich hingehörte. Ich sah meine Menschen in meinem Kopf deutlich vor mir – auch wenn sie mich offensichtlich vergessen hatten.

Jack schien jedoch nicht zu wissen, wo sein Zuhause war oder zu welchen Menschen er gehörte.

Vielleicht konnten Holly oder Kathleen seine Familie werden. Für Kathleen sprach, dass es dort Lebkuchen gab und keine Perdita. Was Holly jedoch anging … Jack schien vorhin bei ihr sehr glücklich gewesen zu sein.

Ich beschloss, dieses Mal ein wenig besser aufzupassen, wie er sich in ihrer Nähe benahm. Ich wollte herausfinden, ob Holly für Jack eine Familie werden konnte, und falls ja, wie ich ihm dabei helfen konnte, das zu erreichen. Manchmal brauchten die Leute eine kleine Aufforderung, hatte ich festgestellt. Wie einen Stupser mit der kalten Nase, wenn Oliver mein Frühstück verschlief. Oder einen Hundekuss ins Gesicht, damit Jay sein Tablet hinlegte und mich streichelte.

Ich mochte Jack. Ich wünschte ihm, dass er ein Zuhause fand, am besten irgendwo in der Nähe, damit er mir die Ohren kraulen konnte, wenn mir danach war.

Die McCawleys hatten mich vergessen. Daher musste ich neue Menschen finden, die ihren Platz einnahmen. Wenigstens, bis sie wiederkamen.

Jack klopfte bei Holly an, und ich setzte mich geduldig neben ihn auf die Matte, die Glitzerleine hing schlaff an meinem Hals herab. Diesmal gab es keinen Grund auszubüxen, und ich war mir sicher, dass Holly mich reinlassen würde. Am Morgen hatte ich den Eindruck gewonnen, dass sie mich mochte. Außerdem hatte sie mir etwas von Perditas Futter gegeben.

Das war zwar nicht ganz nach meinem Geschmack gewesen, doch ich hoffte, dass sie vielleicht Hundefutter eingekauft hatte, während Jack und ich bei der Arbeit gewesen waren.

Die Möglichkeit bestand immerhin. So gesehen hatte ich bisher Glück im Unglück gehabt. Obwohl man mich in der bitteren Winterkälte zurückgelassen hatte, waren mir gleich drei Menschen begegnet, die mich fütterten und sich um mich kümmern wollten.

Das lag sicher an meinem angeborenen Charme.

Holly öffnete die Tür, ein strahlendes Lächeln im Gesicht, dann fiel ihr Blick auf mich. „Kein Glück bei der Suche nach den McCawleys?"

„Leider nicht." Jack streichelte mir über den Rücken. Das fühlte sich zwar nicht ganz so gut an wie das Ohrenkraulen, aber es war tröstlich. „Sie haben die Eiszapfen abgenommen?"

Eiszapfen? Ich lehnte mich zurück und betrachtete das Haus. Es sah irgendwie dunkler aus.

Hollys Wangen röteten sich. „Keine Sorge. Morgen hänge ich sie wieder auf. Und dazu gleich noch ein paar weitere Lichterketten."

„Sie haben sie abgenommen, weil …"

„Ich hatte eine kleine Auseinandersetzung mit Mrs. Templeton", erklärte Holly.

Ich drückte mich voller Mitgefühl an ihr Bein. Ich hatte auch schon Auseinandersetzungen mit Mrs. Templeton gehabt. Die würde ich nicht mal Perdita wünschen.

„Kommen Sie doch herein", sagte Holly und machte mir und Jack Platz. „Sonst beschwert sie sich womöglich noch über herumlungernde Postboten. Andererseits weiß nur der Himmel, was sie denken wird, wenn sie sieht, dass Sie mein Haus betreten."

Jack lachte. „Ich bin mir sicher, ihr ist egal, was Sie ganz privat zu Hause machen. Sie hat nur gewisse Vorstellungen, wie die Straße aussehen sollte, glaube ich."

Holly und ich musterten ihn skeptisch. „Ich wette, sie beobachtet uns", sagte Holly. „Genau in diesem Moment."

Wir alle spähten in die Dunkelheit, hinüber zu den vorgezogenen Gardinen von Nummer dreizehn. Einer der Vorhänge im Erdgeschoss bewegte sich plötzlich ganz kurz.

„Sehen Sie!", rief Holly triumphierend. „Sie ist die typische Nachbarin, die andere ausspioniert, während sie sich hinter ihren Gardinen versteckt! Schnell, gehen Sie rein, bevor wir ihr noch mehr Stoff zum Tratschen liefern."

Jack lachte. „Sie wirken ziemlich fröhlich für jemanden, der von seiner Nachbarin ausspioniert wird."

„Ich musste den Glühwein abschmecken." Holly ging voran in die Küche. Jack ließ die Leine fallen, sobald sich die Tür hinter uns geschlossen hatte. Ich trottete hinter den beiden her und hoffte, dass sie mir bald noch ein Stück Lebkuchen zustecken würden. Oder Katzenfutter. „Möchten Sie auch eine Tasse?", rief sie über die Schulter.

„Gerne, danke", sagte Jack. „Ich bin offiziell außer Dienst bis nach Weihnachten, und das würde ich gern feiern."

„Das sollten Sie auch." Sie hielt ihm ein Teeglas mit einer dunkelroten Flüssigkeit hin. Ich setzte mich vor sie und schaute sie hoffnungsvoll an. Sie seufzte, als sie es bemerkte. „Du bist wohl wieder hungrig, oder? Aber Glühwein wird dir nicht schmecken, Claude, das kann ich dir versichern."

„Da wäre ich mir nicht so sicher. Er ist ein großer Fan von Lebkuchen, obwohl es sicher nicht gut für ihn ist, wenn er noch mehr davon frisst", sagte Jack. „Er hat nebenan gerade erst drei Lebkuchenmänner verdrückt. Es würde mich nicht wundern, wenn ihm später übel wird."

Diese Menschen wussten eindeutig nicht, wie widerstandsfähig mein Magen war. Ich riss die Augen auf und winselte leise, um Holly zu überreden, mir ein Leckerli zu geben.

„Keinen Lebkuchen mehr für dich", sagte sie nachdrücklich. „Ich bin auch noch gar nicht dazu gekommen, mein Lebkuchenhaus zu verzieren. Du kannst aber noch eine Schale von Perditas Futter haben, wenn du wirklich so hungrig bist."

Ich folgte ihr zu dem Schrank mit Perditas Sachen, an einem Tisch vorbei, wo ein ganzes Miniaturhaus aus Lebkuchen stand. Vielleicht würde sie mir ja doch etwas davon abgeben, wenn ich total nett zu ihr war. In der Zwischenzeit tat es aber auch Katzenfutter. Zwar konnte ich mir Besseres vorstellen, andererseits hatte es den Vorteil, dass sich meine Erzfeindin ärgern würde, wenn ich ihr das Futter stibitzte. Und das war schließlich auch etwas wert.

„Was ist mit Ihnen?", fragte Holly, während ich mir das Katzenfutter schmecken ließ. „Sind Sie auch mit Lebkuchen vollgestopft?"

„Ja", gab Jack zu. „Aber unser Besuch nebenan hat mich auf eine Idee gebracht. Darüber würde ich gerne mit Ihnen reden."

„Wirklich? Da bin ich aber gespannt", sagte Holly.

Ich blendete die beiden aus und konzentrierte mich auf den Napf vor mir. Wenn sie wieder über Essen redeten, konnte ich ja immer noch zuhören. Zwischenzeitlich hatte ich jedoch Wichtigeres zu überdenken.

Zum Beispiel, wie ich mir das Lebkuchenhaus schnappen konnte. Und wie ich Jack davon überzeugen konnte, im Maple Drive zu bleiben.

DAISY

„In Ordnung. Geht mal zurück." Daisy hob den Regenschirm über den Kopf, um ihn mit voller Wucht auf das Schloss des Schminkkoffers zu donnern. Allmählich reichte es ihr. Als ob es nicht genügen würde, dass sie ihren Hund verloren hatten. Nun irrten sie auch noch seit über eineinhalb Stunden in der nordfranzösischen Pampa umher, wo es nirgendwo ein Telefon gab, mit dem man Hilfe anfordern konnte. Dieses Weihnachtsfest war bereits jetzt schon das schlimmste, das sie je erlebt hatte, dabei war noch nicht mal Heiligabend.

Es war höchste Zeit, etwas dagegen zu tun.

„Moment!", rief Oliver, doch sie ignorierte ihn und schlug mit dem Regenschirm auf das winzige Metallschloss ein.

Nichts passierte.

„Ich hätte dir gleich sagen können, dass das nicht funktioniert", meinte Oliver.

In Daisy stiegen Wut und Frust auf. „Oh danke, wie unglaublich hilfreich", stieß sie zwischen zusammengebissenen Zähnen hervor. „Vermutlich hast du die Lösung für all unsere

Probleme, ja? Kannst du uns vielleicht mit irgendeinem Teleportationsgerät nach Hause beamen, damit Claude nicht länger allein sein muss und wir das Fest nicht im verfallenen Château meiner Eltern verbringen müssen?" Als Claudes Name fiel, heulte Jay erneut auf. Daisy biss sich vor lauter Schreck auf die Lippe.

Warum endete alles, was sie plante, immer im Chaos?

„Ich wollte lediglich sagen, dass es eine bessere Möglichkeit geben muss, um diesen Koffer zu öffnen", blaffte Oliver zurück. „Und wenn du mein Handy nicht erst weggeschlossen hättest ..."

„Ja, natürlich, das ist alles wieder meine Schuld", unterbrach Daisy, obwohl sie den leisen Verdacht hegte, dass es tatsächlich so war.

„Wenn du die Handys nicht in den Koffer getan hättest, dann hätten wir die Navi-App und würden nicht in der verdammten Pampa von Frankreich festsitzen!", giftete Oliver.

„Hör auf zu fluchen!", brüllte Daisy, und die Zwillinge fingen an zu weinen.

„Oh, um Himmels willen." Bella kletterte nach vorn und schnappte sich den Schminkkoffer. „Ich versuch's mal." Sie zog eine Haarnadel aus ihrem unordentlichen Knoten und steckte sie ins Schloss. Sie stocherte ein wenig damit herum und der Deckel sprang auf.

Sprachlos schauten Daisy und Oliver sie an.

„Ich weiß nicht, ob ich wissen will, wo sie das gelernt hat", sagte Daisy und war sich sicher, dass sie es nicht wissen wollte.

Bella zuckte mit den Schultern. „Bei YouTube."

„Aha."

Bella schnappte sich ihr Handy, gab Jay sein Tablet und ließ sich wieder auf ihren Sitz plumpsen. „Wir haben eine Nachricht auf der Findet-Claude-Seite."

Daisys Herz machte einen Satz. Hoffentlich hatte ihn jemand gefunden. Hoffentlich ging es ihm gut und er war irgendwo an einem warmen Ort. „Ja, und?"

„Moment …" Bella wischte über das Display und rief die Nachricht ab. „Okay, sie ist von demselben Mädchen – Jessica aus Nummer drei. Sie ist vom Shoppen zurück und hält die Augen nach Claude offen, aber sie hat ihn noch nicht gesehen." Ein Stich der Enttäuschung ergriff Daisy, und ihr Herz beruhigte sich wieder. „Oh, das ist gut", fuhr Bella fort. „Sie hat die Seite mit ihren Freunden geteilt und die teilen sie weiter. Ganz sicher wird irgendjemand Claude bald finden." Der letzte Satz war an Jay gerichtet, der sich an sie gekuschelt hatte.

„Wollen wir es hoffen", murmelte Daisy. Der arme Claude.

Bella legte einen Arm um Jay. „Hey, soll ich checken, ob es hier irgendwo was zu essen gibt? Ich verhungere gleich."

„Das wäre … überaus hilfreich", gab Daisy zu. Sie alle mussten dringend was essen.

Oliver hatte sich zwischenzeitlich sein Handy geschnappt und saß schmollend auf dem Beifahrersitz. Seufzend nahm auch Daisy ihr Handy heraus. Drei verpasste Anrufe – alle von ihrer Mutter, aber noch bevor sie sie aus Caen angerufen hatte. Sonst keine Nachricht. Niemand schien zu wissen, wo Claude steckte. Sie würde Mrs. Templeton anrufen müssen, so viel stand fest. Obwohl Bellas Suchkampagne zu funktionieren schien, wäre es unverantwortlich, nicht jede Möglichkeit auszuschöpfen, um für Claudes Wohlergehen zu sorgen. Vielleicht konnte der Anruf aber auch bis nach dem Essen warten. Claude würde das ganz sicher verstehen. Der Hund dachte schließlich selbst mit dem Magen.

„Okay, so wie es aussieht, sind wir zehn Meilen von der Hauptstraße entfernt, auf der wir eigentlich sein sollten", sagte Oliver, während er über die Karte auf seinem Handy wischte.

„In einer Meile Entfernung kommt ein Schnellimbiss und ein Stückchen weiter eine Kleinstadt, in der es bestimmt auch ein paar Restaurants gibt", fügte Bella hinzu.

Jay hatte inzwischen die Gutenacht-Lieder-App auf seinem Tablet gestartet, wodurch das Geschrei der Zwillinge endlich verstummte.

Daisy versuchte zu ignorieren, um wie viel leichter ihr Leben durch die Technologie gerade geworden war, und konzentrierte sich auf das Wesentliche.

„Die Stadt", beschloss sie. „Ich will was Richtiges essen, in einem richtigen Restaurant. Und ich werde mir ein sehr großes Glas Wein genehmigen." Oliver hob die Augenbrauen, und sie fügte hinzu: „Denn du wirst die restliche Strecke fahren. Mir reicht's."

Vernünftigerweise erhob Oliver keine Einwände.

HOLLY

Holly war sich nicht sicher, ob es am Glühwein lag oder an der leisen Weihnachtsmusik, dass Jack im gedämpften Schein der Schrankleistenleuchte noch attraktiver aussah als sonst. Andererseits war es viel wahrscheinlicher, dass sie sich bisher nur nicht eingestehen wollte, wie gut aussehend er tatsächlich war.

Womöglich lag es auch daran, dass jeder Mann, der sich so leidenschaftlich und engagiert in die Weihnachtsplanung stürzte, einfach umwerfend war. Vor allem, wenn er dabei noch eine gute Tat vollbrachte.

„Sie ist an den Feiertagen also auch ganz allein?“, fragte Holly, nachdem Jack ihr von seinem und Claudes Besuch nebenan erzählt hatte. Sie kannte Kathleen vom Grüßen, hatte sich jedoch noch nie länger mit ihr unterhalten. Die ältere Frau wirkte immer sehr in Eile, wenn sie auf dem Weg zum Einkaufen oder zum Bus war. Und Holly hatte es gewöhnlich selbst eilig, um zur Arbeit zu kommen, deshalb kreuzten sich ihre Wege morgens meist nur kurz.

Außerdem fürchtete sie, dass Kathleen Nordmann auch eine Vorhangspionin sein könnte wie Mrs. Templeton.

Nach Jacks Beschreibung zu urteilen, schien Kathleen jedoch jemand zu sein, den Holly gern kennenlernen würde. Und falls sie sich nicht täuschte, plante Jack das bereits.

„Ja. Ihre Tochter und ihr Sohn können sie zum Fest leider nicht besuchen, und ihre Freunde wohnen zu weit weg. Ich glaube, sie fühlt sich ein wenig einsam und hat Claude und mich nur deshalb hereingelassen. Womöglich ist sie sogar sehr einsam, denn sie wollte uns gar nicht mehr gehen lassen. Ich hab ihr versprochen, dass ich bald wieder vorbeischaue."

„Das klingt wirklich so, als würde sie sich ziemlich allein fühlen." Das schlechte Gewissen nagte an Holly. War sie so sehr mit ihren eigenen Problemen beschäftigt gewesen, dass ihr gar nicht aufgefallen war, wie dringend die Frau, die sie beinahe täglich sah, eine Freundin brauchte? Vielleicht sogar noch dringender als sie. Jack hatte es jedoch bemerkt, und er wollte ihr helfen. Ihn dabei zu unterstützen, war das Mindeste, was sie tun konnte.

„Was halten Sie davon, wenn wir gemeinsam etwas unternehmen, damit sie ein schöneres Weihnachtsfest erlebt? Vorausgesetzt, Sie haben Zeit dafür." Jack formulierte seinen Vorschlag als Frage, doch Holly hatte sich bereits entschieden. Sie mussten das einfach tun.

Außerdem lieferte ihr das den perfekten Vorwand, um mehr Zeit in Gesellschaft des charmanten Postboten zu verbringen. Das war wie ein Geschenk des Himmels.

„Soll es eine Überraschung werden? Ich bin dabei", sagte sie nachdrücklich. „An was hatten Sie gedacht?"

Jack verzog das Gesicht und zuckte mit den Schultern. „Ehrlich gesagt, so weit bin ich noch nicht gekommen. Ich hatte gehofft, dass Sie vielleicht einen Vorschlag haben." Er machte eine Geste zu ihren Weihnachtsbasteleien. „Ich finde, Sie haben diese Weihnachtssachen ziemlich gut drauf."

Holly verspürte plötzlich eine Leere in der Brust, ein Gefühl, dem sie den ganzen Tag durch hektische Betriebsamkeit ausgewichen war. „Die Weihnachtszeit ist für mich die schönste Zeit des Jahres", gab sie zu.

„Das habe ich mir schon gedacht." Jack schenkte ihr ein wohlwollendes Lächeln. Genauso hatte er Claude angesehen, als der kleine Hund vor einem Augenblick direkt neben Perditas Futternapf eingeschlafen war. Holly konnte sich darüber nicht recht freuen. Sie wollte nicht, dass Jack sie nur für niedlich und süß hielt. Aber sie hatte ihm auch noch keinen Grund gegeben, mehr in ihr zu sehen.

Daran sollte sie wohl arbeiten.

„Es tut mir leid", sagte Jack. „Vermutlich haben Sie schon feste Pläne für das Fest und gar keine Zeit, mir bei meinem Vorhaben zu helfen. Sicher sind Sie nur zu höflich, um mir das zu sagen." Er hob die Glühweintasse an den Mund und nahm einen großen Schluck. „Ich sollte Ihnen nicht noch mehr Zeit stehlen."

„Nein!", rief Holly laut. Claude regte sich im Schlaf. „Nein, wirklich", fuhr sie etwas leiser fort und legte ihm zur Untermauerung ihrer Worte eine Hand auf den Arm. „Ich bin froh, dass Sie deswegen zu mir gekommen sind. Ich finde, Ihr Vorschlag ist sehr freundlich und fürsorglich, und ich würde Sie gern bei Ihrem Vorhaben unterstützen."

„Wirklich?“ Jack schaute auf ihre Hand, und Holly widerstand dem Drang, sie vor Verlegenheit wegzuziehen. Wenn sie wollte, dass er mehr in ihr sah als die niedliche, handwerklich begabte Frau, der er auf seiner Postrunde Päckchen brachte, musste sie die Initiative ergreifen. „Verreisen Sie denn nicht an Weihnachten oder bekommen Besuch?“

Holly zuckte zusammen. „Nein. Dieses Jahr nicht.“

„Aber Sie hatten Pläne?“, riet Jack. „Tut mir leid. Das geht mich nichts an. Sie müssen es mir nicht erzählen, wenn Sie nicht wollen.“

„Schon gut.“ Holly schüttelte den Kopf. „Eigentlich hätte ich morgen heiraten sollen.“

Jacks Miene verzog sich zu dem mitleidigen Blick, den alle ihr geschenkt hatten, als sie hörten, dass Sebastian sie verlassen hatte. Jedes Mal, wenn sie einem Freund, Verwandten oder Arbeitskollegen sagen musste, dass die Hochzeit abgesagt worden war, jedes Mal, wenn jemand eine Hochzeit, ein romantisches Erlebnis, das Wörtchen Liebe oder Weihnachten erwähnte, erntete sie diesen Blick, der sagte: „Oh, die arme kleine Holly. Sie ist ganz allein. Wie soll sie nur zurechtkommen?“

Es war im Prinzip derselbe mitleidige Blick, den sie Claude am Morgen geschenkt hatte.

Du lieber Himmel, jetzt war sie schon so mitleiderregend wie eine verlassene Französische Bulldogge mit albernen Ohren. Was sagte das über ihr Leben aus?

„Ehrlich gesagt, bin ich ohne ihn besser dran“, erwiderte sie nachdrücklich. Und das stimmte sogar, sie sagte es nicht nur so dahin. Sie wünschte nur, dass andere Leute ihr das auch glauben würden.

„Sie haben die Hochzeit also kurzfristig abgeblasen?", fragte Jack.

„Nun … nein. Nicht ganz", gab sie zu. „Unsere Trennung ist schon ein paar Monate her, und ich bin ehrlich gesagt froh, dass er weg ist."

„Das ist gut." Jack nickte peinlich berührt. Holly gewann den Eindruck, dass das Gespräch in eine Richtung verlief, die ihm nicht gefiel, denn offensichtlich wusste er nicht, was er sagen sollte.

Ihr war klar, dass sie das Thema wechseln musste. Sie hatte ihm bereits mehr als genug erzählt, und das Letzte, was er sich wünschte, war wohl, dass sie sich bei ihm über ihren Ex-Verlobten ausheulte. Aber die Worte purzelten einfach so aus ihr heraus.

„Wie sich herausstellte, wollte er mich nur heiraten, damit er befördert wird. Aber dann wurde ihm eine andere Stelle in Dubai angeboten und er brauchte mich nicht mehr."

Jacks Miene veränderte sich. Aus Mitleid wurde … ja, was? Wut vielleicht? Holly war sich nicht sicher.

„Was für ein Mistkerl", sagte er mit verkniffener Miene.

„Ja", stimmte Holly zu. „Das ist er. Wie gesagt, ohne ihn bin ich besser dran. Ihm lag auch nichts an Weihnachten."

Einen Wimpernschlag herrschte Schweigen, dann brach Jack in Lachen aus. „Tatsächlich? Wie um alles in der Welt sind Sie beide dann überhaupt zusammengekommen? Weihnachten mag doch jeder."

„Genau das habe ich auch gesagt.“ Holly deutete auf ihre Bastelarbeiten. „Ich meine, was soll man am Fest nicht mögen?“

„Na ja, das hängt davon ab. Haben Sie ihn den Ton schleppen lassen?“

Holly lachte und gab ihm einen leichten Klaps aufs Handgelenk. „Nein, habe ich nicht. Er hätte auch gar nicht die nötigen Muskeln dazu gehabt. Im Gegensatz zu Ihnen.“

Jack hob leicht die Augenbrauen, und Holly riss die Augen auf. Ach du Schreck, sie hatte gerade zugegeben, dass ihr seine Muskeln aufgefallen waren. Nun ja, sie hatte ihm ja zeigen wollen, dass sie interessiert war …

„Und Ihre Familie?“, fragte Jack. „Verbringen Sie Weihnachten nicht mit Ihren Eltern?“

Holly seufzte. Zurück zum Thema, wie einsam sie doch war. „Sonst schon“, erklärte sie. „Aber in diesem Jahr … Sie haben so viel Geld für meine Hochzeit gespart, und dann brauchten sie es plötzlich nicht mehr. Die Ausfallversicherung hat ziemlich schnell bezahlt, und sie haben beschlossen, auf eine Weihnachtskreuzfahrt zu gehen.“

„Und haben Sie hier allein gelassen.“

„Ich habe ihnen erzählt, dass ich Weihnachten mit Freunden verbringe“, gestand Holly. „Sie haben sich diesen Urlaub verdient. Sie waren so großartig zu mir in diesem Jahr, in jeder Hinsicht.“

„Und warum verbringen Sie Weihnachten nicht mit Freunden?“, fragte Jack.

Weil ich keine habe. Meine Freunde waren vor allem Sebastians Freunde. Nein, das war nicht die ganze Wahrheit – in der

Uni hatte sie Freunde gehabt, aber sie hatte seit Jahren keinen Kontakt mehr zu ihnen, weil sie meilenweit weg lebten. Auch mit einigen Lehrerkollegen war sie befreundet, aber die hatten ihre eigenen Familien. Es gab niemanden, den sie anrufen und dem sie ihre tiefe Einsamkeit gestehen konnte. Niemanden, dem sie sich an den Weihnachtsfeiertagen aufdrängen wollte. Ihre Antwort fiel daher ausweichend aus. „Nun, ich hoffe, ich werde Weihnachten mit Freunden verbringen. Wir wollen uns ja gemeinsam etwas für Kathleen einfallen lassen." Jack lächelte, und Holly wusste, dass sie auf der richtigen Spur war. Das führte sie jedoch zu einer anderen Frage. Sie runzelte die Stirn. „Was ist mit Ihnen? Haben Sie keine Pläne für Weihnachten?"

Jack schüttelte den Kopf. Er rutschte unruhig auf seinem Stuhl hin und her und wendete sich leicht von ihr ab. Sie hatte gar nicht gemerkt, dass sie sich zueinander gebeugt hatten, aber als auch sie sich etwas aufrechter hinsetzte, wurde ihr klar, dass sie sich ziemlich nahe gewesen sein mussten. „In diesem Jahr nicht", sagte er knapp.

Nun, wenn er dachte, er käme mit dieser Antwort durch, hatte er sich getäuscht. Holly hatte ihm gerade ihr ganzes Elend anvertraut. Da war er ihr zumindest eine kurze Erklärung schuldig.

„Keine Familie? Oder Freunde?", hakte sie nach.

„Meine Eltern sind gestorben, als ich einundzwanzig war", antwortete er, und Holly verspürte einen Stich.

„Das tut mir leid. Das wusste ich nicht."

Er zuckte mit den Schultern. „Woher auch. Und meine

Freunde … Sie sind alle in der Army. Es ist ziemlich schwierig, ein Treffen an Weihnachten mit Freunden auf die Reihe zu bekommen, wenn die meisten im Einsatz sind."

„Die Army?" Nun, das erklärte vieles. Zum Beispiel die Muskeln. „Sie waren Soldat?"

„Bis Anfang des Jahres", bestätigte Jack. „Jetzt bin ich Postbote."

„Ist das besser oder schlechter?" Sie konnte sich nicht vorstellen, wie es war, ein Soldatenleben zu führen, meilenweit von zu Hause entfernt, ohne je zu wissen, wohin man als Nächstes geschickt wurde. Sie mochte ihr Zuhause – ihr kleines Haus, ihre Katze, ihre Basteleien.

„Es ist anders", sagte Jack. „In gewisser Weise einsamer, was seltsam ist. Ich meine, ich sehe jeden Tag sehr viele Leute, aber …"

„Das ist was anderes, als sich mit Menschen richtig zu unterhalten", beendete Holly den Satz für ihn. „Ich weiß, was Sie meinen. Ich bin Lehrerin, und ich rede den ganzen Tag mit den Kindern. Ich ermutige sie, ihre Träume zu verwirklichen und Zukunftspläne zu schmieden. Und ich rede mit ihren Eltern darüber, welche Hoffnungen sie für ihre Kinder hegen. Aber niemand fragt mich je nach meinen Träumen und Plänen." Es wäre so schön, wenn nur einmal jemand Interesse an ihr zeigen würde und sie fragte, was sie vom Leben erwartete, doch stattdessen ging es nur darum, wie sie den Kindern helfen konnte.

„Genau", sagte Jack. „Jedenfalls bis heute."

Holly sah auf und stellte fest, dass sein Blick auf ihr ruhte. Sie schauten sich an, und Holly dachte daran, wie viel sich inzwischen verändert hatte, seit er an ihre Tür geklopft und Claude bei ihr hereingepurzelt war. „Ja", murmelte sie. „Bis heute."

Er hatte unglaublich dunkle, tiefgründige Augen. Warum war ihr das vorher nie aufgefallen? Plötzlich nahm sie nichts anderes mehr wahr als ihn.

Und das war gefährlich. Diese Lektion sollte sie doch inzwischen gelernt haben. Früher war Sebastian ihr Ein und Alles gewesen. Sie hatte geglaubt, dass sie nur ihn wollte, und sich nur auf das konzentriert, was sie an ihm liebte, weshalb sie seine nicht ganz so perfekten Züge übersehen hatte. Und seine Macken waren alles andere als liebenswert gewesen, wie sich herausgestellt hatte.

Ein Flirt, ein wenig Spaß, das war eine Sache. Aber wenn sie sich in Jacks Augen verlor, drohte Gefahr.

„Wir sind also alle an Weihnachten allein", stellte Holly fest und schuf etwas Abstand zwischen ihnen. „Sie, Kathleen und ich."

„Und Claude", ergänzte Jack. In seinen Augen stand Verwirrung, aber Holly ignorierte es.

„Natürlich. Und Claude." Sie betrachtete den kleinen Hund, der immer noch neben Perditas Napf schnarchte. „Und was tun wir dagegen?"

„Ich hatte gehofft, dass Sie eine Idee haben würden", meinte Jack.

Holly grinste. „Die habe ich tatsächlich. Aber ich finde, wir sollten Kathleen damit überraschen. Ich denke an leckeres Essen, vielleicht Weihnachtsmusik und vor allem Weihnachtsdeko! Ich habe vorhin eine Bestellung für Lichterketten und Leuchtfiguren aufgegeben, die morgen geliefert werden sollen. Und ich habe viel mehr bestellt, als ich benötige, um das Haus zu schmücken!" Allein die Vorstellung, wie Mrs. Templeton aus der Wäsche schauen würde, wenn sie bemerkte, dass Kathleens und Hollys Häuser so hell leuchteten wie Weihnachtsbäume, bereitete Holly ein warmes Glücksgefühl.

„Perfekt!"

„Was brauchen wir alles?" Holly gab sich selbst die Antwort auf ihre Frage. „Zunächst einmal: Was wollen wir essen? Wir könnten ein kleines Festessen vorbereiten. Ich habe ein bisschen was da, aber ich bin nicht sicher, ob es für uns alle reicht. Oder sollten wir lieber ein paar Delikatessen und Fingerfood für ein Büffet besorgen? Das ist sicher einfacher zu organisieren als ein Drei-Gänge-Menü. Und falls Kathleen keine Lust hat, Zeit mit uns zu verbringen, kann sie einfach nur kurz ein paar Häppchen essen und wieder gehen."

„Sie haben recht", stimmte Jack zu. „Vom Kochen habe ich nicht viel Ahnung, und so gut kennen wir drei uns ja auch noch nicht. Da wäre es wohl ein wenig zu viel verlangt, wenn wir das gesamte Fest miteinander verbringen."

„Genau." Holly kämpfte gegen die aufsteigende Enttäuschung an. Natürlich würden sie nicht alle Feiertage miteinander verbringen. Bis heute hatten sie kaum drei Worte miteinander gewechselt. Dieses Essen war lediglich als freundliche Geste für eine einsame alte Dame gedacht. Danach würden sie alle wieder in ihr normales, geschäftiges Leben zurückkehren.

Das war so klar wie Kloßbrühe. Oder Weihnachtspudding in dem Fall.

„Großartig. Vielleicht können wir uns morgen noch mal treffen und besprechen, was genau wir machen", schlug Jack vor. „Ich kann das Essen besorgen, wenn Sie möchten?"

„Wir erstellen eine Einkaufsliste", stimmte Holly zu.

„Bleibt nur noch eine Frage." Holly folgte Jacks Blick, und ihr wurde klar, was er meinte.

„Was machen wir mit Claude?", fragte sie.

7. KAPITEL

CLAUDE

Wie jedes Haustier habe ich gelernt, dass es ratsam ist, immer ein Ohr offen zu halten, falls mein Name fällt. Manchmal folgt darauf ein „Futter für dich“, was ich auf keinen Fall verpassen will. Öfter jedoch heißt es: „Wo steckt dieser verflixte Hund? Hast du gesehen, was er mit meinen Schuhen angestellt hat?“ In solchen Augenblicken empfahl es sich, die Flucht zu ergreifen und sich unter dem Bett zu verkriechen. Gelegentlich folgte auf meinen Namen auch ein „Wir fahren zum Tierarzt“, worauf ich mich ebenfalls schleunigst aus dem Staub machte.

Dieses Mal klangen die Stimmen jedoch anders und das Gespräch über mich noch beunruhigender als der Tierarzt mit seinen Spritzen.

„Was machen wir mit Claude?“, fragte Holly. Ihr Seufzen verriet mir, dass etwas nicht stimmte. Ich dachte, es wäre ziemlich offensichtlich, was sie mit mir machen sollten. Ich würde mit Jack nach Hause gehen. Vorher würden wir noch irgendwo in einem Laden Hundefutter kaufen, und später würde ich den Abend damit verbringen, mir die Ohren und den Bauch kraulen zu lassen. Ganz einfach. Jack und Holly sahen das jedoch anders.

„Ich habe mich ein wenig belesen, während Sie unterwegs waren“, sagte Holly. „Also, was man mit Fundhunden machen soll. Auf der Gemeinde-Website steht, dass Fundtiere gemeldet werden müssen. Das gilt auch für den Fall, dass man die Besitzer kennt, sie aber nicht erreichen kann.“

„Wirklich?“, fragte Jack. „Wieso das denn?“

Ich klappte ein Auge auf und sah, wie Holly mit den Schultern zuckte. „Vermutlich, um Streitigkeiten vorzubeugen. Die McCawleys könnten uns zum Beispiel beschuldigen, dass wir ihren Hund stehlen wollten.“

„Aber sie haben ihn doch hier allein gelassen“, stellte Jack fest. „Sie sind schon den ganzen Tag weg, und es sieht nicht so aus, als ob sie bald zurückkommen werden. Der arme Claude hat den ganzen Tag in der Eiseskälte verbringen müssen.“

„Ich weiß“, sagte Holly mitfühlend. Ich schloss das Auge schnell wieder, als ihr Blick zu mir wanderte. Sie sollten nicht merken, dass ich zuhörte, bis ich wusste, was die beiden vorhatten. „Wir müssen trotzdem bei der Stadtverwaltung anrufen.“

Jack seufzte. „Gut. Und was dann? Ich kann ihn nicht mit zu mir nehmen. Mein Vermieter erlaubt keine Haustiere.“

Ich knurrte leise in meinem vorgetäuschten Schlaf. Welcher Idiot verbot Tiere?

„Bei mir kann er leider auch nicht bleiben. Perdita schläft oben. Sie wird völlig durchdrehen, wenn sie nachts herunterkommt und ihn sieht.“ Holly klang so, als würde sie es aufrichtig bedauern, aber das änderte nichts daran, dass ich immer noch obdachlos war. „Kannte denn keiner der Nachbarn die Handynummer der McCawleys?"

„Nein", antwortete Jack niedergeschlagen. Er erinnerte sich offensichtlich an all die fiesen Kommentare über meine Ohren. „Diese Gegend ist nicht annähernd so freundlich und nachbarschaftlich, wie es von außen betrachtet erscheint."

„Ja, das stimmt wohl", sagte Holly. „Bei meinem Einzug dachte ich, es gäbe hier eine richtige Gemeinschaft, mit Straßenfesten und Leuten, die mal auf Kaffee und Kuchen beieinander vorbeischauen."

Jack lächelte. „Ich auch. Deshalb habe ich mir die Gegend ausgesucht. Aber so wie es aussieht ... Um ehrlich zu sein, überlege ich, wegzuziehen." Ich spähte erneut zu den beiden, um Hollys Reaktion zu beobachten.

„Wirklich?" Holly wurde sehr still, aber ich glaubte, dass Jack das nicht aufgefallen war. Dummkopf.

„Ja. Ich habe bereits um eine Versetzung gebeten."

„Ach ja?" Sie klang enttäuscht. „Das ist wirklich schade. Was mach ich bloß, wenn der neue Postbote meine Bastellieferungen nicht schleppen kann?" Sie lächelte leicht, aber ich bezweifelte, dass es ein echtes Lächeln war. Sie fand es ebenso blöd wie ich, dass Jack umziehen wollte.

„Oh, das wird er ganz sicher schon packen", sagte Jack, aber auch er wirkte traurig.

„Claude wird Sie vermissen", wandte Holly ein. Beim Klang meines Namens wackelte ich mit den Ohren. „Was machen wir denn nun mit ihm?"

„Die Stadtverwaltung anrufen, fürchte ich", sagte Jack seufzend. „Mal sehen, was man uns rät. Wenn die McCawleys heute nicht mehr zurückkommen und keiner von uns ihn über Nacht nehmen kann, wird er vermutlich ins Tierheim müssen, bis seine Besitzer ihn abholen."

Holly rümpfte die Nase. „Ins Tierheim?"

Moment mal. Was?! Ich hörte auf, länger so zu tun, als ob ich schlief, und setzte mich auf. Mein Blick wanderte zwischen Holly und Jack hin und her, und ich wartete darauf, dass sie anfingen zu lachen. Das musste doch ein Scherz sein, oder? Die beiden würden mich doch nicht wirklich ins Tierheim bringen! Unmöglich. Ich hatte doch den ganzen Tag versucht, für Jack ein Zuhause zu finden. Und für Kathleen und Holly hatte ich Freunde gefunden, damit sie sich nicht mehr einsam fühlten. Sie würden mich doch jetzt nicht abschieben. Das konnten sie mir doch nicht antun!

„Haben Sie die Telefonnummer von der Stadtverwaltung?", fragte Jack. „Wir rufen besser an, bevor es zu spät wird. Wer weiß, ob morgen überhaupt geöffnet ist."

„Ich habe sie mir notiert. Moment." Holly verschwand im Flur, und Jack schaute ihr nach. Sie hatten wirklich vor, mich wegzubringen. Selbst wenn ich für Jack Freunde im Maple Drive finden würde, die ihm eine Familie sein konnten, gab es dort offensichtlich keinen Platz für mich. Solange die McCawleys fort waren, gehörte ich nirgendwohin.

Was sollte ich bloß tun? Mein kleines Herz schlug doppelt so schnell bei dem Gedanken, dass ich nicht hier sein würde, wenn Daisy und Oliver zurückkehrten.

Ich fühlte mich schrecklich, weil ich unerwünscht war.

Holly würde die Telefonnummer bald finden. Mir blieb nicht viel Zeit. Ich musste mich schnell entscheiden, wie mein Leben weitergehen sollte.

Sollte ich hier warten, als ob ich immer noch an der pinken Glitzerleine festgebunden wäre, und darauf warten, dass sie mich ins Tierheim brachten? Den Ort, an dem verlassene Hunde starben?

Oder sollte ich mein Leben in die eigenen Pfoten nehmen und mir selbst einen Platz suchen, an dem ich bleiben konnte, bis ich meine Familie fand?

Die Entscheidung fiel mir leicht.

Ich nahm noch einen Happen von Perditas Abendessen, vergewisserte mich, dass Jack den Blick von mir abgewandt hatte, und rannte auf die Katzenklappe zu. Ich hatte noch mehr Mühe, mich durchzuzwängen als am Morgen, was vermutlich am Lebkuchen lag, aber ich schaffte es. Mit einem Klacken fiel die Klappe hinter mir zu, und ich hörte, wie Jack mich rief. Doch er kam zu spät. Vor Kälte fröstelnd schlängelte ich mich unter den Büschen durch und verschwand im Garten nebenan, bevor Jack die Hintertür aufriss und sich auf die Suche nach mir machte.

Ich konnte ihm und Holly nicht mehr trauen. Vielleicht fanden sie Menschen für sich, die ihre Freunde wurden, aber meine Freunde waren sie eindeutig nicht.

Ich war nun auf mich allein gestellt.

Und ich hatte keine Ahnung, was ich tun sollte.

DAISY

„Das ist es also.“ Daisy betrachtete fassungslos das Gebäude, das ihre Eltern als ihr neues Zuhause auserkoren hatten. Es hatte Schießscharten. Echte Schießscharten. „Ich hab gedacht, sie würden es nur Château nennen. Ich hab nicht damit gerechnet, dass sie eine echte Burg gekauft haben.“

Vielleicht lag es am Wein, den sie zum Essen getrunken hatte, aber Daisy nahm den Anblick des verfallen wirkenden Gemäuers, das ihre Eltern nun ihr Eigen nannten, ziemlich gelassen auf. Der Tag war anstrengend gewesen, und ihr war inzwischen alles egal, Hauptsache es gab fließend warmes Wasser und genügend Wein.

Dann wischte plötzlich etwas Dunkles und Pelziges an der Windschutzscheibe vorbei und sie überlegte kurz, ob sie Oliver nicht doch bitten sollte, umzudrehen. Zur Not konnten sie sicher auch am Fährhafen übernachten.

„Cool“, sagte Jay mit großen Augen. Er hielt das Claude-Kuscheltier immer noch fest umschlungen.

„Eher seltsam“, erwiderte Bella stirnrunzelnd, als wieder

etwas Pelziges an ihnen vorbeiflatterte. Tatsächlich. Fledermäuse. Die hatten gerade noch gefehlt, um das Weihnachtsfest perfekt zu machen.

Daisy verdrängte ihre Angst vor den geflügelten Tieren. Die Zwillinge waren in ihren Sitzen eingeschlafen, und Oliver war vom Fahren auf der rechten Straßenseite immer noch traumatisiert und zu keinem Kommentar fähig.

Daisy löste den Sitzgurt. „Also dann, sagen wir Oma und Opa Hallo." Im Haus selbst würden hoffentlich keine Fledermäuse herumflattern.

Ihre Eltern warteten schon auf sie, die Gesichter von Laternen beleuchtet, die über der Tür hingen. Breit lächelnd streckten sie die Arme aus. Daisy ließ sich herzlich drücken und fragte sich dabei, wie sie ihren Eltern bloß beibringen sollte, dass sie am nächsten Tag schon wieder abreisen würden, falls sie einen Platz auf der Fähre bekamen.

„Wo ist Claude?", fragte Mum und spähte in die Dunkelheit. „Ihr habt ihn doch nicht im Auto gelassen. Das arme Tier! Petal freut sich schon sehr auf ihn. Jerry, hol Claude."

„Moment, Dad", sagte Daisy, als ihr Vater zum Auto laufen wollte. „Claude … also er ist nicht bei uns."

Ihre Mutter öffnete den Mund zu einem stummen Oh, ihre Augen wurden groß und ein besorgter Blick lag darin. „Er ist doch nicht … Ihm ist doch auf der Fähre nichts passiert? Ich wusste, dass es keine gute Idee ist, mit einem Hund die Fähre zu nehmen! Man hört so oft, dass sie ins Wasser springen. Oh Jerry, hab ich's nicht gesagt?"

„Nein“, erwiderte ihr Vater nachdrücklich. „Hast du nicht. Und Daisy auch nicht. Was ist passiert, Liebes?“

„Der dumme Hund ist aus dem Auto gesprungen, bevor wir losgefahren sind“, erklärte Oliver. „Jay hat ihm sein Kuscheltier in die Box gelegt. Deshalb haben wir erst gemerkt, dass er weg ist, als wir schon auf der Fähre waren und ihn aus seiner Box holen wollten.“

„Claude lebt?“, fragte Mum.

Fast hätte Daisy über die theatralische Art ihrer Mutter die Augen verdreht, doch dann sah sie, wie Jays Unterlippe bebte, und tat ihr Bestes, um ihn zu beruhigen. „Natürlich lebt er! Ihm geht's gut. Er ist sicher zu Hause und hat nicht mal gemerkt, dass wir weg sind!“ Sie legte einen Arm um Jays Schultern, während sie sich um einen fröhlichen Ton bemühte und erneut ein stummes Stoßgebet ausstieß, dass es genügend Wein gab. „Aber das heißt auch, dass wir schnellstmöglich zu ihm zurückmüssen. Heute fährt wegen des schlechten Wetters keine Fähre mehr, aber wir sind auf der Warteliste für die erste Fähre morgen früh.“

„Aber morgen ist Heiligabend!“, rief ihre Mutter.

Ich weiß, Mutter. Deshalb sind wir ja hier, nicht wahr?

Daisy seufzte und versuchte, die Beherrschung nicht zu verlieren. „Ich weiß, und es ist wirklich sehr schade, dass es nicht anders geht. Aber wir haben euch den Delikatessenkorb mitgebracht.“

Bei der Aussicht auf einen schönen Räucherlachs und Christmas Pudding leuchtete das Gesicht ihrer Mutter auf. Während sie Luca in seinem Kindersitz zur Tür schleppte, scheuchte

Daisy ihre Familie ins Haus. In der Eingangshalle stand ein schiefer Weihnachtsbaum, geschmückt mit roten und goldenen Kugeln. Oliver stellte Lara auf dem staubigen Steinboden ab und holte die Koffer.

„Oma, wie lautet euer WLAN-Passwort?", fragte Bella auf dem Weg ins Wohnzimmer. Das Handy hielt sie bereits in der Hand.

„WLAN?" Daisys Mutter setzte eine bedauernde Miene auf. „Oh, Bella, wir können von Glück sagen, dass wir schon einen Festnetzanschluss haben! Das war vielleicht ein Palaver."

Bella blieb abrupt stehen. „Es gibt kein Internet?"

„Im Haus nicht, Liebes. Hier unten erhält man kaum ein Funksignal. In den Schlafzimmern klappt es aber manchmal."

„Dann muss ich die Roamingfunktion auf meinem Handy nutzen", sagte Bella und wartete offenbar darauf, dass ihre Eltern Einwände erhoben.

Oliver stöhnte auf, doch Daisy stieß ihn in die Seite. „Mach das, Liebling", sagte sie. „Schließlich geht es um Claude."

Bella verdrehte die Augen, aber sie machte sich auf die Suche nach einer Stelle, an der sie ein Funksignal erhielt.

„Willst du ein Gläschen, Daisy?", fragte ihr Vater, und sie nickte heftig.

JACK

Die Suche nach einem schwarz-weißen Hund gestaltete sich an einem dunklen Winterabend äußerst schwierig, wie Jack feststellen musste. Jede noch so kleine Bewegung zog seinen Blick an, aber meistens war es nur eine Katze, einmal auch ein erschrockener Fuchs.

„Claude!“, rief Jack erneut, aber von der Französischen Bulldogge fehlte jede Spur.

Seufzend setzte sich Jack auf die Bank an der Bushaltestelle und staunte über die Ereignisse des Tages. Eigentlich war er nur auf einen harmlosen Flirt mit der hübschen Blonden von Nummer zwölf aus gewesen. Doch nun verbrachten sie Weihnachten zusammen, gemeinsam mit der alten Dame von nebenan, und er opferte seinen freien Abend für die Suche nach einem Hund, der ihm nicht einmal gehörte.

Das alles hatte er allein Claude zu verdanken. Wäre er nicht durch die Katzenklappe in Hollys Haus eingebrochen oder auf der Suche nach Lebkuchen in Kathleens Haus gestürmt, dann wäre das alles nicht passiert. Er wünschte nur, Claude wäre jetzt nicht weggelaufen.

Warum war er eigentlich ausgebüxt? Jack wusste, dass manche Hunde sehr intelligent waren, aber es schien ziemlich weit hergeholt, dass Claude ihr Gespräch über das Tierheim verstanden hatte. Wahrscheinlich hatte er einfach gehört, wie Perdita herunterkam. Womöglich war ihm auch ein verführerischer Geruch in die Nase gestiegen, und er hatte sich auf die Suche nach einer Leckerei gemacht, die besser schmeckte als Katzenfutter.

Der kleine Kerl schien völlig von seinem Magen gesteuert zu sein.

Bei dem Gedanken knurrte auch Jacks Magen, und ihm wurde klar, dass er seit Kathleens Mince Pies nichts mehr gegessen hatte. Und das war schon eine ganze Weile her. Am liebsten wäre er nach Hause gegangen, hätte sich etwas zu essen gemacht und sich dann ins Bett gelegt. Aber wie konnte er schlafen, wenn Claude irgendwo hier draußen in der Kälte herumirrte?

Das Haus der McCawleys, die Nummer elf, lag noch immer im Dunkeln. Jack hatte trotzdem ein paarmal an die Tür gehämmert, nur für den Fall, dass doch jemand da war. Das Auto stand jedoch nicht in der Einfahrt. Es sah immer mehr danach aus, dass die Familie in den Weihnachtsurlaub gefahren war. Jack verstand jedoch nicht, warum sie Claude vor ihrer Abfahrt nicht in einer Hundepension oder bei Freunden untergebracht hatten. Mrs. McCawley schien zwar immer ein wenig, nun ja, zerstreut, wenn er ihr die Post brachte, aber sie war gewiss nicht herzlos.

Irgendetwas musste gründlich schiefgelaufen sein.

Und wie sollte er den McCawleys bloß erklären, dass er ihren Hund zwar gefunden, aber dann wieder verloren hatte? Er hatte auf seiner Runde eine Nachricht durch den Briefschlitz der Familie geworfen, in der er die Situation erklärt und seine Telefonnummer hinterlassen hatte. Auf diese Weise wussten sie, an wen sie sich wenden konnten, wenn sie nach Hause kamen und Claude suchten.

Was sollte er ihnen aber nun sagen, wenn sie anriefen? Und was sollte er Holly sagen? Auch sie schien besorgt darüber, dass Claude die Nacht in der Kälte verbringen musste.

Wenn er nur nicht weggelaufen wäre. Sicher wäre Jack schon etwas eingefallen, damit der kleine Kerl nicht ins Tierheim musste. Notfalls hätte er ihn über Nacht in seine Wohnung geschmuggelt und darauf gehofft, dass der Vermieter es nie herausfand. Das Tierheim wäre definitiv keine Option gewesen, das war ihm klar geworden, kaum dass Holly die Möglichkeit ausgesprochen hatte. Zwar hätte er die Stadtverwaltung angerufen, damit es keinen Ärger gab, aber er hätte niemals zugelassen, dass Claude den Maple Drive verlassen musste.

Das war jedoch unwichtig, solange er Claude nicht finden konnte.

Jack suchte die Vorgärten von Hollys Nachbarn ab. Auf Kathleens Grundstück gab es keine Spur von Claude. Auch bei Nummer sieben und Nummer fünf suchte er vergeblich. Als er bei Nummer drei ankam, wurde die Haustür aufgerissen, und Jack zuckte erschrocken zusammen.

„Was zum Teufel treiben Sie denn da?“ Ein großer, kräftiger Mann stand in der Tür. Das Licht strahlte ihn von hinten an, weshalb Jack nur seine Silhouette ausmachen konnte, und nicht sein Gesicht. Er konnte sich allerdings gut vorstellen, dass der Mann nicht gerade freundlich dreinblickte.

Jack versuchte sich daran zu erinnern, ob er auf seiner Runde mit Claude bei Nummer drei jemanden angetroffen hatte, vermutete jedoch, dass niemand zu Hause gewesen war.

Er richtete sich zu seiner vollen Größe auf und setzte ein Lächeln auf, von dem er hoffte, dass es ihn harmlos erscheinen ließ. Es hätte gerade noch gefehlt, dass er mit einem der Nachbarn in eine Prügelei geriet, weil er für einen Einbrecher gehalten wurde. Dann würde er sich wirklich im neuen Jahr versetzen lassen müssen.

„Es tut mir leid, wenn ich Sie gestört habe, Sir. Ich suche nach einem entlaufenen Hund.“

Der Mann trat in den Vorgarten, und die Straßenlaterne beleuchtete sein Gesicht. Er runzelte die Stirn. „Ein Hund? Ich hab keinen gesehen. Wie sieht er denn aus?“

„Es ist eine Französische Bulldogge“, erklärte Jack. „Klein, kräftig, sein Fell ist hauptsächlich weiß, und er hat alberne schwarze Ohren.“

„So wie der Hund, den diese Familie auf der anderen Straßenseite hat?“, fragte der Mann.

„Genau den suche ich. Ich … will seinen Besitzern einen Gefallen tun und passe auf ihn auf.“

„Nicht sehr gut, wie es scheint.“ Der Mann deutete zum

Haus. „Kommen Sie mit. Wo Sie schon mal da sind, können Sie gern einen Blick hinten in den Garten werfen."

„Danke." Jack folgte ihm und unterdrückte ein Seufzen. Das konnte eine lange Nacht werden, wenn er jeden Garten in der Nachbarschaft absuchen musste.

Andererseits kam er auf diese Weise endlich mit seinen Nachbarn ins Gespräch. Das war ja auch was wert.

„Suchen Sie nach Claude?" Ein rothaariges Mädchen tauchte auf der Treppe auf, als Jack durch den Flur ging. Sie trug eine Strickjacke, die mit Weihnachtskugeln aus Pailletten verziert war. „Ich hab gehört, wie Sie gesagt haben, dass Sie nach einem Hund suchen."

„Du kennst Claude?", fragte Jack und blinzelte, weil sich die Lichter vom Weihnachtsbaum in den Pailletten ihres Pullis widerspiegelten.

„Nicht persönlich. Aber ich habe die Findet-Claude-Seite mit meinen Freunden geteilt, und sie halten alle Ausschau nach ihm." Sie hob ein Tablet in die Höhe, als ob sie ihm ihre Worte beweisen wollte.

„Die was ... die Findet-Claude-Seite?" Jack schaute zu ihrem Vater, doch der zuckte nur mit den Schultern.

„Ich weiß nicht mal die Hälfte von dem, was Jessica mit dem Ding treibt", gab er zu. „Ihre Mutter meint aber, es sei schon in Ordnung."

„Bella McCawley hat sie eingerichtet", erklärte Jessica. „Sie und ihre Familie verbringen Weihnachten in Frankreich, aber Claude ist aus seiner Box entwischt, bevor sie abgefahren sind. Auf der Fähre haben sie gemerkt, dass er weg ist, und sie wollten schnellstmöglich zurückkommen, aber es geht kein Schiff mehr. Deshalb hat Bella die Website eingerichtet und über Social Media alle mobilisiert, damit Claude gefunden wird und sich jemand um ihn kümmert, bis sie zurückkommen. Ich finde das ziemlich clever."

Claude war also weggelaufen. Sie hatten ihn nicht ausgesetzt oder vergessen. Das ergab Sinn. Jack konnte sich gut vorstellen, wie Claude aus der Box geschlüpft und seiner Nase gefolgt war, vermutlich genau so, wie er es auch an diesem Abend getan hatte.

„Kannst du den McCawleys eine Nachricht schicken?", fragte er. Jessica nickte. „Schreib ihnen ... dass es Claude gut ging, als ich ihn zum letzten Mal gesehen habe. Das war vor ungefähr einer halben Stunde. Er ist immer noch irgendwo im Maple Drive, glaube ich. Und ich werde ihn finden und mich um ihn kümmern. Kannst du ihnen das mitteilen?"

Jessica nickte. „Klar. Und wer sind Sie?"

„Jack. Der Postbote", sagte Jack. „Ich lebe auch hier im Maple Drive."

„Cool." Jessica lief die Treppe hoch. Hoffentlich gab sie seine Nachricht gleich weiter. Unvermittelt wurde Jack klar, dass er einen weiteren Schritt unternommen hatte, um neue Freunde zu finden.

8. KAPITEL

CLAUDE

Ich beobachtete, wie Jack durch die Gärten des Maple Drive lief und meinen Namen rief. Eigentlich hätte ich ein schlechtes Gewissen haben sollen, weil ich mich vor ihm versteckte, andererseits wollte er mich ins Tierheim abschieben. Er verdiente mein Mitleid nicht.

Ihm aus dem Weg zu gehen, war ganz leicht. Ich blieb einfach in den Gärten, die er schon durchsucht hatte. Nach einer Weile verschwand er mit hängenden Schultern am anderen Ende der Straße. Er hatte aufgegeben.

Ich versuchte, mich darüber zu freuen. Das hatte ich doch gewollt, oder? Allerdings war ich jetzt wirklich allein. Im Notfall könnte ich natürlich wieder durch Perditas Katzenklappe in Hollys Küche spazieren, aber dann würde ich mit an Sicherheit grenzender Wahrscheinlichkeit im Tierheim landen. Nein, das konnte ich nicht riskieren. Ich musste allein klarkommen.

Wie es schien, konnte man eine Familie – oder Menschen überhaupt – nicht dazu zwingen, zusammenzubleiben, nur indem man sich das wünschte. Die Menschen mussten auch zusammenbleiben wollen. Und obwohl ich mir tierisch wünschte, mit Daisy, Oliver und den Kindern zusammen zu sein oder mit Jack, Holly und Kathleen, blieb es doch eine unleugbare Tatsache, dass mich keiner von ihnen wollte. Diese Feststellung schmerzte mich mehr als meine armen durchgefrorenen Pfoten.

Ich verließ mein Versteck unter dem Busch, schüttelte mir die Blätter aus dem Fell und sprach mir Mut zu. Diese ganze Sache war eine Herausforderung für mich. Eine Gelegenheit zu beweisen, dass ich kein Sofahund und Schoßtierchen war. Ich war Claude, ein furchtloser Abenteurer, der selbst den kältesten Wintern trotzte und seinen eigenen Weg ging. Ich brauchte keine Menschen.

Ich wünschte bloß, dass mir irgendjemand ein Schälchen mit Futter bereitgestellt hätte. Ein oder zwei Stückchen Lebkuchen wären nett. Nur für den Fall, dass dem furchtlosen Abenteurer irgendwann der Magen knurrte.

Irgendwer öffnete die Haustür, die in den Vorgarten führte, in dem ich mich versteckte, und ich beschloss, mich ins Abenteuer zu stürzen, ehe mich jemand entdeckte und Jack anrief. Ich durfte nicht gesehen werden. Jack hatte allen im Maple Drive von mir erzählt, und sobald mich jemand sah, würde dieser jemand ihn ganz bestimmt anrufen und ich würde im Tierheim landen. Ich musste also untertauchen, zumindest bis Daisy und Oliver wieder zu Hause waren.

Ich hielt mich in den Schatten, während ich mich auf die Suche nach einem kuscheligen Unterschlupf machte. Es war inzwischen spät geworden, und in den meisten Fenstern brannten Lichter, die Wärme ausstrahlten. Aber wir furchtlosen Abenteurer brauchten keine warmen Zimmer.

Wir brauchten keine Familien.

Oder?

DAISY

Während ihre Mutter damit beschäftigt war, Bella und Jay ihr Zimmer zu zeigen, baute Daisy mit Oliver in ihrem Schlafzimmer die Reisebetten für die Zwillinge auf. Zum Glück war der Raum groß genug dafür. Ihre Mum hatte sogar einen kleinen Weihnachtsbaum im Topf auf das Sims gestellt, dessen Äste sanft in der Brise zitterten, die durch die undichten Fenster drang. Daisys Blick fiel auf das schäbige Himmelbett. Die Überdecke war von Motten zerfressen, und statt schöner weicher Kissen gab es nur flache harte Polster.

Das ganze Haus wirkte so, als hätte man alle noch brauchbaren Dinge ausgeräumt und es dann seinem Schicksal überlassen.

Daisy rümpfte die Nase über die muffig riechenden Laken und hoffte, dass wenigstens Jays Zimmer nicht so aussah, als stamme es aus einer Geschichte über Dracula. Andernfalls würde es wohl in ihrem Bett ziemlich eng werden, weil er sich dann zu ihr flüchten würde. Und sie ging davon aus, dass mindestens einer der Zwillinge auch bei ihr schlafen würde.

„Was um Himmels willen haben sich deine Eltern beim Kauf dieser Bruchbude bloß gedacht?“, fragte Oliver, der sich vergeblich mit dem Reisebett abmühte.

Daisy kam ihm zu Hilfe. „Such du schon mal die Bettwäsche raus. Ich glaube, sie ist entweder in der Reisetasche oder da.“ Sie deutete auf den größten Koffer. „Und ich weiß auch nicht, was sich Mum und Dad gedacht haben. Bei ihrem Anruf vor ein paar Monaten haben sie mir bloß erzählt, dass sie ihr Haus verkauft und dafür das hier gekauft haben.“

„Glaubst du, es ist so eine Art Torschlusspanik in der Endlife-Krise?“, überlegte Oliver. „Quasi ein letzter Versuch, sich einen Traum zu erfüllen?“

Daisy betrachtete die verschmutzten Wände und den bröckelnden Putz. „Sieht das hier etwa nach einem Traum aus?“

„Nein“, gab Oliver zu. „Aber ich meine ja auch diese ganze ‚Wir ziehen nach Frankreich in eine Burg‘-Kiste. Diese einmaligen Chancen im Leben. Vielleicht haben sie gedacht, wenn sie es jetzt nicht tun, wird nie etwas draus.“

Daisy sank seufzend auf das Bett und wirbelte dabei dicke Staubflocken auf. „Vielleicht. Glaubst du, meinen Eltern geht es da unten gut mit den Zwillingen?“

„Sollte die Frage nicht eher lauten, ob es den Zwillingen gut geht, wenn deine Eltern auf sie aufpassen?“ Oliver gab die Suche nach der Bettwäsche auf und setzte sich zu ihr.

„Möglich.“

„Trotzdem ist es schön, dass wir auch einmal ein paar Momente für uns allein haben, oder?“ Er legte ihr einen Arm um die Schultern. „Noch dazu mit einem Himmelbett.“

Daisy hob die Augenbrauen. „Du kannst unmöglich ernsthaft an das denken, was ich vermute." So waren schließlich die Zwillinge entstanden. Zwar war keins ihrer Kinder wirklich geplant gewesen, aber mit den Zwillingen hatten sie am wenigsten gerechnet.

Oliver zog den Arm zurück. „Schön. War auch nur so ein Gedanke."

„Wir müssen Mrs. Templeton anrufen", erinnerte Daisy ihn.

Oliver ließ sich stöhnend zurück aufs Bett plumpsen und bekam einen Hustenanfall, als die aufsteigende Staubwolke ihn einhüllte.

„Wir müssen uns vergewissern, dass es Claude gut geht, und sie ist unsere beste Chance." Daisy wartete, bis er aufhörte zu husten, dann reichte sie ihm das Handy. „Bitte."

„Warum ich?", fragte Oliver und starrte auf das Telefon. „Warum kannst du das nicht machen?"

„Weil sie dich besser leiden kann."

„Sie hasst mich. Ich mähe den Rasen zu laut und zu unsymmetrisch."

„Trotzdem mag sie dich mehr als mich. Oder die Kinder."

„Das weißt du doch gar nicht", wandte Oliver ein. „Du hast sie nie gefragt, wen von uns sie am wenigsten leiden kann."

„Das muss ich auch nicht", erwiderte Daisy finster. „Ihre Blicke sprechen für sich."

„Tja, wenn du danach gehst, dann ist Claude ganz sicher ihr Hassobjekt Nummer eins."

Das war leider wahr. Mrs. Templeton konnte Tiere nicht leiden, wie Daisy bei mehreren Begegnungen mit der alten

Kampfhenne erfahren hatte. Dabei hatte sich das Gespräch hauptsächlich darum gedreht, dass Hunde überall herumstreunten, auf die Bürgersteige machten und zu laut und oft bellten. Es interessierte sie herzlich wenig, dass Claude von sich aus niemals irgendwohin streunte, wenn er es vermeiden konnte. Genauso wenig spielte es für sie eine Rolle, dass Daisy Bella zwei Pfund pro Woche Taschengeld extra zahlte, damit sie Claudes Hinterlassenschaft aufsammelte, und dass er kaum bellte. Mit Mrs. Templeton konnte man nicht vernünftig diskutieren.

Trotzdem musste sie ihr Glück versuchen.

„Okay." Sie riss Oliver genervt das Handy aus der Hand. „Dann mache ich das eben."

Oliver wirkte erleichtert. „Ich halte dabei deine Hand, wenn du möchtest. Zur moralischen Unterstützung." Daisy musterte ihn verärgert. „Oder ich sehe nach den Zwillingen."

„Gute Idee."

Er war schon weg, als Daisy durch die Kontaktliste auf ihrem alten Handy scrollte, bis sie Mrs. Templetons Nummer fand, die sie unter dem Spitznamen „Nachbarschaftshexe" abgespeichert hatte.

Es tutete eine halbe Ewigkeit, dann vernahm sie endlich Mrs. Templetons strenge Stimme an ihrem Ohr.

„Hallo? Ist Ihnen klar, dass es neun Uhr abends ist? Ich hoffe für Sie, das ist ein Notfall."

Daisy seufzte. Das bedeutete, dass es fast zehn Uhr in Frankreich war, und sie konnte Jay immer noch mit Petal unten toben hören. So viel zum Thema Schlafenszeit.

„Guten Abend, Mrs. Templeton. Hier ist Daisy McCawley von Nummer elf. Bitte entschuldigen Sie, dass ich Sie so spät noch störe." Oder überhaupt. Sie hätte niemals angerufen, wenn sie eine andere Wahl gehabt hätte. „Es ist nur so, wir sind bei meinen Eltern in Frankreich …"

„Frankreich? Heißt das, ich darf auch noch dafür bezahlen, dass ich einen internationalen Anruf von Ihnen bekomme? Also wirklich, Mrs. McCawley …"

„Nein, nein. Ich bezahle für den Anruf", versicherte Daisy. Sie war sich ziemlich sicher, dass das auch zutraf. „Und ich hätte Sie auch nicht angerufen, wenn es nicht wirklich wichtig wäre. Es geht um unseren Hund Claude. Wir hatten ihn mitnehmen wollen, aber …" Stattdessen haben wir ein Kuscheltier mitgenommen. Herrje, Mrs. Templeton würde sie für eine noch größere Idiotin halten, als sie es wohl eh schon tat. „Er ist uns vor unserer Abfahrt irgendwie aus der Box im Auto entwischt." Das klang doch ganz vernünftig, fand Daisy.

„Und Sie haben nicht noch einmal überprüft, ob er in seiner Box sitzt? Liebe Güte." Daisy sah vor sich, wie Mrs. Templeton missbilligend über die Dummheit der jüngeren Generation den Kopf schüttelte. „Das heißt, dank Ihnen läuft im Maple Drive womöglich ein tollwütiger Hund herum."

„Claude ist nicht tollwütig!"

„Als Sie abgefahren sind, war er das vielleicht noch nicht, aber im Laufe eines Tages kann sich viel ändern, Mrs. McCawley."

Daisy war anderer Ansicht. Sie hielt die Annahme, dass Claude an Tollwut erkrankt sein könnte, für ziemlich weit hergeholt. „Ich bin sicher, Claude ist gesund, Mrs. Templeton. Ich habe gehofft, dass Sie ihn vielleicht gesehen haben, weil Sie doch immer ein Auge darauf haben, was in der Straße vor sich geht." *Weil Sie die neugierigste Frau der Welt sind.*

„Wie es der Zufall will, habe ich Ihren Köter tatsächlich heute Morgen gesehen. Er ist dieser grässlichen Katze aus Nummer zwölf nachgejagt." Es war beruhigend zu wissen, dass Mrs. Templeton eine grundsätzliche Abneigung gegen Tiere hegte, fand Daisy. Und sie verspürte einen kleinen Hauch der Erleichterung, weil Claude wohlauf gewesen war, als Mrs. Templeton ihn gesehen hatte.

„Das ist großartig. Sie wissen nicht zufällig, wo er jetzt ist?"

„Ich habe nicht die geringste Ahnung. Und wenn es Ihnen nichts ausmacht, ich muss mich um meine eigenen Angelegenheiten kümmern. Ich hab keine Zeit, Ihren Hund für Sie zu suchen …"

„Natürlich. Tut mir leid", sagte Daisy. „Wir haben eine Website im Internet eingerichtet. Na ja, Bella hat das getan, und sie prüft regelmäßig mit dem Handy, ob es etwas Neues gibt. Die Website heißt ‚Findet Claude'. Sie sind also nicht die Einzige, die nach ihm Ausschau hält!" Aus rätselhaften Gründen verspürte sie den Drang, Mrs. Templeton zu beweisen, dass sie bereits nach ihrem Hund suchten. Dass sie nicht einfach weggefahren waren und Claude vergessen hatten.

„Ich kann mir kaum vorstellen, dass ein Teenager mit einem Telefon einen vermissten Hund aus mehreren Hundert Meilen Entfernung finden kann, oder?", sagte Mrs. Templeton.

Daisy atmete tief durch. Natürlich hatte Mrs. Templeton recht. Die Website war zwar ein Anfang, aber längst nicht genug. Sie mussten nach Hause. Aber bis dahin … „Wenn Sie ihn sehen, könnten Sie dann …"

„Wenn ich ihn nochmals sehe, werde ich meine Bürgerpflicht tun und direkt das Tierheim anrufen. Nun weiß ich ja, dass Sie außer Landes sind. Frohe Weihnachten, Mrs. McCawley."

„Aber …" Es war zu spät, sie hatte schon aufgelegt.

„Und, wie lief es?", fragte Oliver. Er stand in der Tür und hielt Lara im Arm, die an ihrem Daumen nuckelte.

Daisy seufzte und legte das Handy zur Seite. „Wie schafft die Frau es bloß ‚Frohe Weihnachten' wie einen Fluch klingen zu lassen?"

„Vermutlich hat sie dazu einen Kurs an der Universität des Bösen besucht."

Oliver alberte mit Lara herum und hob sie spielerisch in die Luft. Wenn er so weitermachte, würde die Kleine nie einschlafen. „Es gibt also noch keine Spur von Claude?"

„Oh, gesehen hat sie ihn. Er hat die Katze von gegenüber gejagt."

„Ah, seine pelzige Erzfeindin."

Daisy verdrehte die Augen. „Ich bin sicher, dass Claude viel zu faul ist, um eine Erzfeindin zu haben."

„Oh, ich denke, er ist immer für eine Überraschung gut. Aber er ist doch wohlauf, oder?"

„Zumindest war er es, als Mrs. Templeton ihn gesehen hat. Aber das bedeutet auch, dass er draußen in der Kälte ist." Der arme Claude. Er hatte nicht mal sein Mäntelchen an.

Oliver setzte sich mit Lara neben sie aufs Bett. „Ich vermisse ihn, weißt du. Und auch ich mache mir Sorgen um ihn, obwohl es nicht so aussehen mag."

„Ich weiß", sagte Daisy. Seine Sorge war ihr jedoch erst bewusst geworden, als er sie aussprach. Dennoch beruhigte es sie, dass er genauso empfand wie sie.

„Vermutlich hat Mrs. Templeton nicht angeboten, ihn bei sich aufzunehmen, wenn sie ihn noch mal sieht."

„Nein. Sie will ihn ins Tierheim bringen." Daisy ließ den Kopf in die Hände sinken. „Ich glaube, ich hab alles nur noch schlimmer gemacht. Dabei hätte ich nicht gedacht, dass das überhaupt noch möglich ist."

„Oh, schlimmer geht immer", meinte Oliver wenig hilfreich, und Lara fing wie aufs Stichwort an zu quengeln.

„Ja, scheint so", stimmte Daisy zu und nahm ihm die Kleine ab. „Aber eines ist sicher. Wir müssen nach Hause. So schnell wie möglich."

Claude würde es ihnen nie verzeihen, wenn sie ihn im Stich ließen. Falls er bei ihrer Rückkehr überhaupt noch da war.

HOLLY

Hollys neue Außenlichterketten sollten erst am nächsten Vormittag eintreffen, und die Eiszapfenlichter wollte sie nicht vorher aufhängen, damit Mrs. Templeton sich nicht wieder darüber beschweren konnte. Besser, sie konfrontierte sie mit der ganzen Deko auf einmal. Aber irgendwas wollte sie schmücken. Da der Baum jedoch schon behängt war und alle Zimmer festlich wirkten, blieb nur noch Perdita übrig.

Perdita gefiel es jedoch gar nicht, ihr Weihnachtsjäckchen und eine winzige Weihnachtsmannmütze zu tragen. Nachdem sie ein paar Fotos gemacht hatte, gab Holly auf.

„Na schön. Such dir eine warme Heizung, auf die du dich legen kannst", sagte sie, und Perdita ergriff die Flucht. Die rote Mütze fiel ihr vom Kopf, als sie die Treppe hochflitzte.

Holly sah sich im Wohnzimmer um. Im rot und weiß geschmückten Weihnachtsbaum funkelten schöne weiße Lichter. Eine grüne Girlande zog sich über den Kaminsims und eine Kerze mit Zimtduft brannte auf dem Beistelltisch. Sie hatte ein Glas Glühwein vor sich auf dem Tisch stehen, und aus der

Stereoanlage drang Weihnachtsmusik. Eigentlich hatte sie alles, was sie brauchte, oder? Sie seufzte. Nein. Sie brauchte etwas zu tun, damit sie sich nützlich und nicht mehr so einsam fühlte.

Fast das ganze Jahr hatte sie sich auf ihre Hochzeit an Weihnachten gefreut, und nun brauchte sie etwas, das ihre Gedanken davon ablenkte.

Doch sie kehrten immer wieder dorthin zurück. Obwohl sie froh sein konnte, dass sie Sebastian los war, stellte sie sich vor, wie der Tag morgen verlaufen wäre. Ihr Hochzeitskleid hätte für sie auf einem Bügel bereitgehangen: schneeweiße Spitze und ein wunderschöner Chiffonrock, verziert mit winzigen Strasssteinen, die im Kerzenlicht funkelten. Sie hätte mit ihren Freunden, ihrer Mutter und Sebastians Schwestern mit einem Glas Prosecco auf den großen Tag angestoßen. Ihr Verlobungsring hätte ihre linke Hand geziert, und sie hätte sich nach dem Wellnesstag, den Sebastian ihr spendiert hätte, völlig entspannt gefühlt.

Vermutlich hätten sie an diesem Abend die letzten Vorbereitungen für die Feier getroffen. Sie hätte die handgeschriebenen Speisekarten und die von ihr entworfenen Erinnerungsbroschüren für die Gäste mit schmalen Bändern verschönert oder den Gastgeschenken den letzten Schliff gegeben. Das Dekor wäre sehr persönlich, handgemacht und perfekt gewesen … Schluss mit den Wunschträumen!

Holly nahm einen weiteren Schluck Glühwein und zwang sich, der Realität ins Auge zu sehen.

Sebastian hätte darauf bestanden, Speisekarten, Broschüren, Einladungen und Gastgeschenke bei einem angesagten Hochzeitsplaner zu bestellen. In zehn Millionen Jahren hätte er nicht daran gedacht, ihr einen Wellnesstag zu schenken. Ihre Mutter hätte kurz vor einem Nervenzusammenbruch gestanden, und Sebastians Schwestern hätten niemals bei ihr übernachtet. Und eigentlich mochte Holly Prosecco auch gar nicht.

Die Hochzeit wäre ein Riesenfehler gewesen. Und jetzt, nachdem Sebastian aus ihrem Leben verschwunden war, konnte sie wieder ganz sie selbst sein. Sie konnte sich auf die Dinge konzentrieren, die sie liebte – ihre Bastelarbeiten, Weihnachten, Perdita.

Nur leider würde sie all die schönen Dinge allein machen.

Holly seufzte. Immerhin gab es einen Lichtblick – morgen würde sie Jack wiedersehen. Obwohl er natürlich nur deshalb zu ihr kam, weil er die ältere Dame von nebenan zu Weihnachten überraschen wollte. Das durfte sie nicht vergessen. Schon gar nicht durfte sie sich von seinen starken Armen und seinem umwerfenden Lächeln ablenken lassen – oder seinen unglaublichen Augen …

Nein. Sie würde den Abend nicht damit verbringen, vom Postboten zu träumen. Auf gar keinen Fall.

Irgendwie musste sie sich davon ablenken, dass der einzige Mann, in dessen Nähe sie seit Sebastians Auszug ein Knistern verspürt hatte, wegziehen wollte. Wenigstens hatte er den Anstand besessen, sie klipp und klar vorzuwarnen, bevor sie sich zu sehr in etwas hineinsteigerte. Und das war mehr, als man von Sebastian sagen konnte.

Von innerer Unruhe getrieben stand Holly auf und tigerte durchs Zimmer. Sie schaltete die festliche Weihnachtsmusik aus und legte eine CD mit fröhlicheren Liedern ein. Sie brauchte jetzt Energie und Action.

Vielleicht konnte sie schon ein paar Dinge für Kathleens Weihnachtsüberraschung vorbereiten. Damit könnte sie Jack beweisen, dass sie sich aus den richtigen Gründen dafür engagierte – und nicht nur, um ihm zu imponieren und mit ihm zu flirten. Ja, das war ein guter Anfang. Aber was sollte sie tun? Die Dekoration war bereits bestellt, zum Einkaufen war es zu spät und sie hatte genügend Girlanden, Servietten und Tischdecken gestaltet, um drei Weihnachtsfeste auszurichten … Halt, der Stollen! Den hätte sie ja beinahe vergessen.

Sie lief in den Flur und holte aus dem Schrank unter der Treppe die Blechbüchse mit dem Weihnachtsstollen heraus, den sie vor zwei Monaten dort verstaut und gelegentlich mit Brandy übergossen hatte.

Nachdem Sebastian ausgezogen war, hatte sie ihn in einem Anfall von Verzweiflung gebacken. Schon eine ganze Weile hatte sie keinen Gedanken mehr daran verschwendet. Wäre sie nun nicht auf der Suche nach Ablenkung gewesen, hätte sie wohl vergessen, dass der Stollen noch verziert werden musste. Sie trug die Blechbüchse in die Küche, schaffte Platz auf dem Tisch und öffnete den Deckel. Ein intensiver Geruch nach Gewürzen und Alkohol strömte ihr in die Nase, und in ihrem Kopf formte sich eine Idee, wie sie das Gebäck dekorieren konnte. Sie brauchte dafür nur Marzipan und eine Glasur.

Holly runzelte die Stirn. Der Stollen sah irgendwie ziemlich winzig und traurig aus. Verständlich, denn als sie ihn gebacken hatte, war sie sich sicher gewesen, dass sie an Weihnachten allein sein würde. Sie hatte nicht mit dem Besuch von Freunden gerechnet. Vermutlich war es genügend für Jack, Kathleen und sie. Und auch für Claude, falls er noch einmal auftauchte.

Aber was, wenn Nachbarn vorbeischauten? Oder ein Lehrerkollege von der Schule auf einen Kaffee zwischen Weihnachten und Neujahr hereinschneite? Dann wäre ein Weihnachtsstollen eindeutig zu wenig.

Es war jedoch zu spät, um noch einen weiteren zu backen. Ein Blechkuchen dagegen wäre im Handumdrehen fertig. Sie könnte auch noch einen Schokoladenkuchen backen. Und natürlich müssten diese Leckereien dann auch noch verziert werden.

Plötzlich drehte sich ihr der Kopf, weil ihr so viele Ideen in den Kopf schossen. Ohne nachzudenken, griff sie nach ihrer Schürze.

Vielleicht blieb Jack nicht, und vielleicht war es jämmerlich, dass sie Weihnachten mit dem Postboten und einer Nachbarin verbrachte, mit der sie kaum drei Worte gewechselt hatte. Aber das war ihr egal.

Es war ihr Weihnachtsfest – das erste in ihrem neuen Zuhause, ohne Sebastian.

Und sie wollte dafür sorgen, dass es wunderschön werden würde.

Angefangen mit dem Weihnachtsgebäck.

9. KAPITEL

CLAUDE

Alle Häuser im Maple Drive waren hell erleuchtet, bis auf meines. Ich wusste, dass überall hinter den verschlossenen Vorhängen Weihnachtsbäume standen und Lichterketten strahlten, und vermutlich gab es auch Lebkuchen.

Hier draußen aber waren nur Kälte und Einsamkeit.

Ich trottete zum Ende der Straße und schaute mir den Garten dort an. Mitten auf dem Rasen stand ein niedriger Holztisch neben einem kleinen Haus auf Stelzen. Vogeltische, dachte ich. Menschen streuten manchmal Futter für Vögel aus. Ich hatte gesehen, wie Daisy hartes Brot für die Spatzen zerbröselte und im Garten verteilte.

Katzenfutter schmeckte kaum anders als Hundefutter, aber ob das auch für Vogelfutter zutraf, bezweifelte ich. Furchtlose Abenteurer mussten jedoch das Futter fressen, das sie bekommen konnten, oder?

Schnuppernd näherte ich mich dem niedrigen Tisch und hoffte, dass dort ein paar Köstlichkeiten auf mich warteten. Vielleicht mochten Vögel auch Lebkuchen. Ich fand jedoch nur Körner, Nüsse und ein paar Brotkrumen. Unglücklich schnaubte ich, aber ich kostete trotzdem davon.

„Was tust du da, du schreckliches Viech?“ Die kreischende Stimme kam von der Türschwelle. Ich sah auf und entdeckte Mrs. Templeton. Sie drohte mir mit der erhobenen Faust.

Das war schlimmer als Vogelfutter.

Ich machte kehrt und flitzte davon, um Schutz in meinem eigenen vertrauten Garten zu suchen. Von dort konnte mich niemand vertreiben. Das war mein Zuhause.

„Ich rufe beim Tierheim an!“, rief Mrs. Templeton mir hinterher, und ich rannte noch schneller. Ich wollte nur noch weg, so schnell mich meine kleinen Beine trugen. Zum Glück war ich viel schneller als Mrs. Templeton.

Wenig später brach ich am Fuß von Jays Baumhaus zusammen und stieß ein langes, trauriges Winseln aus.

Warum kam meine Familie nicht nach Hause? Wo steckte sie? Was war so wundervoll an *Frankreich*, *Fähre* und *Château*, dass sie mich hier allein ließen?

„Du siehst wirklich wie ein Häufchen Elend aus.“ Perdita sprang vom Baumhaus auf einen Ast und dann vor mir auf den Boden.

„Wenigstens muss ich kein Weihnachtsjäckchen tragen“, knurrte ich.

Perdita schwenkte ihren Schwanz von einer Seite zur anderen. „Immerhin kümmert sich mein Mensch um mich und hat mir eines besorgt. Wo ist deine Familie gleich noch mal? Ach ja, ist fortgefahren. Ohne dich.“

„Das liegt bloß daran, dass ich nicht da war, weil ich dich

fortgejagt habe!“ Ich war mir sicher, dass die McCawleys mich sonst nie zurückgelassen hätten. Oder?

„Bist du dir sicher, dass das der einzige Grund ist? Warum sind sie denn noch nicht wieder zurück?“ Sie schüttelte den Kopf, und ihre grünen Augen schimmerten in der Dunkelheit. „Sieh der Sache ins Gesicht, Hund. Deine Menschen wollen dich nicht mehr. Du bist offiziell ein ausgesetzter Hund.“

Nein. Nein, das wollte ich nicht glauben. „Holly hat mich gefüttert. Jack hat sich um mich gekümmert. Es gibt Menschen, die mich wollen.“

„Aber du versteckst dich hier vor ihnen. Warum eigentlich?“, fragte Perdita. „Lass mich raten … Sie wollen dich ins Tierheim bringen.“

„Woher weißt du das?“

„Ich hab sie darüber reden hören.“ Sie musterte mich eindringlich. „Vielleicht solltest du dich hinbringen lassen. Dort bekommst du bestimmt noch eine letzte anständige Mahlzeit.“

Ich sprang nach vorn, holte mit der Pfote aus und setzte mein ganzes Gewicht und meine Muskelkraft ein, um Perdita eine Lektion zu erteilen. Jaulend sprang sie zur Seite, gerade noch rechtzeitig, um meinem Schlag auszuweichen. Aber ich war dicht genug rangekommen, um ihr einen gehörigen Schrecken einzujagen. „Raus aus meinem Garten“, bellte ich. „Und komm ja nicht wieder.“

Sie flitzte davon und sprang mühelos auf den Zaun. Oben blieb sie jedoch stehen und fauchte mich an. „Denk an meine Worte. Das ist nicht mehr lange dein Garten.“

„Du irrst dich", widersprach ich, aber sie war schon weg und rannte zu ihrem Zuhause und Holly und der Wärme und dem Futter.

Ich kauerte mich an den Baum und versuchte, mich warm zu halten. „Du irrst dich", murmelte ich. „Sie werden zu mir zurückkommen."

Doch so recht glaubte ich meinen Worten selbst nicht.

Es war ungewohnt, die Nacht im Freien zu verbringen statt in meinem kuscheligen Körbchen.

Ich verbarg meinen Kopf zwischen den Pfoten und versuchte zu schlafen, doch es gelang mir nicht. Die Geräusche hielten mich wach. Seltsame Geräusche, die ich tagsüber noch nie gehört hatte. Schuhu-Rufe und Knacken und Gezwitscher, sogar ein unbekanntes Bellen, das nicht nach einem der Hunde klang, die ich kannte.

Zu allem Übel knurrte mir dann auch noch der Magen.

Im Haus lag für solche Notfälle immer ein kleiner Snack in meinem Napf bereit. Oliver legte mir vor dem Schlafengehen stets noch eine Leckerei hinein, auch wenn Daisy ihm sagte, dass er das bleiben lassen sollte, weil ich tagsüber schon genug gefressen hätte. Mal ehrlich, wenn ich tagsüber genug gefressen hätte, würde ich dann nachts noch Hunger haben? Aber Oliver war nicht hier. Niemand war hier. Ich war ganz allein draußen in der Dunkelheit.

Selbst Perdita hatte sich in ihrem Haus verkrochen. Ich überlegte, ob ich mich durch die Katzenklappe reinschleichen sollte, aber meine Angst, dass Holly mich finden und ins Tierheim verfrachten würde, war zu groß. Deshalb blieb ich an den

Stamm von Jays Baumhaus gekauert liegen und wünschte mir, dass meine Familie endlich nach Hause käme.

Es wurde die längste Nacht meines Lebens.

DAISY

Irgendwann schliefen Jay und die Zwillinge ein, und selbst Bella machte es sich mit ihrem E-Reader im Bett gemütlich.

„Irgendwie ist es schon cool hier", hatte sie gesagt, als Daisy bei ihr reinschaute, um sie zuzudecken und ihr gute Nacht zu sagen, obwohl ihre Tochter natürlich behauptete, dass das unnötig sei. Sie sei schließlich schon vierzehn und kein Baby mehr. „Staubig, aber cool."

„Ja, mag sein." Daisy hockte sich vors Bett. „Aber du wärst an Weihnachten lieber zu Hause, oder?"

Bella schenkte ihr ihren besten „Wie-konntest-du-nur-so-lange-überleben-obwohl-du-so-doof-bist"-Blick und sagte: „Ja, schon."

Daisy ging es ähnlich. Und dieses Gefühl verstärkte sich noch, als ihr Vater sie im Château herumführte.

„Hier unten ist der Weinkeller! Pass auf die Stufen auf, einige fehlen."

„Welch Überraschung", murmelte Daisy und folgte ihm. Vorsichtig tastete sie jede Stufe mit den Fußspitzen ab, ehe sie ganz darauf trat. „Dad, wollt ihr wirklich in diesem Château wohnen? Ist das so gut in eurem Alter?“

„Vorsicht, Daisy. Das könnte schon als seniorenfeindlich gelten.“ Dad zog an einer schmutzigen Schnur, und eine blanke Glühbirne leuchtete über ihnen auf. „Wo habe ich nur diese schöne Flasche Châteauneuf-du-Pape hingestellt? Das wäre doch ein passender Moment dafür. Was denkst du?“

„Stimmt. Und ich bin nicht seniorenfeindlich.“ Nur realistisch. „Dieses Haus wäre für jeden eine riesige Herausforderung. Es dauert bestimmt Jahrzehnte, alles zu renovieren.“

„Willst du damit andeuten, dass uns keine Jahrzehnte mehr bleiben?“

Daisy seufzte und verkniff sich die spontane Erwiderung, dass ihr Dad immerhin schon neunundsechzig Jahre alt war und in den vergangenen fünf Jahren zwei Herzinfarkte erlitten hatte. „Nein. Ich wünsche euch beiden, dass ihr noch viele Jahrzehnte leben werdet, und das weißt du auch. Ich kann mir nur nicht erklären, warum ihr eure Zeit unbedingt hier verbringen wollt, so weit von der Familie entfernt. Und warum ihr euch obendrein die Last aufbürdet, dieses Haus vorm Verfall zu retten.“

„Aber Liebling, findest du es nicht romantisch?“, rief ihre Mutter vom Treppenabsatz herunter. Großartig. Mit einem der beiden hätte sie vielleicht vernünftig darüber diskutieren können. Aber mit beiden … unmöglich. Ihr schien es fast so, als ob sich ihre Eltern gegenseitig zu Verrücktheiten anstacheln würden. Und wo steckte überhaupt Oliver? Warum sprang er ihr bei diesem Gespräch nicht zur Seite?

Vermutlich, weil er noch nie gewusst hatte, wie er mit ihren Eltern umgehen sollte. Seine Eltern waren ganz normale Rentner, die glücklich und zufrieden in ihrem Vorortreihenhaus lebten. Aber auch Daisy war den Marotten ihrer Eltern nicht immer gewachsen. Wäre es so, dann hätte sie diesen verrückten Plan wohl im Keim ersticken können, ehe man Reisepässe für einen Besuch einpacken musste. Und Schutzhelme.

„Romantisch?", fragte Daisy und dachte an das Himmelbett in ihrem Schlafzimmer. „Es hat bestimmt Charme, aber …"

„Nicht das Haus! Das Abenteuer, das es bedeutet." Ihre Mutter hüpfte flink die Stufen hinunter, als wäre sie zwanzig. Die fehlenden Stufen überwand sie mühelos. „Genau das wollten dein Dad und ich! Ein großes Projekt, das wir gemeinsam stemmen und das uns zusammenschweißt, jetzt, da wir in Rente sind."

Aha. Plötzlich ergab das alles viel mehr Sinn. „Das euch zusammenschweißt?", fragte sie skeptisch. „Oder ist es nicht eher so, dass ihr nichts mit euch anzufangen wusstet und es leid wart, untätig zu Hause rumzusitzen?"

Ihre Eltern tauschten einen Blick, und Daisy wusste, dass sie den sprichwörtlichen Nagel auf den Kopf getroffen hatte. „Ihr habt euch gelangweilt, stimmt's?", riet sie. „Ihr habt euch gelangweilt und seid euch gegenseitig auf die Nerven gegangen, und um das zu ändern, konntet ihr nicht einfach Tanzstunden nehmen wie normale Eltern."

„Dein Vater hat zwei linke Füße", stellte ihre Mutter fest. „Außerdem ist unser Projekt viel aufregender."

Daisy lehnte sich an die Wand und fragte sich, wieso ihr Leben bloß so kompliziert sein musste. Als ob der tägliche Hickhack mit vier Kindern nicht schon reichte, musste sie jetzt auch noch ihre Eltern zur Vernunft bringen.

„Ich gebe allerdings zu, dass wir wohl mehr Arbeit reinstecken müssen, als uns die Immobilienanzeige Glauben machen wollte", sagte ihr Dad.

„Lass mich raten. Ihr habt in der Sonntagszeitung eine Verkaufsanzeige über eine echte französische Burg gelesen. Was stand drin? Dass sie renovierungsbedürftig ist?"

Mum schnaubte. „Es hieß – und das zu Recht, wie du zugeben musst –, dass sie geeignet für ein hingebungsvolles Paar wäre, das ihr seinen eigenen Stempel aufdrücken will."

„Aha", sagte Daisy. „Der bröckelnde Putz und die fehlende Decke im zweiten Wohnzimmer wurden also nicht erwähnt?"

„Nein, so deutlich nicht", sagte Dad. „Ebenso wenig wie die Ringeltauben, die ständig durch den Schornstein in die Küche fliegen."

„Oder die Fledermäuse." Daisy erschauerte.

„Aber es war ein Schnäppchen", wandte Mum ein. „Wirklich Daisy, man hat uns die Burg praktisch geschenkt."

„Ja, warum bloß? Das ist mir echt ein Rätsel", sagte Daisy ironisch. Vermutlich wollten die früheren Besitzer das Haus einfach nur schnellstmöglich loswerden, bevor sie unter herabfallenden Steinen begraben wurden.

Zeit, um an den Verstand und die Vernunft ihrer Eltern zu appellieren. Gewöhnlich biss sie bei solchen Versuchen zwar auf Granit, aber schließlich gab es für alles ein erstes Mal. „Wir müssen morgen zu Claude zurück und werden hoffentlich einen Platz auf der Fähre ergattern. Warum kommt ihr nicht mit? Wir könnten Weihnachten im Maple Drive feiern. Dort ist die Wahrscheinlichkeit relativ gering, dass wir von zerbröselnden Schießscharten erschlagen werden."

„Daisy", sagte ihr Vater streng.

„Hab ich den letzten Satz etwa laut ausgesprochen? Tut mir leid. Es war ein langer Tag." Sie versuchte, ein heiteres Lächeln aufzusetzen. „Ich meinte bloß, es ist nicht schlimm, dass die Gästezimmer noch nicht wirklich benutzbar sind. Wir müssen sowieso nach Hause. Und wir würden uns freuen, wenn ihr mit uns kommt."

Schweigen breitete sich aus, während ihre Eltern eines dieser stummen Gespräche miteinander führten, das aus Gesten und Mimik bestand. Genau das hatten sie in Daisys Kindheit immer getan, wenn sie vorgaben, vor ihr nicht zu streiten. Himmel, genau so verhielt sie sich jetzt mit Oliver ihren Kindern gegenüber. Du liebe Güte, sie wurde wirklich wie ihre Mutter. Aber ihre Mutter hatte nur ein Kind gehabt. Das war praktisch geschummelt.

„Na ja, wir können ja mal drüber nachdenken", sagte Mum schließlich.

„Und überprüfen, ob der Herd wieder funktioniert", sagte Dad.

„Das könnte unsere Entscheidung tatsächlich beeinflussen", gab Mum zu.

„Ja, und es spielt auch eine Rolle, ob mir eine dieser verdammten Tauben noch mal auf den Kopf kackt“, murmelte Dad.

„Großartig.“ Daisy wünschte, dass sie sich mehr über ihren Erfolg freuen könnte. „Ich rufe die Fährgesellschaft an.“

Jetzt brauchte sie nur noch sechs Tickets für die Fähre an Heiligabend und zwei weitere für die Babys. Tickets, für die einzige, ausgebuchte Fähre nach Hause wohlgemerkt.

Ein Klacks.

„Die Zeit der Wunder“, murmelte sie, stieg die Treppe hinauf und wäre fast durch eine fehlende Stufe gefallen. „Dad, vergiss den Wein nicht.“

JACK

Jack schloss die Haustür seines winzigen Vier-Zimmer-Reihenhauses – zwei Zimmer im oberen Stockwerk, zwei unten – an der Ecke vom Maple Drive auf. Nicht zum ersten Mal hatte er das Gefühl, dass die Räume sehr leer wirkten.

An diesem Abend machten sie einen noch trostloseren Eindruck auf ihn als sonst. Was womöglich daran lag, dass er so viel Zeit bei Holly und Kathleen verbracht hatte, wo die Zimmer entweder überschwänglich festlich dekoriert oder mit Reiseandenken verschönert waren. Vielleicht lag es auch daran, dass er Claude vermisste. Aber darüber wollte er lieber nicht nachdenken.

Er warf den Mantel über die Sofalehne und ging zum Küchenschrank. Dort hatte er einen Beutel mit Weihnachtsdeko verstaut, die er aus einer Laune heraus vor ein paar Wochen im Supermarkt gekauft, aber nie aufgehängt hatte. Vielleicht würden die Zimmer fröhlicher wirken, wenn er sie festlich schmückte.

Zwanzig Minuten später hatte er einen Miniaturweihnachtsbaum auf dem Beistelltisch im Wohnzimmer aufgebaut und winzige bunte Kugeln daran aufgehängt. Eine Girlande aus Plastikzweigen schlang sich ums Treppengeländer, und an der Tür hing ein Kranz aus leuchtend bunten Kugeln, der ihm jedes Mal beim Nachhausekommen ein freundliches Willkommen bereiten würde. Hollys selbst gemachter Weihnachtsdeko konnte er damit zwar nicht das Wasser reichen, aber er war zufrieden.

Jedenfalls vorerst.

Eines Tages wollte er all das auch haben – einen großen, echten Weihnachtsbaum im Wohnzimmer, unter dem Geschenke für alle Bewohner des Hauses lagen. Freunde, die einfach so auf einen Mince Pie und Glühwein hereinschneiten. Und vielleicht auch einen beleuchteten Weihnachtsmann auf dem Dach. Trotz allem, was tagsüber passiert war, glaubte er jedoch immer noch nicht daran, dass er sich im Maple Drive jemals zu Hause fühlen würde.

Einen Augenblick lang hatte er gedacht, dass zwischen ihm und Holly Funken sprühten und es womöglich eine Chance für sie beide geben könnte. Sie war wunderschön, humorvoll und unglaublich talentiert. Vor allem aber fühlte er sich ihr verbunden, so als ob sie seelenverwandt seien. Und das lag gewiss nicht daran, dass sie sich ebenso einsam und allein fühlte wie er, obwohl das vermutlich auch eine Rolle spielte. Aber als er ihr in die Augen gesehen hatte, hatte er sich zum ersten Mal seit seinem Austritt aus der Army geborgen gefühlt. Und er hatte das Gefühl gehabt, dass er ihr auch etwas bedeuten könnte.

Doch plötzlich hatte sie sich zurückgezogen, und der Moment war verflogen.

Er konnte es ihr nicht verübeln. Sie hing eindeutig noch an ihrem Ex, egal, was sie behauptete. Vielleicht wollte sie mit dem Typen tatsächlich nichts mehr zu tun haben. Sie wäre ja auch verrückt, wenn sie ihn trotz allem, was sie Jack erzählt hatte, noch lieben würde. Aber offensichtlich gefiel ihr die Vorstellung, dass sie ein Paar gewesen waren. Was wohl verständlich war, angesichts der Tatsache, dass sie morgen eigentlich hatte heiraten wollen und ein ganz neues Leben angefangen hätte. Es war sicher schwierig, plötzlich völlig umdenken zu müssen.

Er holte sich ein Bier aus dem Kühlschrank, setzte sich damit aufs Sofa und schnappte sich den Laptop vom Couchtisch. Er konnte nicht den ganzen Abend damit verbringen, an die hübsche Blonde aus Nummer zwölf zu denken – er hatte eine Verabredung.

Der Videoanrufklingelton war nervtötend, aber zum Glück ging Tom schnell ran.

„Jack, Kumpel! Fröhliche Weihnachten!“ Toms Stimme war klar und deutlich zu hören, obwohl Tausende Meilen zwischen ihnen lagen, und Jack spürte, wie er sich allmählich entspannte. Vielleicht hatte er deshalb noch keine neuen Freunde gefunden, weil er wusste, dass sie niemals diejenigen ersetzen könnten, die er zurückgelassen hatte. Er bereute seinen Austritt aus der Army nicht, aber er bedauerte es, dass er seinen besten Freund und seine Kameraden dadurch hatte zurücklassen müssen.

„Was treibt ihr so da drüben?“, fragte Jack, bevor Tom sich wie üblich erkundigen konnte, ob er sich schon an das bürgerliche Leben gewöhnt hatte. Er wollte nicht über sich reden, vor allem weil Tom ständig fragte, ob Jack sich schon eine Freundin geangelt hatte. An diesem Abend wollte er sich lieber vormachen, dass er bei ihnen sei, bei Tom und seinen anderen Freunden.

„Ach, du weißt schon", sagte Tom ausweichend. „Dasselbe wie immer."

„Das heißt, du darfst nicht drüber reden", riet Jack.

„Jedenfalls nicht über eine ungeschützte Verbindung, nein." Jack wusste, dass nicht die Verbindung das Problem darstellte, sondern vielmehr die Tatsache, dass er nicht mehr beim Militär war.

Das traf ihn tief. Früher hatte Jack alles gewusst, was Tom tat. Früher hatten sie das gleiche gefährliche Leben geführt. Jetzt stand er außen vor und war zum Zuschauen verdammt. An Toms Leben hatte er keinen Anteil mehr.

„Wie geht's den Jungs? Gibt's was Neues?" Etwas Neues hieß in diesem Fall Klatsch. Sein bester Freund war eine schlimmere Tratschtante als Mrs. Templeton und lästerte gern über die anderen Jungs.

Toms Gesicht wurde ernst. „Wir haben Graham verloren", sagte er mit Kummer im Blick. „Es tut mir leid, Kumpel."

Graham. Der junge, begeisterungsfähige, lebenslustige Graham.

„Das … Gott. Verdammt." Es gab härtere Flüche, die seine Gefühle besser ausdrücken würden, und wenn er erst allein war, würde er sie auch alle benutzen. Im Moment konnte er jedoch nur darauf vertrauen, dass Tom ihn gut genug kannte, um zu wissen, wie tief ihn der Verlust des Kameraden traf.

„Ja. Es ist … stiller ohne ihn.“

„Ja, das kann ich mir denken“, sagte Jack halb scherzend und mit einem kummervollen Lächeln. So wie Graham es sicher gewollt hätte. „Kannst du mir sagen, was passiert ist?“

„Zum Teil“, antwortete Tom. Jack hörte aufmerksam zu, während Tom über Grahams letzte Tage und Minuten berichtete. Ein weiterer Verlust, eine weitere Geschichte, die man sich nach der Heimkehr unter Freunden erzählte.

Und er fühlte sich weiter von seinen Freunden entfernt als je zuvor.

„Aber genug von uns“, sagte Tom nach einer langen Pause, in der sie sich nur angeschaut und jeder seinen Erinnerungen nachgehangen hatte. „Mal ernsthaft, was gibt's Neues bei dir? Wie läuft die Operation Familie gründen?“

Manchmal bedauerte Jack zutiefst, dass er Tom von seinen Träumen erzählt hatte. Damals war er betrunken gewesen. Ein Gutes hatte es jedoch. Es gab dadurch jemanden, der ihn auf Kurs hielt und ihm auch mal den nötigen Tritt in den Hintern versetzte, wenn er aufgeben wollte, weil er seinen Träumen nicht näher kam.

„Ich hab um die Versetzung gebeten, über die wir gesprochen haben“, sagte Jack. „Mein Chef meint, ich soll noch mal darüber nachdenken.“

„Was gibt es da groß nachzudenken? Wenn du nicht findest, wonach du suchst, ist es an der Zeit, weiterzuziehen und woanders zu suchen.“ Tom klang so sicher, so entschlossen, dass Jack ihm nicht widersprechen konnte. „Das Leben ist zu kurz, um Zeit an einem Ort zu verschwenden, an den man nicht gehört. Hast du mir das nicht selbst unter die Nase gerieben, als du weggegangen bist?“

„Ja, hab ich.“

„Und du hattest recht“, sagte Tom. „Schau dir nur Graham an.“

„Ja.“ Offenbar schimmerten die Zweifel in seiner Stimme durch, denn Tom seufzte.

„Okay, was hat sich verändert?“, fragte er. „Als wir das letzte Mal geskypt haben, warst du schon so gut wie weg. Warum denkst du jetzt noch mal über deinen Entschluss nach? Hat dich dein Chef umgestimmt?“

„Vielleicht ein wenig. Aber hauptsächlich …“ Was genau hatte seinen möglichen Meinungsumschwung ausgelöst? Holly mit ihrer glitzernden Katzenleine, ihrer Handarbeitsbesessenheit und Weihnachtsfreude? Oder Kathleen, die so oft umgezogen war und sich trotzdem allein fühlte? Oder hatte alles, was an diesem Tag geschehen war, dazu beigetragen, dass er nun ins Grübeln geriet?

Während er die Ereignisse des Tages noch einmal Revue passieren ließ, fiel ihm auf, dass er sich zum ersten Mal seit Monaten nicht mehr so einsam fühlte. Ganz kurz hatte er das Gefühl gehabt, dass er hierhergehörte. Er schloss die Lider und überlegte, wodurch dieses Gefühl ausgelöst worden war. Zu seiner Überraschung tauchte vor seinem inneren Auge eine schwarze Nase inmitten einer weißen, von Lebkuchenkrümeln verschmierten Schnauze auf und darüber übergroße Fledermausohren und von schwarzen Flecken umrandete Augen.

Claude. Mit ihm hatte alles angefangen. Egal, was an diesem Weihnachtsfest im Maple Drive passieren mochte, er musste Claude finden und sich vergewissern, dass es ihm gut ging.

Jack öffnete die Augen und grinste seinen Freund auf dem Bildschirm an. „Okay, das klingt jetzt seltsam. Aber es ist etwas passiert. Alles fing mit einem Hund an, der durch eine Katzenklappe gepurzelt ist …"

10. KAPITEL

DAISY

Quietschend fiel die Terrassentür hinter ihr in die Angeln, und Daisy stieß einen tiefen Seufzer aus. Den Kopf an die kalte Steinwand gelehnt versuchte sie, ihre wild herumwirbelnden Gedanken zu beruhigen.

Unvermittelt wurde ihr klar, dass sie nicht allein war.

„Hallo?“, rief sie. Ihre Muskeln spannten sich an, als sie in die Dunkelheit spähte. „Äh, *bonjour*? Oder *bonne nuit*?“

Ein vertrautes, abgrundtiefes Seufzen kam aus den Schatten, und Bella hob ihr Handy hoch. Das Licht des Displays erhellte ihr Gesicht. „Ich bin's, Mum.“

„Ach so.“ Daisy drückte eine Hand auf die Brust, um ihr rasendes Herz zu beruhigen. „Das wusste ich. Ich übe nur mein Französisch.“

Zwar konnte sie in der pechschwarzen Nacht nicht erkennen, wie Bella die Augen verdrehte, aber sie konnte es spüren.

„Was machst du denn hier draußen?“, fragte Daisy und lief zu ihr. Bella saß auf einer Bank vor einem alten Picknicktisch, die Knie an die Brust gezogen, den Kopf an die Mauer hinter ihr gelehnt. „Ich dachte, du bist schon im Bett."

„Im Haus gibt's kein Funksignal." Bella drückte auf ihrem Smartphone herum. „Deshalb wollte ich es draußen probieren."

„Und hast du hier mehr Glück?" Daisy versuchte, nicht an die Roaminggebühren zu denken. Vielleicht war das einer der perfekten Momente, um ihre Beziehung zu stärken, hier in der Dunkelheit in einem fremden Land. Ein seltener Mutter-Tochter-Moment, in dem sie sich ihre Geheimnisse anvertrauten. Na ja, alle wohl nicht.

Vielleicht würde Bella ihr aber wenigstens verraten, warum sie so sauer über den Weihnachtsurlaub in Frankreich war.

„Geht so", sagte Bella. „Ich hab's immerhin geschafft, eine Nachricht von Jessica abzurufen."

„Jessica?" Daisy musste einen Moment überlegen. „Ach so. Das Mädchen aus Nummer drei. Hat sie Neuigkeiten?"

Bella nickte. „Sie will morgen Findet-Claude-Plakate aufhängen. Oh, und offenbar ist der Postbote von Tür zu Tür gegangen und hat in den Gärten nach Claude gesucht. Er lässt ausrichten, dass es Claude gut ging, als er ihn zuletzt gesehen hat, und dass er ihn suchen will."

„Der Postbote?" Daisy runzelte die Stirn. Warum in aller Welt machte sich ausgerechnet der Postbote solche Mühe?

„Sieht so aus." Bella nickte.

„Und sonst ist nichts weiter?" In Gedanken machte sie sich eine Notiz, dass sie auf der Fähre eine Flasche Wein als kleines Dankeschön für den Postboten besorgen würde. Das war das Mindeste, was sie tun konnte.

„Nein."

„Aber du bist immer noch draußen, weil …?" Daisy ließ den Satz in der Luft hängen, damit Bella ihn beendete.

„Ich wollte eine SMS schicken."

„Ach ja?" Ein Pfund fünfzig, rechnete Daisy automatisch nach, als ob Olivers Geist von ihr Besitz ergriffen hätte. „An wen?"

Bella heftete den Blick auf das inzwischen schwarz gewordene Display ihres Handys.

„Bella? Wem schreibst du?", hakte Daisy nach, und ein Hauch von Panik stieg in ihr auf. Gerade hatte sich ihre Sorge um Claude ein wenig gelegt, schon machte sie sich Gedanken um Bella.

Ganz offenbar schickte ihre Tochter jemandem Nachrichten, von dem ihre Mutter nichts wissen sollte. Einem Jungen natürlich. Oder einem Mann. Bella war vierzehn, und Daisy erschauerte bei dem Gedanken, welche Dummheiten sie in diesem Alter getrieben hatte, von denen ihre Eltern nie etwas erfahren durften.

Himmel, was, wenn sie einen älteren Mann im Internet kennengelernt hatte? Was, wenn Bella direkt unter ihrer Nase von einem Pädophilen belästigt wurde und sie hatte nichts gemerkt, weil sie knietief in schmutzigen Windeln und Hundemist versank. Und warum ging es in ihrem Leben in letzter Zeit nur noch um Exkremente?

Zurück zu Wichtigerem.

„Du kannst mir alles erzählen", sagte sie so ruhig wie möglich. „Egal, was es ist, ich liebe dich deshalb nicht weniger."

Bella verdrehte die Augen. „Das weiß ich doch, Mum."

„Gut. Also, wer ist es?"

„Das ist privat."

Da war eindeutig was im Busch. Vielleicht sollte sie Oliver rufen, um die Sache mit ihm gemeinsam zu klären. Vielleicht konnten sie einen Privatdetektiv damit beauftragen, Bellas Anrufe zu überprüfen. Und ihren PC. Und sie nach der Schule bewachen lassen.

„Oh Gott, du drehst gerade durch und schiebst Panik, stimmt's?" Bella nahm die Füße von der Bank und richtete sich auf.

„Nein", log Daisy. „Ich überlege mir nur geeignete nächste Schritte."

„Schön. Ich erzähl's dir."

Daisy blinzelte. Das war glatter gelaufen als gedacht. Vielleicht war doch keine Katastrophe im Busch. „Danke. Also, wer ist es?"

„Zach."

Ha, sie hatte recht gehabt. Es ging um einen Jungen. Einen Punkt für den mütterlichen Instinkt. Aber …

„Und wer ist Zach?"

„Na, Zach Templeton. Du kennst ihn." Sie sagte das mit derselben Ungehaltenheit, die sie immer an den Tag legte, wenn Daisy den Überblick über ihren sich stetig verändernden Freundeskreis verlor. Aber das spielte im Moment keine Rolle. In Gedanken ging sie die Klassenliste durch, die sie versucht hatte, sich einzuprägen, doch sie konnte den Namen nicht einordnen. Es hatte mal einen Zachary Rubinstein gegeben.

Allerdings war der Junge weggezogen, als Bella fünf gewesen war. Den konnte sie nicht meinen.

„Zach ... meinst du Mrs. Templetons Enkel?“ Daisy versuchte, ein Bild des Jungen vor ihrem inneren Auge heraufzubeschwören, aber sie konnte sich nur an eine komische Frisur unter einer Weihnachtsmannmütze erinnern. Mrs. Templetons Sohn kam mit seiner Familie nur selten zu Besuch, meist nur an Weihnachten und zu Ostern, was Daisy ihm nicht verdenken konnte. „Wann hast du ihn denn kennengelernt?“

Bella zuckte mit den Schultern. „Er war auch auf dieser langweiligen Ostereiersuche von der Stadtverwaltung, zu der ihr mich mit Jay geschickt habt. Er war mit seiner kleinen Schwester dort. Wir haben uns unterhalten.“

„Das ist neun Monate her.“

„Und? Wir haben uns online vernetzt. Manchmal chatten wir, solche Sachen eben. Und ich hätte ihn diese Woche wiedergesehen, wenn du nicht beschlossen hättest, uns durch ganz Europa zu schleifen.“

„Wir haben lediglich den Ärmelkanal überquert“, stellte Daisy fest. „Das sind etwa dreihundert Meilen. Nordschottland liegt weiter weg. Wir sind wohl kaum am anderen Ende der Welt.“

„Wir sind aber auch nicht im Maple Drive.“

Damit hatte sie natürlich recht.

„Ich bin ja schon dran, uns einen Platz für die Fähre morgen zu besorgen.“ Sie rückte näher heran und legte einen Arm um Bellas steife Schultern.

„Wegen Claude. Nicht wegen mir.“ Bella zog die Knie wieder hoch und schlang die Arme um die Beine. Sie faltete sich selbst zusammen wie eine Origamifigur. „Du kümmerst dich mehr darum, was der Hund will, als darum, was ich will.“

„Sei fair, Bella. Ich wusste nichts von Zach.“ Obwohl sie es hätte wissen sollen. Wie konnte ihre Tochter neun Monate lang online mit dem Enkel der Nachbarin flirten, ohne dass sie was bemerkt hatte? Vielleicht sollte sie doch einen Privatdetektiv anheuern.

„Du wusstest, dass ich nicht hierherkommen wollte“, sagte Bella vorwurfsvoll.

Daisy seufzte. „Bella, niemand von uns wollte herkommen. Wir halten die Idee alle für total verrückt.“

„Und warum sind wir dann hier?“

„Weil wir deine Großeltern lieben“, sagte Daisy schlicht. „Und weil Weihnachten die Zeit ist, die man mit Menschen verbringen sollte, die man liebt.“ *Oh Gott, sag bitte nicht, dass du Zach Templeton liebst.* Sie wusste nicht, ob ihr Herz das noch ertragen konnte.

„Okay“, sagte Bella, ohne rechte Überzeugung. „Nehmen wir Oma und Opa eigentlich mit, wenn wir heimfahren?“

„So lautet der Plan“, sagte Daisy.

„Könnte schön werden.“ Bella drehte sich um, sodass ihr Rücken gegen Daisy lehnte und ihr Kopf auf ihrer Schulter.

Daisy küsste sie auf den Scheitel und schlang die Arme um ihre Tochter.

Eine Krise abgewendet.

Sie schaute verstohlen auf Bellas Handy, das auf dem Tisch lag. Die Uhr auf dem Display verriet, dass es kurz vor Mitternacht war. Der Heiligabend rückte näher. Wie viele Krisen mussten sie bis dahin noch durchstehen?

CLAUDE

Als die Sonne am nächsten Morgen aufging, war ich völlig durchgefroren. Ich fühlte mich einsamer als je zuvor und stand kurz vorm Verhungern. Mein armer Bauch fühlte sich leer wie ein Loch an, und ich hatte das Gefühl, dass mein Stummelschwanz nie wieder Grund zum Wedeln finden würde.

Ich schüttelte Erde und Laub aus meinem Fell und verließ den schützenden Baum. In der Hoffnung auf ein wenig Wärme suchte ich mir einen Flecken Sonnenlicht. Außerdem wurde es höchste Zeit, dass ich etwas zwischen die Zähne bekam.

Meine Vorfahren mochten zwar früher einmal Jäger gewesen sein, aber das ist schon ewig her. Warum soll man jagen, wenn man einen Menschen adoptieren kann, der einem Futter gibt? Wir Hunde waren schon immer sehr schlau, und meine Rasse gehört zu den schlausten. Das Jagen hatten wir schon längst nicht mehr nötig. Abgesehen davon, dass ich nun plötzlich in der Gegenwart mit der Notwendigkeit konfrontiert wurde, mir selbst Futter zu beschaffen. Und ich hatte keine Ahnung, wie ich das anstellen sollte.

Ich beschloss daher, das zu tun, was ich immer tat – ich folgte meiner Nase. Gestern hatte sie mich geradewegs zu leckeren Lebkuchen geführt. Und meiner Klugheit hatte ich es zu verdanken, dass ich mir den Weg durch Perditas Katzenklappe gebahnt hatte, was letztendlich dazu führte, dass mir Holly Futter gegeben hatte. Gut, mit Jagen hatte das relativ wenig zu tun und ich war mir sicher, dass Perdita über mich spotten würde, wenn sie davon erfuhr. Aber das war mir egal. Es hatte funktioniert.

Der Maple Drive erwachte allmählich zum Leben, und aus den Häusern strömten alle möglichen interessanten Düfte. An manchen Fenstern waren die Vorhänge zur Seite geschoben, und ich konnte dahinter Weihnachtsbäume entdecken. Stirnrunzelnd trottete ich über den Bürgersteig und wälzte Probleme. Mir war eingefallen, dass die meisten Menschen mich wohl nicht freiwillig in ihr Haus lassen und ihr Futter mit mir teilen würden, selbst wenn ich mich ihnen bemerkbar machen konnte. Ich musste mir mein Futter also draußen suchen.

Ich fing mit den Mülltonnen bei Nummer zehn an, aber sie waren zu hoch und ich konnte nicht reinklettern. Die Katze aus Nummer acht saß auf einer und lachte mich aus, als ich es versuchte, daher lief ich schnell weiter. Im Garten von Nummer acht stand ein weiteres Futterhäuschen für Vögel, aber das war nichts für mich. Das Vogelfutter bei Mrs. Templeton hatte ziemlich eklig geschmeckt.

Bei Nummer sechs fand ich ein kleines Holzdings, in dem etwas lag, das wie Perditas Katzenfutter roch. Ich versuchte, meinen Kopf durch die winzige Öffnung zu zwängen, um es mir zu schnappen. Plötzlich kam ein Mann aus dem Haus gerannt, brüllte mich an und wedelte wie verrückt mit den Armen.

„He, weg da! Das ist für die Igel!"

Als ob Igel dringender etwas zu fressen bräuchten als ich, brummelte ich in mich hinein und verdrückte mich so schnell mich meine kurzen Beine trugen. Schließlich erreichte ich das Ende des Maple Drive und stand vor Jays Schule. Die Tore waren verschlossen, weil seit der vergangenen Woche Ferien waren. Jay hatte die ganze Zeit mit mir verbracht. Ferien waren großartig.

Das Gitter des Zauns war jedoch breit genug, und ich konnte mich recht einfach durchschlängeln. Wenn es hier Futter gab, würde mich sicher niemand vertreiben.

Der Spielplatz, an dem sich Daisy morgens von Jay verabschiedete, während ich ans Tor angebunden warten musste, lag ruhig und verlassen da. Der ganze Ort wirkte anders als sonst. Ich lief am Hauptgebäude vorbei und genoss das Gefühl, an einem verbotenen Ort zu sein. Es war interessant, endlich mal zu sehen, wo Jay den Tag verbrachte, wenn er nicht bei mir war. Die Schule sah allerdings ziemlich öde und langweilig aus. Kein Wunder, dass Jay immer darum bettelte, zu Hause bleiben und mit mir spielen zu dürfen.

Schließlich stand ich auf einem großen Rasen, der förmlich zum Herumrennen einlud. Ich fragte mich, warum um Himmels willen Hunde auf dem Gelände verboten waren. Der Rasen war perfekt für uns.

Das Gras war weiß gefroren und knirschte unter meinen Pfoten, als ich mit kleinen schnellen Hopsern darüber rannte, um warm zu bleiben. Und dann roch ich es.

Der Geruch war ganz schwach, aber ich habe nun mal eine feine Nase, auch wenn wir Hunde seit Generationen nicht mehr jagen. Es schnupperte nach Lebkuchen, die tief in der Erde versteckt waren.

Die musste ich unbedingt finden.

Ich folgte dem Duft bis zu einem großen alten Baum, dessen kahle Äste leicht im Wind zitterten. Dort fing ich an zu graben, bis hinunter zu den Wurzeln.

Der Boden war hart und kalt, aber die Wintersonne wärmte ihn, was mir die Arbeit erleichterte. Während ich mich durch den gefrorenen Boden ackerte, wurde der Geruch immer stärker und verlockender.

Dann trafen meine Pfoten auf etwas Hartes, das jedoch nicht besonders schmackhaft aussah. Der Geruch musste aus dem Inneren kommen. Wenn ich nur einen Weg …

„Claude?"

Ich erstarrte beim Klang meines Namens. Als ich mich umdrehte, sah ich, wie Holly über den Rasen zu mir herüberlief, den leuchtend roten Mantel eng um sich geschlungen.

Ich war entdeckt worden. Und ich wusste, was das bedeutete.

Es war Zeit, die Flucht zu ergreifen.

HOLLY

„Claude? Claude!“, rief Holly erneut, als der kleine Hund zwischen den Bäumen hindurch zum Hinterausgang der Schule lief. Sie nahm die Verfolgung auf, doch obwohl er nicht besonders schnell war, konnte er sich durch Stellen quetschen, die sie nicht einmal sah.

Sie blieb bei dem Baum stehen, unter dem Claude gebuddelt hatte, und fragte sich, was sie tun sollte. Ob sie Jack anrufen und ihm sagen sollte, dass sie Claude gesehen hatte? Sie war nur in die Schule gekommen, weil sie eine Tasche mit Büchern im Lehrerzimmer vergessen hatte. Aber sie hatte nicht daran gedacht, dass der Hausmeister über Weihnachten natürlich freihaben würde und das Gebäude deshalb abgeschlossen war.

Nein, das stimmte nicht ganz. Sie war spazieren gegangen, um den Gedanken an die abgesagte Hochzeit zu vertreiben. Der Weihnachtsstollen war bereits verziert, und ihr war nichts eingefallen, was sie sonst noch erledigen konnte.

Es war Heiligabend, und sie wusste nicht, was sie mit sich anfangen sollte, bis Jack vorbeikam, um Kathleens Überraschung vorzubereiten. Deshalb musste sie unbedingt dem Haus entfliehen, das sie mit Sebastian gekauft hatte, um frische Luft zu schnappen. Und dann hatte sie Claude hinter dem Geländer gesehen … Jeder in der Gegend wusste, dass die Tore der Forest Green First and Middle School ganz leicht zu öffnen waren, wenn man den Trick kannte. Also hatte sie sich Zutritt verschafft und war Claude gefolgt.

Was trieb der Hund hier? So verfressen, wie Claude war, hatte er vermutlich nach Futter gesucht. Wie kam er aber auf den Gedanken, ausgerechnet hier danach zu suchen? Und wonach hatte er gebuddelt?

Die Fragen vertrieben Hollys trübe Gedanken.

Sie bückte sich und betrachtete das Loch, an dem sie Claude entdeckt hatte. War da etwas drin? Ja. Eine verbeulte und verrostete Blechdose, die an manchen Stellen aber noch glänzte. Was in aller Welt fand Claude daran interessant?

Holly zog die Blechdose heraus. Sie war altmodisch, eine übergroße Keksdose vielleicht. Sie wischte die Erde weg und fröstelte. Es war zu kalt, um an Ort und Stelle herauszufinden, was sich darin befand. Sie beschloss, die Dose mit nach Hause zu nehmen. Wenn sie Glück hatte, würde Claude auf der Suche danach womöglich wieder durch ihre Katzenklappe spazieren.

Der Maple Drive war menschenleer, als sie nach Hause ging. Nur der Lieferwagen des Paketdienstes parkte am Ende der Sackgasse.

„Meine Bestellung!“, keuchte Holly und begann zu rennen, aber sie kam zu spät. Die Karte steckte bereits in ihrem Briefkasten, und der Fahrer hatte den Motor schon gestartet. Sie winkte ihm zu, doch er deutete nach hinten. Zu Nummer dreizehn. Mrs. Templetons Haus.

Holly zog die Karte aus dem Briefkasten. Da stand es in schwarzer Tinte. *Päckchen bei Nummer dreizehn abgegeben.* Verdammt. Wenn Jack ihre Bestellung auslieferte, passierte so etwas nie.

Sie nahm all ihren Mut zusammen und ging zu Nummer dreizehn, während sie inständig betete, dass die bestellten Dekorationen in einer diskreten braunen Verpackung geliefert worden waren, so wie es normalerweise bei Bestellungen aus teuren Dessousläden der Fall war. Natürlich wusste sie das nicht aus eigener Erfahrung, sondern nur vom Hörensagen. Ihre Recherche zu Hochzeitsdessous war relativ kurz ausgefallen.

An Mrs. Templetons Miene ließ sich jedoch ablesen, dass der Umschlag nicht so diskret gewesen war, wie Holly gehofft hatte.

„Ah, Sie kommen sicher, um das hier abzuholen." Mrs. Templeton spuckte die Wörter förmlich aus und deutete auf einen Stapel Päckchen. In fetten Großbuchstaben stand auf dem Packband: „Großbritanniens erste Adresse für Weihnachtsaußendekorationen!"

Kein Hauch subtil.

Himmel, was hatte sie denn alles bestellt! Sie hatte irgendwann den Überblick verloren und immer mehr Sachen in den Warenkorb gepackt. So, wie es aussah, hatte sie genug gekauft, um damit den ganzen Maple Drive zu schmücken.

„Vielen Dank, dass Sie die Päckchen für mich angenommen haben, Mrs. Templeton", sagte Holly in ihrem besten Nette-Lehrerinnen-Ton. „Sie sind mich auch gleich wieder los."

„Moment, junge Dame." Mrs. Templeton hielt sie am Ärmel fest. „Halten Sie mich nicht zum Narren. Ich weiß, was Sie vorhaben. In diesen Schachteln sind noch mehr Lichterketten, oder? Obwohl ich Sie ausdrücklich darauf hingewiesen habe, dass die im Maple Drive nicht erwünscht sind!"

Sie hätte behaupten können, dass sie den Weihnachtsschmuck vor ihrem Gespräch bestellt hatte. Sie hätte versprechen können, dass sie die Päckchen gleich zurückschicken würde und gar nichts dekorieren wollte. Sie hätte versuchen können, Mrs. Templeton zu besänftigen, so, wie sie es bei allen machte. Sie hätte nachgeben können, um es ihr recht zu machen, so wie sie versucht hatte, Sebastian alles recht zu machen. Sie war förmlich über sich hinausgewachsen, um ihm das Leben zu erleichtern, damit er sich nach einem harten Tag im Büro entspannen konnte. Und sie war immer sofort bereit gewesen, ihm all die Abende zu verzeihen, an denen er länger arbeitete, ohne ihr Bescheid zu geben. Sie könnte wie immer die Schuld auf sich nehmen und Mrs. Templeton ihren Willen lassen.

Oder sie könnte Weihnachten so feiern, wie sie es sich wünschte.

Holly betrachtete den riesigen Päckchenstapel. Vermutlich war es nicht jedermanns Geschmack, aber ihr gefiel der Weihnachtsschmuck. Er verbreitete festliche Atmosphäre und stimmte sie fröhlich. Und sie wollte, dass sie sich in ihrem Haus endlich heimisch fühlte, auch ohne Sebastian. Sie hatte die Dekorationen mit ihrem eigenen Geld gekauft, das sie sich mit dem kleinen Onlineshop verdient hatte, weil ihr Lehrergehalt für so langweilige Sachen wie die Hypothekenrate draufging. Sie hatte für diese Dekorationen gearbeitet.

Sie hatte sie sich ebenso verdient wie das Glücksgefühl, das sie bei ihrem Anblick verspüren würde.

„Wissen Sie, Mrs. Templeton", sagte sie und straffte die Schultern. „Ich habe mir die Broschüre mit den Anwohnerverpflichtungen noch mal genau durchgelesen, die Sie mir beim Einzug gegeben haben. Eine offizielle Regelung scheint das jedoch nicht zu sein, und von einem Verbot für Weihnachtsdekorationen ist darin definitiv keine Rede."

„Das ist ein Versehen", blaffte Mrs. Templeton. „Vermutlich hat niemand daran gedacht, weil man es nicht ausdrücklich erwähnen musste, bevor Sie hierhergezogen sind! Niemand würde im Traum daran …"

„Nun, es ist mein Traum", unterbrach Holly. Sie musste sich diese Tirade nicht länger anhören. „Und ich hab mehr als nur davon geträumt. Ich habe sogar bestellt. Und jetzt werde ich das Haus dekorieren." Sie knallte die Blechdose auf den Päckchenstapel und hob alles auf einmal hoch. „Fröhliche Weihnachten, Mrs. Templeton." Sie nickte kurz und drehte sich zur Tür, um einen effektvollen Abgang hinzulegen.

„Einen Moment noch!"

Holly seufzte. So viel zu ihrem effektvollen Abgang. „Mrs. Templeton, es ist mein Haus! Ich kann es so dekorieren, wie ich will, und die Nachbarschaftswache hat kein Recht, mir das zu verbieten!"

„Ach, um diese dämlichen Dekorationen geht es doch gar nicht.“ Mrs. Templeton fuhr mit einem Finger über die Blechdose. „Wo in aller Welt haben Sie die her?“

Holly blinzelte verwirrt und schob die Päckchen mit den Armen ein wenig zurecht, um sie besser im Griff zu behalten. „Die Blechdose? Claude hat sie auf dem Schulrasen ausgegraben.“

„Auf dem Schulrasen …“ Ein verträumter Blick trat in Mrs. Templetons Augen, was Holly vor fünf Minuten noch für unmöglich gehalten hätte. Dann kehrte sie abrupt in die Gegenwart zurück. „Geben Sie mir die Dose“, verlangte sie.

„Nein!“ Hollys Abweisung kam prompt. Sie rutschte ihr einfach so heraus. „Warum sollte ich?“

„Weil sie mir gehört.“

„Wenn sie überhaupt jemandem gehört, dann wohl der Schule.“

„Meiner Schule. Ich war vor zwanzig Jahren Schulleiterin, lange bevor sie daherkamen, und ich hab die Blechdose dort vergraben. Sie gehört mir.“

„Sie haben sie dort vergraben?“ Holly hielt einen Moment inne und dankte dem Herrn, dass sie erst nach Mrs. Templetons Pensionierung an die Forest Green School gekommen war. Sie konnte sich kaum vorstellen, dass sie dieselben Ansichten hatten, was Erziehung betraf. „Und was ist darin?“

„Es ist eine Zeitkapsel“, erklärte Mrs. Templeton. „Mit dem Motto Weihnachten. Wir haben sie vor fünfundzwanzig Jahren an Weihnachten vergraben.“

„Eine Weihnachtszeitkapsel?“ Holly betrachtete die Schachtel erstaunt. „Was für eine wundervolle Idee." Das musste sie mit ihrer Klasse im nächsten Jahr unbedingt auch einmal machen.

„Natürlich ist das eine wundervolle Idee." Mrs. Templetons Stimme klang kein bisschen bescheiden. „Ich liebe Weihnachten, und ich wollte diese Liebe fürs Fest an meine Schüler weitergeben."

Mrs. Templeton liebte Weihnachten. Wer hätte das gedacht?

„Hm." Holly richtete den Päckchenstapel erneut. „Finden Sie nicht, dass es an der Zeit wäre, Ihre Zeitkapsel zu öffnen?"

11. KAPITEL

CLAUDE

Geschützt durch die Büsche beobachtete ich die Menschen im Maple Drive. Das rothaarige Mädchen aus Nummer drei lief die Straße auf und ab und klebte irgendwelches Papier an die Laternenpfosten, aber sie war nicht mein Hauptfokus.

Ich konzentrierte mich auf Holly. Sie hatte mich entdeckt und meine glänzende Kiste gefunden. Ich wollte wissen, was sie als Nächstes tun würde.

Holly trug die glänzende Kiste zu Mrs. Templetons Haus, dann wieder zu ihrem – zusammen mit vielen anderen Schachteln. Mrs. Templeton folgte ihr. Ich wunderte mich, dass sie Freunde waren, aber offenbar hatten sie so was wie ein gemeinsames Projekt.

Ich hoffte nur, dass dieses Projekt nicht darin bestand, mich zu finden und ins Tierheim zu bringen.

Aber was sollte es sonst sein? Was hatten diese beiden Frauen sonst gemeinsam?

Vielleicht war es an der Zeit, den Maple Drive zu verlassen, bevor die Katastrophe über mich hereinbrach. Ich hatte Jack und Holly für meine Freunde gehalten, die sich um mich kümmern würden, bis Daisy, Oliver und die Kinder nach Hause kamen. Aber jetzt wusste ich, dass sie ebenso wenig Hemmungen hatten, mich ins Tierheim zu bringen, wie Mrs. Templeton. Oder wie der Mensch, dessen Igelfutter ich aufgefressen hatte.

Ich überlegte, ob ich mich in einer anderen Gegend verstecken sollte. Wo man mich und meine Menschen nicht kannte und keiner wusste, dass sich im Moment niemand um mich kümmerte. Aber dann würde ich nicht erfahren, wann meine Familie nach Hause kam.

Die einzige Möglichkeit, die mir noch einfiel, war, im Garten von Nummer elf auf Jay und die anderen zu warten. Allerdings gab es dort nichts zu fressen – ich hatte gestern Abend alles abgesucht und nichts gefunden. Selbst der erfahrenste Jäger hätte in diesem Garten keinen Lebkuchenkrümel erschnüffelt.

Also konnte ich entweder bleiben, auf meine Familie warten und verhungern. Oder weggehen und darauf hoffen, Futter zu finden, aber dabei das Risiko eingehen, dass ich für immer allein sein würde.

Keine leichte Entscheidung für einen Hund.

Ich blickte wieder zu Hollys Haus. Solange Mrs. Templeton zu Besuch war, konnte ich mich dort auf keinen Fall wieder einschleichen. Aber vielleicht könnte ich heute Nacht, wenn Holly im Bett war, durch die Katzenklappe klettern und nach Futter suchen. Vorausgesetzt Perdita verriet mich nicht.

Oh je, wem wollte ich etwas vormachen? Perdita wäre die Erste, die mich ans Tierheim ausliefern würde.

Mein Blick wanderte zum Haus nebenan. Kathleen. Das Haus, in dem ich zum ersten Mal im Leben Lebkuchen fressen durfte. War das wirklich erst gestern gewesen? Es kam mir wie eine Ewigkeit vor, dass ich das letzte Mal etwas zwischen die Zähne bekommen hatte.

Kathleen war nett zu mir gewesen. Vielleicht würde sie mich wieder reinlassen. Es könnte meine letzte Chance sein. Wenn ich bis Sonnenuntergang nicht in Kathleens Haus gelangen und etwas zu fressen bekommen würde, musste ich den Maple Drive verlassen und mein Glück woanders suchen.

Ich nickte bekräftigend, und da die Entscheidung gefallen war, trottete ich zu Nummer zehn und setzte mich vor die Tür. Das Problem von Pfoten ist, dass man damit schlecht anklopfen kann. Ich konnte bellen oder jaulen, aber das hätte mir womöglich die ungewünschte Aufmerksamkeit von Holly eingebracht. Ich wusste nicht einmal, ob Kathleen überhaupt zu Hause war.

Plötzlich hörte ich Schritte hinter mir. Schnell drehte ich mich um. Jack! Er spazierte den Bürgersteig entlang, aber er hatte mich noch nicht entdeckt. Rasch versteckte ich mich unter dem Busch, der neben dem Eingang von Kathleens Haus wuchs. Eingehüllt von der relativen Wärme der Blätter beobachtete ich, wie Jack sich Hollys Haustür näherte.

Noch ein Verräter in meiner Nähe. Ich konnte es nicht riskieren, einfach loszulaufen. Außerdem vertat ich damit die Chance, von Kathleen gefüttert zu werden.

Ich schnaubte ein Atemwölkchen in die Luft und kauerte mich, die Schnauze auf die Pfoten gelegt, auf die Erde.

Es blieb mir wohl nichts anderes übrig, als darauf zu warten, dass Kathleen die Tür öffnete.

Langsam schlossen sich meine Augen. Sie brannten vor Müdigkeit nach der ruhelosen Nacht im Garten. Vielleicht sollte ich mir ein Nickerchen gönnen, bevor sich mein Schicksal endgültig entschied.

DAISY

Das summende Geräusch, das sie aus dem Schlaf riss, verstummte nicht. Daisy blinzelte und spähte in das dunkle Schlafzimmer. Die schweren Vorhänge, die das Himmelbett umhüllten, ließen sie kaum etwas erkennen, doch schließlich wurde ihr klar, was das Geräusch verursachte.

Ihr Handy.

Die Fähre!

Sie tastete auf dem Nachttisch nach dem Telefon und rüttelte mit der anderen Hand Oliver an der Schulter, bis er sich regte. Wenn das tatsächlich der Anruf war, auf den sie warteten, mussten sie schnell in die Gänge kommen. Ein Blick auf die Uhr verriet ihr, dass es erst halb sieben war. Also halb sechs britischer Zeit. Und so fühlte es sich auch an. Zum Glück schliefen die Zwillinge ausnahmsweise einmal länger.

„Hallo?“, sagte sie mit kratziger Stimme. „Ich meine *bonjour.*“

„Mrs. McCawley.“ Daisys gute Laune trübte sich. Sie erkannte die Stimme. Es war Henri von der Information auf der

Fähre. „Dies ist lediglich ein Kulanzanruf, um Sie wissen zu lassen, dass für die Fähre heute Morgen leider kein Platz für Sie und Ihre Familie frei geworden ist. Wir hoffen, dass Sie demnächst wieder mit uns reisen werden, und falls wir noch etwas für Sie tun können ..."

„Sie werfen mich um halb sieben morgens aus dem Bett, um mir mitzuteilen, dass ich heute Morgen nicht nach Hause fahren kann?", stieß Daisy zwischen zusammengebissenen Zähnen hervor. Der Mann führte wohl einen Rachefeldzug gegen sie.

„Die Unternehmensrichtlinien sehen vor, dass alle Passagiere auf der Warteliste angerufen werden. Ob sie nun einen Platz bekommen haben oder nicht." Sein schleimiger Tonfall verursachte Daisy eine Gänsehaut. „Soll ich Ihnen helfen, ein Ticket für eine andere Fähre zu reservieren? Ich kann Sie zu unserer Reservierungshotline durchstellen ..."

„Nein", blaffte Daisy. „Das können Sie nicht. Weil es erst halb sieben am Heiligabend ist, und ich glaube nicht, dass Ihre Hotline überhaupt geöffnet hat. Sie versuchen bloß, mir das Leben zu vermiesen."

Plötzlich flog die Tür auf. „Mum! Claude hat einen viralen Hype ausgelöst."

„Was?!" Viral klang schlecht. Sie dachte unwillkürlich an Mrs. Templetons Kommentare über Tollwut, bis ihr auffiel, dass Bella grinste. Ihr erschöpftes Hirn kapierte endlich. Viral war gut. Viral bedeutete, dass mehr Leute nach Claude suchten. Sie bedeckte mit einer Hand das Telefon. „Was ist passiert?"

„Ich versichere Ihnen, Madame, ich mache nur meine Arbeit“, sagte Henri selbstgefällig. Daisy ignorierte ihn.

„Die Findet-Claude-Kampagne hat sich im Netz überall verbreitet“, sagte Bella und hüpfte auf das Himmelbett. „Ich meine wirklich überall! Es gibt sogar einen Artikel über Claude auf der BBC-Website! Und die Leute hängen Plakate auf und organisieren Suchtrupps …“

„Das ist unglaublich!“ Bellas Begeisterung war ansteckend. Daisy grinste ihre Tochter an und vergaß das Telefongespräch. Bis Henri sich wieder zu Wort meldete.

„Was ist nun wegen Ihrer Rückreise …“

„Keine Ahnung“, schnitt Daisy ihm das Wort mit einer Zuversicht ab, die sie seit Jahren nicht mehr gespürt hatte. „Ich weiß noch nicht, wie wir nach Hause kommen. Aber ich sage Ihnen eines, wir werden nach Hause kommen, Claude finden und mit der ganzen Familie ein wunderbares Fest feiern.“

„Und werden Sie mit unserer Gesellschaft zurückreisen?“, fragte Henri, offenbar unbeeindruckt von dem Kampfgeist, der Daisy erfüllte.

Sie richtete sich kerzengerade auf. „Nein, Henri. Wir werden nicht mit Ihrer schäbigen Fährgesellschaft reisen. Es gibt andere Fähren. Andere Häfen. Wir könnten sogar mit dem Zug durch den Eurotunnel fahren, wenn wir wollen …“ Sie brach ab und blickte erst Bella, dann Oliver an, der sich gerade langsam im Bett aufsetzte.

„Der Eurotunnel“, wiederholte sie leise. Bellas Augen wurden groß, und sie nickte heftig.

„Mrs. McCawley?“, sagte Henri. „Wenn Sie mir nur einen Moment geben würden, um …“ Daisy legte einfach auf. Sie hatte keine Lust, auch nur noch einen Moment länger mit einem Blödmann zu reden, der nicht verstand, dass Hunde Familienmitglieder waren.

Sie würden nach Hause fahren.

„Der Eurotunnel?“, fragte Oliver schläfrig. „Ist der heute geöffnet? Ich meine, fährt der Autozug heute überhaupt?“

Manchmal musste man nicht vorausplanen. Manchmal musste man keine überpünktliche Supermutter mit Checklisten und Kalendern und hervorragendem Organisationstalent sein.

Manchmal musste man einfach seiner inneren Stimme folgen, wohin auch immer sie einen führte.

Daisy lachte. „Fahren wir nach Calais und finden es heraus.“

JACK

Die Eiszapfenlichterkette hängt noch nicht unter dem Fenster, dachte Jack, als er auf Hollys Haus zulief. Das Haus sah dadurch ziemlich kahl und trostlos aus, genau wie jedes andere in der Straße. Als hätte man es Hollys Persönlichkeit beraubt.

Er vermisste die Eiszapfen. Hatte sie nicht gesagt, dass sie die Lichterkette wieder aufhängen wollte? Warum hatte sie ihre Meinung bloß geändert?

Er warf einen Blick über die Schulter, während er darauf wartete, dass Holly ihm die Tür öffnete, und entdeckte ein Plakat am Laternenpfosten vor dem Haus. Stirnrunzelnd ging er hinüber, um sich das Poster genauer anzusehen. „Findet Claude!" lautete die Überschrift. Darunter war ein Foto abgebildet, das den schwarz-weißen Hund mit einer Weihnachtsmannmütze auf dem Kopf zeigte. Offenbar waren er und Holly nicht die Einzigen, die nach ihm suchten. Jack notierte sich den Link, der auf dem Blatt angegeben war. Das würde er sich anschauen.

Doch dann hörte er das Geräusch der sich öffnenden Tür, drehte sich um und sah Holly.

„Da sind Sie ja!“, rief sie ihm zu. Ihre Augen leuchteten und ihre Wangen waren gerötet. Hatte sie wieder gebacken? Oder ohne ihn schon mal am Glühwein genippt? „Sie werden nicht glauben, was wir gefunden haben.“

Sie lief ins Haus und ließ Jack auf der Schwelle stehen.

„Wir?“, fragte er laut und folgte ihr. Die Tür ließ er hinter sich ins Schloss fallen. „Wer ist wir?“

Er bekam seine Antwort, als er die Küche betrat. Mrs. Templeton saß am Kopf des Esstisches. Jack blinzelte, verwundert über den seltsamen Anblick. Hatte es wieder Streit wegen der Lichterkette gegeben?

Allerdings sah Holly nicht verärgert, sondern erfreut aus.

Auf dem Tisch lagen keine Bastelsachen und Backwaren mehr. Vermutlich hatte Holly alles weggeräumt, um Platz für die Blechdose zu schaffen, die vor den Frauen stand.

„Mrs. Templeton“, grüßte Jack höflich. „Wie schön, Sie zu sehen.“

Die ältere Frau blicke ihn verdrießlich an. Seltsamerweise war Jack erleichtert, dass sich wenigstens daran nichts geändert hatte.

„Was ist denn los?“, fragte er.

„Der verflixte Hund …“, fing Mrs. Templeton an, aber Holly fiel ihr ins Wort.

„Ich habe Claude heute Morgen entdeckt“, erklärte sie. „Er hat auf dem Schulrasen gebuddelt.“

Jack sah sich in der Küche um. Ein warmes Glücksgefühl breitete sich in ihm aus. „Sie haben ihn gefunden? Wo ist er?“

Doch Holly bremste seine Euphorie und lächelte entschuldigend. „Tut mir leid. Er ist wieder weggelaufen, bevor ich ihn einfangen konnte. Aber er sah gesund aus. Die Lebkuchen haben ihm wohl genügend Energie gegeben. Ich hab mein Lebkuchenhaus auch fertig dekoriert, für den Fall, dass er nach Hause kommen sollte."

„Das ist gut." Nicht so gut, als wenn er jetzt hier gewesen wäre, aber immerhin wussten sie nun, dass Claude sich immer noch im Maple Drive herumtrieb und dass er wohlauf war. Das war zumindest etwas. „Was hat er auf dem Schulrasen getrieben?", fragte er stirnrunzelnd. Dort gab es ganz sicher keine Lebkuchen, und die schienen das Einzige zu sein, wofür Claude sich interessierte.

„Er hat das hier ausgegraben", antwortete Mrs. Templeton und hob die Blechdose hoch. Sie reichte das kleine Gefäß fast ehrfürchtig an Jack weiter, der es ebenso vorsichtig entgegennahm.

„Was ist da drin?", fragte er, während er im Kopf schon die Möglichkeiten durchging. *Eine Bombe? Nein, wir sind ja nicht in Afghanistan. Und die Blechdose zieren lauter fröhliche Schneemänner. Darin befindet sich ganz sicher keine Bombe.*

„Es ist eine Zeitkapsel", erklärte Holly. Jack betrachtete die Dose mit neu erwachtem Interesse. „Mrs. Templeton hat sie vor fünfundzwanzig Jahren mit ihren Schülern vergraben. Damals war sie Schulleiterin an der Forest Green."

Mrs. Templeton war Schulleiterin gewesen? Nun, das erklärte die Aura von Furcht und Schrecken, die sie verbreitete.

„Und werden wir sie jetzt öffnen?", fragte er.

Mrs. Templeton blickte ihn erneut grimmig an. „Was glauben Sie wohl, was wir hier die ganze Zeit versuchen? Die Angeln sind so verrostet, dass sich der Deckel nicht rührt."

„Soll ich es mal versuchen?" Jack zog bereits am Deckel.

„Ich glaube, dazu braucht es ein wenig mehr als Muskelkraft", meinte Holly, und Jack musste ihr insgeheim zustimmen. Er könnte den Deckel sicherlich losreißen, aber dabei bestand die Gefahr, dass der Inhalt durch den ganzen Raum geschleudert wurde. „Moment, ich glaube, ich weiß, was wir brauchen." Sie verschwand im Flur, und Jack hörte, wie sie den Schrank unter der Treppe öffnete.

„Was ist denn in der Zeitkapsel drin?" Jack wollte wenigstens versuchen, ein Gespräch mit Hollys verbohrter Nachbarin zu führen.

Mrs. Templeton blickte ihn verärgert an. „Das ist fünfundzwanzig Jahre her. Glauben Sie ernsthaft, ich kann mich nach der langen Zeit noch daran erinnern?"

„Anscheinend nicht." Manchmal fiel es ihm schwer, sich an sein Frühstück zu erinnern. Doch der Moment, in dem Claude in seinem Schoß gesessen und seinen Kopf an ihn geschmiegt hatte, war ihm förmlich ins Gedächtnis eingebrannt.

„Außerdem war der Inhalt ein Geheimnis. Die Schüler sollten einen Zettel mit ihren Weihnachtserinnerungen oder -wünschen in einen Umschlag stecken, zusammen mit etwas, das sie an Weihnachten erinnerte. Keiner hat die Zettel der anderen gesehen. Wir wollten die Kapsel nach zehn Jahren öffnen, aber dann … Nun ja, eine neue Direktorin hat die Leitung der Schule übernommen, und ich habe wohl vergessen, ihr von der Zeitkapsel zu erzählen."

Eine neue Direktorin. Jack gewann den Eindruck, dass Mrs. Templeton die Forest Green Schule nicht ganz freiwillig verlassen hatte. Das erklärte vielleicht auch, warum sie so verbittert war. Fünfzehn Jahre voller Groll konnten so etwas bewirken.

„Also weiß niemand genau, was in der Dose steckt", stellte Jack fest. „Das ist aufregend."

„Ich frag mich manchmal, was aus den Kindern geworden ist, die ihre Erinnerungen hineingelegt haben", sagte Mrs. Templeton. Ihre Stimme klang leise, als sei sie in Gedanken ganz woanders. Dann schüttelte sie den Kopf. „Inzwischen sind sie natürlich alle erwachsen und vermutlich fortgezogen. Jedenfalls ist keiner von ihnen zur Schule zurückgekommen, um danach zu suchen."

„Vielleicht haben sie es auch vergessen", überlegte Jack.

„Oder es ist ihnen schlicht egal", erwiderte Mrs. Templeton bissig. „Ich habe mein ganzes Leben dieser Schule gewidmet, diesen Schülern, aber letztendlich ... Nun ja, wie auch immer."

„Wie auch immer", wiederholte Jack, weil er nicht wusste, was er sonst sagen sollte. Zum Glück kam Holly zurück.

„Damit sollte es gehen!" Sie hielt ein Bastelwerkzeug hoch, das einer abgewinkelten Zange ähnelte, aber leuchtend pinkfarbene, mit Blumen verzierte Griffe hatte. „Reichen Sie mal die Dose rüber."

Das blumige Werkzeug funktionierte. Holly hebelte vorsichtig den Deckel an, und mit einem Pling gaben die rostigen

Scharniere nach. Die Dose war größer als die Keksdosen, die Jack kannte.

„Wow!", sagte Holly. „So viele Umschläge! Aber was riecht hier so komisch …" Sie schnüffelte.

„Vermutlich das, was Claude angezogen hat", sagte Jack. Was es auch war, es roch trotz der Jahrzehnte, die inzwischen vergangen waren, immer noch stark nach Zimt und Ingwer. Er mochte sich gar nicht ausmalen, wie stark es gestunken haben musste, als es in die Dose gelegt worden war.

„Lassen Sie mich mal sehen." Mrs. Templeton schob Holly ungeduldig aus dem Weg und holte den obersten Umschlag heraus. Sie riss ihn auf und zog einen kleinen Holzweihnachtsmann und ein liniertes Blatt heraus. Sie faltete es auf, las es und legte es auf den Tisch.

Holly warf Jack einen vielsagenden Blick zu und verdrehte die Augen. Sie griff sich das Papier und las es vor. „Meine Weihnachtserinnerung von Caitlin Manners. Meine liebste Weihnachtserinnerung ist das Weihnachtsliedersingen im Schulchor mit all meinen Freunden." Lächelnd legte Holly das Blatt auf den Tisch. „Oh, das ist schön. Ich mag das auch sehr."

„Früher sind wir immer gemeinsam durch die Stadt zur Kirche gelaufen", sagte Mrs. Templeton abwesend. Sie öffnete bereits den nächsten Umschlag. „Eine ganze Parade Kinder, alle in perfekt gebügelten Schuluniformen, die sich darauf freuten, für die ganze Gemeinde zu singen."

„Hört sich wundervoll an", sagte Jack. In Mrs. Templetons Worten schwang ein Vorwurf mit, als sei es ein Angriff auf die Zivilisation, dass die Gesangsvorstellung der Schüler nicht mehr stattfand. Sie hatte ein ganz besonderes Talent dafür, ihre Stimme unterschwellig vorwurfsvoll klingen zu lassen – ein Talent, das niemand besonders wertschätzte.

„Es war mehr als wundervoll. Es war ein Dienst an der Gemeinschaft.“ Schnell überflog sie den nächsten Brief und legte ihn auf den ersten.

Dieses Mal griff Jack danach. „An Weihnachten mag ich am meisten die Geschenke. Von Robby Jacobs. Gut zu wissen, dass sich manche Dinge nicht ändern.“

Mrs. Templeton blickte ihn böse an. „Robbie Jacobs’ Familie musste jeden Penny zweimal umdrehen. Zu Weihnachten haben wir Lehrer zusammengelegt, damit auch er ein Geschenk zum Auspacken erhält. Das war vermutlich auch das einzige Mal im Jahr, an dem er etwas Neues bekommen hat.“ Sie wandte sich dem nächsten Umschlag zu, und Jack tauschte einen Blick mit Holly. Offensichtlich war auch Mrs. Templeton zu Leidenschaft und Mitgefühl fähig. Das wusste sie jedoch leider gut zu verbergen.

Welches Erlebnis hatte wohl dazu geführt, dass sie so verbittert geworden war? Lag es daran, dass sie die Leitung der Schule aufgeben musste? Oder lag der Grund für ihren Groll tiefer?

„So war das früher hier, wissen Sie“, sagte Mrs. Templeton und glättete das nächste Blatt auf dem Stapel. Sie stellte ein kleines Rentier aufrecht auf den Tisch. „Wir haben aufeinander geachtet. Haben uns um die gekümmert, die es nötig hatten. Das war hier mal eine echte Gemeinschaft. Aber offenbar bin ich die Einzige, die sich noch daran erinnert.“

„Das ist eine wunderbare Sache“, sagte Holly. Sie sah sichtlich ergriffen aus.

Mrs. Templeton antwortete nicht. Sie hatte sich in den nächsten Brief aus dem Stapel vertieft. Mit zittrigen Händen legte sie ihn ab. Stirnrunzelnd griff Jack danach.

„Ich wünsche mir, dass die ganze Gemeinde dieses und alle folgenden Jahre zusammenkommt, um gemeinsam Weihnachten zu feiern. Von …“ Er machte eine Pause, und Holly sah ihn an. „Von Mrs. E. B. Templeton“, beendete er.

Hollys Mund öffnete sich leicht, als sie Jack anstarrte.

Jack erwiderte ihren Blick. Beide suchten nach Worten. Doch Mrs. Templeton kam ihnen zuvor.

„Ich habe immer gehofft, dass die Bewohner im Maple Drive näher zusammenwachsen könnten“, sagte sie. Ihre Stimme klang belegt und meilenweit entfernt. „Ja, wir haben uns gegenseitig geholfen und auch gemeinsame Projekte zusammen verwirklicht. Und wir würden es wohl auch immer noch tun, aber am Ende des Tages geht doch jeder in sein eigenes Zuhause zurück und das war's. Ich hatte mir immer gewünscht, dass es mehr … Nähe geben würde. Eine echte Freundschaft, in der man auch Dinge gemeinsam teilt und feiert.“

Leider versuchte sie, diese Gemeinschaft zu erzwingen, indem sie Weihnachtsdekorationen mit drakonischen Befehlen verbot. Nicht die beste Art, um den Gemeinschaftsgeist zu fördern, fand Jack.

Holly schien jedoch versöhnlicher gestimmt.

Sie setzte sich auf den Stuhl neben Mrs. Templeton. „Das klingt wunderbar. Genau danach habe ich gesucht, als ich die

Stelle an der Forest Green angenommen habe und hier eingezogen bin. Eine Gemeinschaft aus Freunden, die mich in ihren Kreis aufnehmen würden." Sie sah zu Jack und machte eine verstohlene Geste mit dem Kopf.

Sollte er etwas tun? Vermutlich. Aber was?

Handzeichen in Kampfsituationen verstand er mühelos. Zeichen von einer Frau ... die waren sehr viel schwieriger zu deuten.

„Genau wie Jack", fügte Holly in vielsagendem Ton hinzu, und endlich verstand Jack.

„Das stimmt." Er setzte sich ebenfalls an den Tisch. „Als ich aus der Army ausgetreten bin, hoffte ich, eine neue Familie und Freunde zu finden, eine neue Gemeinschaft, zu der ich gehören könnte."

Einen Augenblick lang wurde Mrs. Templetons Miene weicher, mitfühlender. „Sie haben es also auch erkannt. Das Potenzial."

„Ja", bestätigte Holly.

Dann presste Mrs. Templeton jedoch die Lippen zu einer schmalen Linie und schüttelte den Kopf, als ob sie jegliche Schwäche abschütteln wollte. „Sie beide haben sich den falschen Ort ausgesucht. Mein Wunsch ist nie in Erfüllung gegangen."

„Aber Sie wünschen es sich immer noch, oder?" Holly ergriff Mrs. Templetons Hand, und zu Jacks Überraschung ließ die alte Frau es geschehen.

„Das ist fünfundzwanzig Jahre her", erwiderte Mrs. Templeton, doch sie klang viel freundlicher. Jack gewann sogar den Eindruck, dass ihre Stimme vor Rührung zitterte.

„Trotzdem. Es könnte doch noch passieren. Das ist immerhin die Zeit der Wunder." Holly heftete den Blick auf Jack. Was dachte sie jetzt? Er wünschte, er würde es wissen.

Dann deutete Holly mit dem Kopf zu dem riesigen Weihnachtsstollen, der auf der Vitrine in der Ecke der Küche stand. Daneben lag ein Umschlag, auf dem in säuberlicher Druckschrift Kathleens Name stand, und plötzlich kapierte er, was sie wollte.

Jack grinste unwillkürlich, als ihm klar wurde, was Holly plante. Sie war wirklich ein besonderer Mensch.

„Wir haben gestern erfahren, dass Kathleen von nebenan die Feiertage ganz allein verbringen muss", sagte er. Holly lächelte leicht. „Also haben wir uns überlegt, ob wir nicht gemeinsam mit ihr feiern sollen, und wollten ihr eine Überraschung bereiten, da Holly und ich dieses Jahr zu Weihnachten auch allein sind. Vielleicht möchten Sie sich uns ja anschließen?", schlug er vor.

„Das ist zwar nicht die ganze Nachbarschaft, aber womöglich ein Anfang", ergänzte Holly. „Vielleicht sind auch noch andere an Weihnachten allein und wollen uns Gesellschaft leisten."

„Ich werde nicht allein sein. Mein Sohn kommt mit seiner Familie zu Besuch", erwiderte Mrs. Templeton rasch. Das klang jedoch nicht wie ein Nein. „Wie es aussieht, können die drei dieses Jahr jedoch nicht lange bleiben. Daher könnte ich womöglich etwas Zeit erübrigen und Ihnen aushelfen."

Weihnachten mit Mrs. Templeton zu verbringen, war zwar nicht gerade Jacks Vorstellung von Spaß. Er konnte aber auch schlecht behaupten, dass ihm gute Nachbarschaft wichtig war, und dann eine Nachbarin seelenruhig den halben Weihnachtsfeiertag allein verbringen lassen, obwohl er es hätte verhindern können.

Vielleicht, dachte Jack, als Mrs. Templetons Mund sich zu einer Art Lächeln verzog, ging es gar nicht darum, eine gute freundschaftliche Nachbarschaft zu finden.

Vielleicht musste man sich die selbst aufbauen.

Und vielleicht war dieser Moment der erste Schritt dazu.

12. KAPITEL

CLAUDE

Als ich von meinem Nickerchen in Kathleens Busch aufwachte, ging die Sonne bereits wieder unter.

Die Tage sind im Winter so kurz, dass es für mich manchmal gar nicht so einfach ist, sämtliche Mahlzeiten bei Tageslicht zu verspeisen.

Solche Probleme hatte ich heute jedoch nicht. Mein knurrender Magen hatte mich aufgeweckt. Wieder mal!

Das war eindeutig inakzeptabel.

Ich hatte mir selbst geschworen, bis Einbruch der Nacht etwas zu fressen zu finden, vorzugsweise Lebkuchen. Wenn nicht, wollte ich den Maple Drive verlassen.

Nun war die Zeit der Entscheidung gekommen.

Kathleens Tür blieb verschlossen, daher musste ich mir einen anderen Weg ins Haus suchen. Ich vergewisserte mich rasch, dass mich niemand beobachtete – und dass Holly und Jack nicht aus dem Haus geschlüpft waren, ohne dass ich es bemerkt hatte. Dann sprang ich hoch, den Kopf soweit es ging emporgereckt, um durch Kathleens Fenster zu sehen.

Leider kam ich nicht sehr weit. Das Einzige, das ich sah, waren die Blätter von dem Busch, unter dem ich geschlafen hatte.

Ich lief ein Stück zurück und versuchte es erneut, dieses Mal mit Anlauf. Ich sprang hoch wie ein Vogel, der fliegen wollte. Mit den Pfoten ruderte ich durch die Luft und versuchte, den Fenstersims zu erreichen.

Doch es gelang mir nicht. Meine Krallen berührten nur knapp die Steinwand unter dem Sims.

Seufzend nahm ich noch mehr Anlauf. Ich durfte nicht aufgeben. Wenn Kathleen mich erst sah, würde sie mich sicher hereinlassen. Ich musste sie nur auf mich aufmerksam machen. Und dazu musste ich einfach weiterspringen.

Beim nächsten Mal berührte ich schon mit der Nase den Sims. Immer wieder nahm ich Anlauf und kam mit jedem Sprung ein Stückchen höher. Ich würde es schaffen! Jaaaa! Ich konnte den Lebkuchen schon fast auf meiner Zunge schmecken!

Und dann, endlich, war ich auf der Höhe des Simses und konnte durchs Fenster schauen. Zwar nur kurz, aber immerhin lang genug, um festzustellen, dass Kathleen auf dem Sofa saß. Ich sprang noch einmal hoch und versuchte, ihre Aufmerksamkeit zu erregen. Würde sie mein Bellen durchs Fenster hören? Ich war mir nicht sicher.

Bei jedem Sprung entdeckte ich mehr. In Kathleens Schoß lag ein Buch. Nein, kein Buch. Ein Album voller Fotos, so wie Daisy eines von Bella und Jay hatte. Ein weiterer Sprung. Nanu … weinte sie etwa? Ich war mir nicht ganz sicher.

Gern hätte ich sie getröstet, mich zu ihr gesetzt und mich von ihr streicheln lassen. Und füttern. Mit Lebkuchen.

Nur noch ein Sprung …

„Was in aller Welt treibst du da?“ Perditas lässig geschnurrte Frage überraschte mich. Ich erschrak darüber ein wenig und legte eine Bauchlandung hin. Rasch rappelte ich mich wieder auf und drehte mich zu ihr um. „Das geht dich nichts an.“ Das war schließlich weder ihr Haus noch ihr Lebkuchen.

„Wenn du dich direkt neben meinem Haus zum Trottel machst, geht mich das sehr wohl etwas an“, erwiderte Perdita und putzte sich eine Pfote.

Vermutlich hing noch ein Futterkrümel daran. Einen kurzen, besinnungslosen Moment überlegte ich tatsächlich, ihr die Pfoten abzuschlecken. Dann setzte mein Verstand wieder ein, weil mir klar wurde, dass sie mir innerhalb eines Herzschlags die Augen auskratzen würde, wenn ich es täte.

„Du hast ein Zuhause, wo du heute Nacht bleiben kannst“, stellte ich klar. „Wo es Futter und warme Heizungen gibt und nette Menschen. Warum gehst du nicht einfach dorthin zurück und lässt mich in Ruhe.“

Perdita setzte sich auf die Hinterpfoten und musterte mich mit ihren kühlen grünen Augen. „Und ich dachte, du suchst vielleicht eine Unterkunft für die Nacht.“

„Eigentlich suche ich eher nach Lebkuchen.“ Der Himmel wurde immer dunkler. Bald würde ich aufgeben und den Maple Drive für immer verlassen müssen.

Mein Herz schmerzte vor Kummer bei dem Gedanken daran.

Perdita rümpfte die Nase. „Lebkuchen? Ehrlich? Was ist gegen ein schönes Stück Lachs einzuwenden?"

Ich schüttelte mich. Fisch ist nicht mein Ding.

„Holly hat bestimmt auch Lebkuchen, wenn dir das lieber ist. Ich glaube, sie hat sogar ein ganzes Lebkuchenhaus gemacht." Perdita drehte sich um und schlenderte, den langen buschigen Schwanz schwenkend, den Pfad hinunter. Vor dem Bürgersteig blieb sie stehen und schaute über die Schulter zu mir zurück. „Was ist denn nun? Kommst du?"

„Mit … dir?", fragte ich verwirrt.

Perdita stieß ein ungeduldiges Schnauben aus. „Natürlich mit mir. Es ist Heiligabend, Claude. Wir haben zwar unsere Meinungsverschiedenheiten, aber ich werde dich ganz bestimmt nicht an Heiligabend hier draußen in der Kälte frieren lassen."

„Warum nicht?" Denn das wäre ehrlich gesagt genau das, was ich von Perdita erwartet hätte. Sie war immerhin meine Erzfeindin.

Ohne mir einen Blick zu schenken, antwortete sie: „Holly würde es nicht gefallen."

Aha! Das ergab Sinn. Trotz ihrer Allüren und Launen und ihrer Freiheit hatte Perdita Angst, ihren Menschen zu enttäuschen, so wie wir alle.

In diesem Augenblick erschien sie mir mehr wie ein Hund als wie eine Katze.

Aber ich konnte ihr Angebot nicht annehmen. „Das geht nicht", sagte ich und verfluchte innerlich die Worte, noch während ich sie aussprach. „Holly und Jack … und Mrs. Templeton.

Sie rufen beim Tierheim an, wenn sie mich entdecken. Ich hab gehört, wie sie darüber gesprochen haben."

„Dann musst du eben aufpassen, dass sie dich nicht sehen", meinte Perdita. „Wenigstens bis morgen. Holly hat gesagt, dass morgen wegen Weihnachten überall geschlossen ist. Ich wette, das gilt auch für das Tierheim, was meinst du?"

Hoffnung breitete sich in mir aus. „Aber wie soll ich ins Haus hineinkommen, ohne gesehen zu werden?", fragte ich und betete darum, dass Perdita auch darauf eine Antwort hatte, so wie immer. Vielleicht würde ich dieses Mal sogar auf sie hören.

„Die Menschen sind mit einer Kiste voller Müll beschäftigt", sagte Perdita abfällig. „Ich gehe zuerst rein und sorge dafür, dass sie abgelenkt sind. Dann kannst du dich reinschleichen. Wir verstecken dich bis heute Nacht im Gästezimmer."

Das klang nach einem vernünftigen Plan. Es gab nur noch eine Sache zu klären …

„Gibt es denn Futter im Gästezimmer?"

DAISY

„Ich meine ja auch nur, dass wir anrufen sollten, bevor wir den ganzen weiten Weg nach Calais fahren", sagte Oliver, während Daisy die Koffer ins Auto lud.

„Unbedingt", stimmte sie zu und schnappte sich den nächsten Koffer. „Du rufst an. Aber wir fahren nach Calais, egal, welche Antwort du erhältst."

„Aha. Und warum genau?"

Daisy seufzte und drehte sich zu ihrem Mann um. Aus dem Château drang die Stimme ihrer Mutter, die sich mit den Zwillingen in Babysprache unterhielt. Jay tobte mit Petal herum. Ihr Dad versuchte mal wieder, den Herd zu reparieren, während er die Vögel abwehrte, die über seinem Kopf kreisten.

„Weil wir hier nicht bleiben können", sagte sie unverblümt. „Das Haus ist eine Ruine, meine Eltern sind komplett durchgedreht, und wir müssen heim zu Claude. Calais ist einen Schritt weiter in die richtige Richtung. Dort haben wir mehr Möglichkeiten."

„Falls wir noch einen Platz im Zug ergattern", stellte Oliver klar.

„Selbst wenn nicht, können wir die Nacht in einem Hotel verbringen oder bei einer anderen Fährgesellschaft nachfragen", konterte Daisy. „Vielleicht fährt ja heute Abend noch ein Schiff. Aber ich wette, es fahren heute und morgen mehr Züge als Fähren. Das haben wir doch sogar noch überprüft, als wir die Fähre gebucht haben, erinnerst du dich nicht mehr? Aber du fandest es ja aus unerfindlichen Gründen aufregender, mit dem Schiff zu fahren." Sie verfluchte ihren Mann für seine Schatzinsel-Fantasien.

„Schiffe sind immer ein Abenteuer."

„Aber derzeit keine Option. Also, auf nach Calais."

„Ich soll also die Eurotunnelleute anrufen?", fragte Oliver mit hochgezogenen Augenbrauen.

„Ja. Das wäre gut." Daisy stellte den wohl am weitesten herumgekommenen Delikatessenkorb in den Kofferraum und schlug die Heckklappe zu. Hoffentlich war jetzt wirklich alles im Auto, abgesehen von den Kindern. Falls sie etwas vergessen hatte, war das eben Pech, denn sie würde ganz bestimmt nicht noch mal umkehren. „Aber erst einmal sorgst du dafür, dass sich alle ins Auto setzen. Denn jetzt geht's nach Calais!"

Sie fuhren im Konvoi, Daisy vorneweg, während Oliver Richtungsanweisungen gab und am Telefon versuchte, ihre Rückreise zu arrangieren. Bella saß im Wagen ihrer Großeltern.

Jedes Mal, wenn Daisy in den Rückspiegel schaute, streckte ihr Dad den Daumen in die Höhe. Das wird eine lange Fahrt, dachte sie seufzend.

„Okay, in den Zügen, die heute fahren, habe ich keinen Platz mehr für uns bekommen", sagte Oliver. „Aber morgen früh fährt auch noch ein Zug."

„Weißt du, früher hätte ich mich gefragt, wer um Himmels willen bloß an Weihnachten den Ärmelkanal überqueren will", sinnierte Daisy. Sie blinkte nach links und vergewisserte sich, dass ihr Vater ihr auch folgte. „Jetzt weiß ich es."

„Leute, die es nicht ertragen, Weihnachten in Frankreich zu verbringen?", fragte Oliver.

„Leute, die sich sehnlichst wünschen, das Weihnachtsfest mit ihren Lieben zu verbringen, egal um welchen Preis", berichtigte Daisy.

Womöglich würde es länger dauern als erwartet, aber sie würden den Maple Drive ganz gewiss noch rechtzeitig erreichen, um Claude seinen mit Knochen bestickten Geschenkstrumpf zu geben, ehe Weihnachten vorüber war. Irgendwie.

„Soll ich für morgen buchen?", fragte Oliver.

Daisy schüttelte den Kopf. „Versuch's weiter. Ich möchte gern heute noch zurück, wenn das möglich ist. Nur falls es gar keine andere Möglichkeit gibt, fahren wir morgen."

Es dauerte knapp fünf Stunden, bis sie in Calais ankamen, einschließlich der Toilettenpausen für Jay, dem dringend nötigen Windelwechsel bei den Zwillingen und der halben Stunde, die Daisys Mutter in einem Antikladen vertrödelte, weil der vielleicht „genau das richtige Stück für das Schlafzimmer" hatte.

„Wir werden das ganze nächste Jahr wohl damit verbringen, sie zu einem Umzug zu überreden, damit wir Weihnachten zusammen feiern können, oder?“, murmelte Oliver, während sie mit dem Buggy draußen warteten.

„Entweder das, oder es kommt höllisch viel Arbeit auf uns zu, weil wir den alten Kasten renovieren müssen“, stimmte Daisy zu.

Aber dieses Problem konnte bis nächstes Jahr warten. Zuerst einmal mussten sie nach Hause.

Bis zu ihrer Ankunft in Calais hatte Oliver die Ticket-Hotline acht Mal angerufen und jedes Mal dieselbe Antwort erhalten: Die Züge, die heute fuhren, waren ausgebucht, aber morgen seien noch Plätze frei. „Soll ich jetzt reservieren?“, fragte er.

„Nein, noch nicht“, antwortete Daisy.

Oliver seufzte. „Und was machen wir jetzt?“

Daisy schenkte ihm ein Lächeln. „Wir suchen uns Zimmer in einer Pension.“

„Moment“, rief Bella, als sie geparkt hatten, um den Plan mit Daisys Eltern zu besprechen. „Ihr habt doch nicht ernsthaft vor, an Heiligabend durch Calais zu latschen und überall anzuklopfen, bis wir ein Hotel finden, das Zimmer für uns alle hat.“

„Maria und Josef mussten das auch tun“, erwiderte Dad in einem Ton, als ob er die Herausforderung genösse. Vielleicht war er auch nur dankbar, dem vogelverseuchten Château entkommen zu sein.

„Maria und Josef hatten aber kein Internet“, stellte Bella klar. „Wir schon.“ Sie griff sich Jays Tablet und klickte sich seufzend durch die Kinderschutzbarrieren, die Daisy eingerichtet hatte. Im Browserfenster rief sie eine Hotelvergleichsplattform auf. „Gut. Was suchen wir?“

„Hm, drei Zimmer?“, sagte Daisy. „Ein Doppelzimmer mit genügend Platz für die Reisebetten der Zwillinge, ein Doppelzimmer für dich und Jay, am besten gleich neben unserem, und eines für Oma und Opa.“

Bella tippte auf dem Tablet herum. „Gut. Ich schau auch gleich mal auf der Findet-Claude-Seite nach, ob es was Neues gibt. Das Letzte, was ich gehört habe, ist, dass jemand gesehen hat, wie Claude in einem der Gärten im Maple Drive auf und ab sprang. Aber als er den Garten erreichte, war Claude schon wieder weg.“

„Wenigstens wissen wir, dass er noch im Maple Drive ist“, sagte Daisy. „Und wir werden bald zu Hause sein.“ Hoffte sie.

Bella schaute auf. „Ihr könnt uns doch schon mal was zu essen besorgen. Bis ihr zurück seid, hab ich ein Hotel für uns gefunden.“

Daisy und Oliver tauschten einen Blick. Seit wann war ihre Tochter so selbstständig und organisiert?

„Okay“, stimmte Oliver zu.

„Wartet!“, rief Bella, als sie gerade losziehen wollten. Daisy drehte sich um, und ihre Tochter schenkte ihr ein unschuldiges Lächeln. „Ich brauche noch eure Kreditkarte.“

JACK

„Und was machen wir jetzt?“, fragte Holly, als Mrs. Templeton nach Hause ging. Sie hatte versprochen, Eierpunsch und Würstchen im Schlafrock für das Fest vorzubereiten. „Macht es Ihnen etwas aus? Ich meine, dass Mrs. Templeton mit von der Partie ist?“

Jack schüttelte den Kopf, während er Mrs. Templeton nachschaute, die gerade ihr Haus betrat. Lächelnd drehte er sich zu Holly um. „Ich finde es gut“, sagte er und schloss Hollys Haustür. „Sie hatten recht. Wir können sie Weihnachten schlecht allein lassen, jetzt, wo wir wissen, dass ihre Familie nur kurz zu Besuch kommt. Und schon gar nicht, wenn wir ein Fest organisieren, damit keiner von uns allein feiern muss.“

Holly schaute ihn an und neigte den Kopf zur Seite. „Ihnen ist schon klar, dass ich nichts dergleichen gesagt habe?“

Jack blinzelte. „Aber Sie haben es gedacht, oder?“

„Stimmt.“

„Dann habe ich wohl Ihre Gedanken gelesen.“

Holly strahlte übers ganze Gesicht, ihre Lippen glänzten im Schein der Weihnachtsbaumlichter rosig. „Sie haben ein ausgesprochenes Talent dafür."

„Ich bin eben ein talentierter Mann."

„Das finde ich auch."

Flirtete sie etwa wieder mit ihm? Jack war sich ziemlich sicher, aber er hatte bereits gelernt, dass Holly immer für eine Überraschung gut war, ob er nun ihre Gedanken lesen konnte oder nicht. Außerdem durfte er nicht vergessen, dass er womöglich bald umziehen würde.

Er schüttelte den Kopf und folgte Holly in die Küche. Diese Überlegung konnte auch bis nach Weihnachten warten. Vielleicht sogar bis zum neuen Jahr. Zunächst einmal galt es, das Weihnachtsfest in Gesellschaft von Kathleen und Mrs. Templeton zu überstehen.

Und Claude zu finden.

Unvermittelt erinnerte sich Jack wieder an das Plakat mit Claudes Foto. „Hey, haben Sie einen Laptop oder ein Smartphone oder so was?", fragte er.

„Klar. Warum?" Holly ging zur Küchentheke, wo ein Stapel Weihnachtsbasteleien lag. Obenauf thronte ein Tablet in einer ziemlich wackeligen Position.

„Draußen am Laternenpfosten hängt ein Plakat", erklärte Jack, während sie das Display entsperrte und ihm danach das Tablet reichte. „Das gehört wohl zu der Findet-Claude-Kampagne, die die Tochter der McCawleys auf die Beine gestellt hat. Ich habe gestern Abend völlig vergessen, auf der Website nachzusehen, aber wenn es Plakate gibt …"

„Sollten wir mal einen Blick darauf werfen“, beendete Holly den Satz, setzte sich neben ihn und schaute ihm über die Schulter. „Wow!“

„Ja.“ Jack scrollte sich durch die Seite. Es gab Hunderte Kommentare von Leuten, die die Suche unterstützen wollten, und sogar einen Link zur BBC-Website und einen Bericht des Fernsehsenders über Claude. „Ich dachte, nur ihre Schulfreunde würden mithelfen, aber wie es aussieht, zieht die Suche Kreise!“

„Irgendwelche Nachrichten von den McCawleys?“, fragte Holly.

Jack überflog die Website. „Sie sitzen immer noch in Frankreich fest. Offenbar sind sie im Moment in Calais und versuchen, einen Platz im Autozug zu ergattern.“

„Dann könnten sie bald zu Hause sein. Das ist gut. Ich bin sicher, Claude kommt aus seinem Versteck, wenn er sie sieht.“

„Ja.“ Jack gab ihr das Tablet zurück. Bald würde Claude wieder das Problem der McCawleys sein, nicht mehr seins. Er wünschte nur, er könnte ihn für sie finden. Sich um ihn kümmern und ihm auch ein paar Leckereien zustecken.

„Sie haben meine Frage noch nicht beantwortet“, sagte Holly und füllte die Weingläser nach. Sie waren von Glühwein zu richtigem Wein übergegangen, wofür Jack dankbar war. Diese ganzen Gewürze verursachten ihm Kopfschmerzen, was er Holly aber niemals verraten würde. „Und da ich Ihre Gedanken nicht lesen kann, frage ich noch mal: Was machen wir jetzt?“

Plötzlich traf es Jack wie ein Blitzschlag, und er wusste, was er tun wollte. Das Bild stand so deutlich vor seinem inneren

Auge, dass es eher einer Erinnerung glich als einer Wunschvorstellung. Er wollte mit Holly in den Armen auf dem Sofa sitzen, Claude zu seinen Füßen, und schnulzige Weihnachtsfilme anschauen, bevor er Holly hoch ins Bett trug. Und dann wollte er …

Ach, das war eh egal. Denn es würde eine Wunschvorstellung bleiben müssen. Außerdem hatte Holly bei ihrer Frage sicherlich an etwas völlig anderes gedacht als daran, wie er sich sein perfektes Weihnachtsfest vorstellte. „Sie meinen wegen Kathleens Weihnachtsüberraschung?“, fragte er und versuchte, das Bild von ihm und Holly gemeinsam im Bett aus seinem Kopf zu verbannen.

„Ja. Ich meine, wir waren so vertieft in Mrs. Templetons Zeitkapsel, dass wir noch gar nichts vorbereitet haben. Und einen Plan haben wir auch nicht.“

Holly schien gern Pläne zu schmieden und To-do-Listen abzuhaken. Was Jack nur recht war. Seiner Erfahrung nach änderten sich Pläne zwar oft, sobald sich ein Hindernis in den Weg stellte, aber ganz planlos zu beginnen, führte geradewegs ins Chaos.

„Denken wir mal nach. Wir wollen für sie ein schönes Weihnachtsfest, oder?“

„Und für uns auch“, ergänzte Holly mit leichtem Lächeln. „Ich meine, es soll ja für uns alle vier sein. Damit niemand Weihnachten allein verbringen muss.“

„Guter Punkt“, stimmte Jack zu. Es ging in der Tat um sie alle vier. Aber im Moment wollte er, dass dieses Weihnachtsfest besonders für Holly perfekt sein würde. Die anderen waren ihm egal. Wenn er dieser schönen, liebenswerten, einsamen Frau ein schönes Weihnachten bereiten konnte, hatte er seine Pflicht im Maple Drive getan. Danach konnte er ohne Bedauern weiterziehen. Oder vielleicht, aber auch nur vielleicht, fand er dann einen Grund zu bleiben. „Wie stellen Sie sich Ihr ideales Weihnachtsfest vor?“, fragte er.

Holly neigte den Kopf und dachte nach. Jack genoss den Anblick ihres zarten weißen Halses und der im Licht funkelnden Spangen, die ihr gewelltes blondes Haar aus dem Gesicht hielten. Sie war so wunderschön. Er konnte sich nicht vorstellen, warum ein Mann sie je verlassen wollte.

Ihr Ex war eindeutig ein Idiot.

Und in diesem Augenblick, während sie sich ihr perfektes Weihnachtsfest ausmalte, beschloss Jack, dass er kein Idiot sein würde. Falls Holly ihm irgendeinen Hinweis darauf geben würde, dass sie es schön fände, wenn er länger im Maple Drive blieb, dann würde er bleiben. Falls die Chance bestand, dass aus ihrer Bekanntschaft mehr werden konnte, wollte er sie nutzen. Selbst wenn nur der Hauch einer Chance bestand, dass er mit Holly die Zukunft und die Familie haben könnte, nach der er sich sehnte, wollte er sie ergreifen. Falls es nicht funktionieren sollte, konnte er immer noch weggehen. Es gab noch andere Orte, andere Arbeitsstellen, andere Straßen. Es band ihn sonst nichts an den Maple Drive.

Vielleicht aber hatte sein Chef recht. Er durfte nicht aufgeben, bevor er dem Maple Drive – und Holly – eine echte Chance gegeben hatte.

„Deko“, sagte Holly schließlich als Antwort auf Jacks Frage, die er schon beinahe vergessen hatte. „Ich würde mit der Deko anfangen."

Kathleen, Weihnachten, Pläne … darüber hatten sie gesprochen. Nicht über die Möglichkeit einer Liebesbeziehung. Jack riss sich aus seinen umherschweifenden Gedanken und lenkte seine Aufmerksamkeit wieder auf das Gespräch. „Tja, Ihr Haus ist bereits wundervoll geschmückt. Und in Kathleens Haus können wir kaum etwas dekorieren, ohne dass sie es merkt. Daher sollten wir vielleicht zum nächsten Punkt auf der Liste übergehen."

Holly schüttelte den Kopf. „Wir können vielleicht nicht innen dekorieren …", sagte sie und wartete darauf, dass er ihren Gedanken aufgriff.

„Die Eiszapfen", sagte er in Erinnerung an die Lichterkette, die sie am Haus abgenommen hatte. „Natürlich."

„Oh, ich hab noch viel mehr als nur Eiszapfen." Holly legte eine Hand auf einen großen Stapel Versandboxen neben sich. Was befand sich wohl darin? Und wichtiger noch, warum hatte er die Päckchen nicht zugestellt? „Eine Schnelllieferung von meinem Lieblings-Online-Weihnachtsshop", erklärte Holly. „Ich hab hier genug Zeug, um die ganze Straße zu schmücken."

„Mrs. Templeton wird der Schlag treffen", meinte Jack.

„Ich weiß nicht", erwiderte Holly gedankenverloren. „Sie wirkte fast menschlich heute Nachmittag, als sie die Sachen in der Zeitkapseldose durchging. Außerdem hat sie sich hauptsächlich deswegen über meine Lichterkette beschwert, weil niemand sonst welche aufgehängt hat."

„Aber wenn alle Lichterketten aufhängen …“ Dann würde die ganze Straße sehr viel festlicher aussehen. Das breite Lachen auf Hollys Gesicht sagte ihm, dass es die Mühe wert war.

Offenbar würde er seinen Heiligabend damit verbringen, den Maple Drive zu schmücken. Seltsamerweise machte ihm das nicht das Geringste aus.

Und falls Claude sich hier irgendwo herumtrieb, würde er ihn beim Lichterkettenaufhängen vielleicht sogar finden.

13. KAPITEL

CLAUDE

„Die Luft ist rein“, flüsterte Perdita mir durch die Katzenklappe zu. „Sie machen irgendwas mit Kisten.“

Ich wartete, bis sie mir Platz machte, und drückte mich dann gegen die Tür. Offenbar hatte der Futtermangel in den letzten Tagen dazu geführt, dass mein beeindruckender Körperbau eine Stromlinienform angenommen hatte, denn ich kam viel leichter durch die Katzenklappe als beim ersten Mal.

Hollys Küche wurde von Lichtern in allen Farben erleuchtet, die auf dem Tisch lagen. Auch im Flur schimmerte es bunt. Ich konnte Jack und Holly in einem anderen Zimmer reden hören. Mein Blick schwenkte zwischen der Quelle des Geräuschs und Perditas Futternapf hin und her. Ich musste Prioritäten setzen. Was war wichtiger: etwas fressen oder das Tierheim vermeiden? So betrachtet fiel mir die Entscheidung leicht.

Ich flitzte zur Futterschüssel, schlang so viel Katzenfutter herunter, wie ich auf einen Happs schaffte, dann rannte ich zu Perdita zurück. „Und wo verstecke ich mich jetzt?“

Perdita verengte die Augen zu schmalen Schlitzen. „Nirgendwo. Jedenfalls nicht, solange dein Maul mit Futter verschmiert ist. Ich werde nicht zulassen, dass du mein schönes Haus verdreckst."

Ungehalten schleckte ich mir mit der Zunge übers Gesicht und verschlang die letzten Bröckchen. „Zufrieden?"

„Geht so." Perdita lief zur Küchentür. „Komm mit."

Ich folgte ihr vorsichtig, aber Jack und Holly schienen total vertieft in ihre Lichterketten und bemerkten nicht, was um sie herum vorging. Das war gut. Ich hoffte, dass Perdita recht hatte und das Tierheim morgen geschlossen blieb. Es war früher Abend, vielleicht hatte es sogar jetzt schon geschlossen.

Dennoch hielt ich es für besser, eine Weile unterzutauchen. Sicher war sicher.

„Hier geht's lang", zischte Perdita und zog das „Hier" in die Länge. Sie war schon halb die Treppe hinaufgerannt.

Ich hüpfte über eine Schneeflocken-Lichterkette und eilte hinter ihr die Stufen hinauf.

Perdita führte mich in ein Zimmer, in dem ein schmales Bett stand. Unter dem Fenster entdeckte ich einen kleinen Tisch. „Den Raum benutzt sie nie", sagte sie und stapfte leichtpfotig über die Bettdecke. „Hier bist du in Sicherheit."

Unten öffnete sich eine Tür und fiel wieder zu. Lachend verließen Jack und Holly das Haus. Wohin sie wohl wollten? Ich sprang auf den Tisch und spähte in die Abenddämmerung. Jack trug zwei große Kisten und Holly eine weitere. Sie überquerten die Straße und klopften bei Nummer neun.

„Und was hast du jetzt vor?", fragte Perdita und ich hopste zu ihr aufs Bett. Es fühlte sich seltsam an, dass ausgerechnet meine Erzfeindin mir Unterschlupf bot. Aber ich war froh, in dieser Nacht ein Dach über dem Kopf zu haben.

„Ich dachte, ich könnte ein Nickerchen machen", sagte ich, nachdem ich alle Möglichkeiten durchgegangen war. „Es sei denn, du weißt, wo dieses Lebkuchenhaus ist", fügte ich hoffnungsvoll hinzu.

„Ich wollte wissen, was du wegen deiner Familie unternehmen willst", sagte Perdita und setzte sich. Sie schlang den Schwanz um ihren flauschigen Körper. „Falls sie zurückkommen. Was wirst du dann tun?"

„Sobald sie zurückkommen", berichtigte ich. „Sie kommen ganz bestimmt nach Hause."

„Sie sind aber immer noch nicht da."

„Sie mussten irgendwohin. Sie besuchen Oma und Opa." Das hoffte ich zumindest. *Frankreich*, *Fähre* und *Château* klangen immer noch sehr seltsam und exotisch in meinen Ohren. „Sobald sie fertig sind, kommen sie zurück, und alles wird wieder normal sein." An diese Hoffnung musste ich mich klammern.

„Wirklich?", fragte Perdita. „Sie haben dich ausgesetzt, Claude. Sie haben dich ganz allein gelassen, ohne Futter und ein Plätzchen zum Schlafen. Wäre ich nicht gewesen, würdest du immer noch in der Kälte frieren."

„Das haben sie nicht absichtlich gemacht. Sie haben mich in meine Box gesetzt, aber ich bin rausgesprungen, um dir hinterherzujagen. Eigentlich ist das alles deine Schuld."

Perdita drückte die Vorderpfoten auf die Bettdecke, und ich

hörte, wie sich ihre Krallen in die Fasern bohrten. „Ich hab zumindest gemerkt, dass du immer noch hier bist. Ich bin diejenige, die dir hilft. Ich bin hier. Sie nicht."

„Sie kommen zurück", wiederholte ich. „Und dann wird alles wieder normal." Doch kaum hatte ich die Worte ausgesprochen, wurde mir klar, worauf Perdita hinauswollte. Wie konnte nach so einem Vorfall wieder Normalität einkehren? Ob meine Familie mich nun absichtlich im Stich gelassen hatte oder nicht – ich war allein, und meine Menschen waren weit und breit nicht in Sicht. Ich konnte noch verstehen, dass sie mein Fehlen im Auto nicht bemerkt hatten.

Aber ich fand es unfassbar, dass sie nicht zurückgekommen waren, um mich zu holen.

Was hatte das zu bedeuten?

„Jetzt verstehst du es also", sagte Perdita, die mich aufmerksam beobachtete. „Ich sehe förmlich, wie dein Hirn arbeitet und sich die Gedanken darin drehen. Dir ist klar geworden, dass du ihnen nicht wichtig genug bist, sonst hätten sie doch auf der Stelle kehrtgemacht, stimmt's? Deshalb frage ich dich noch einmal. Was hast du jetzt vor?"

„Ich weiß es nicht", sagte ich gedehnt und schaute an ihr vorbei, den Blick auf die Wand hinter ihr gerichtet. Was sollte ich tun? Sie waren immer noch meine Menschen, auch wenn sie mich im Stich gelassen hatten. Aber wenn ich nicht darauf vertrauen konnte, dass sie sich um mich kümmerten … Vielleicht war ich ja im Tierheim besser aufgehoben. Dort hatte ich die Chance, eine neue Familie zu finden, die mich so liebte, wie ich sie lieben würde.

Vielleicht hätte ich den Maple Drive wie geplant verlassen sollen. Vielleicht liebte mich die Familie, die ich immer als selbstverständlich genommen hatte, doch nicht so sehr, wie ich gedacht hatte.

Vielleicht war es an der Zeit, auf die Suche nach einer neuen Familie zu gehen.

„Ich schau mal, ob ich ein Stück Lebkuchen für dich finde“, sagte Perdita mit mehr Mitgefühl, als ich ihr zugetraut hätte. „Du siehst aus, als könntest du etwas zum Knabbern vertragen.“

„Danke.“ Ich sah ihr nach, wie sie lautlos über den Teppich verschwand, und legte mich dann aufs Bett und ließ den Kopf auf die Pfoten sinken, verwirrt von meinen Gefühlen und Gedanken.

Früher war mein Leben so einfach gewesen. Liebe deine Menschen, dann wirst auch du geliebt. So sollte es sein.

Wann war es so kompliziert geworden?

Perdita hatte recht. Mit einem Stück Lebkuchen war das alles leichter zu ertragen.

„Hier bitte.“ Perdita schlenderte durch die Tür. Im Maul hatte sie einen Lebkuchenschneemann, den sie vor mir auf den Boden legte. Ich sprang runter und verschlang ihn genüsslich, dann sah ich Perdita hoffnungsvoll an. Sie verdrehte die Augen. „Unten sind noch mehr. Jack und Holly sind noch draußen. Hol dir selbst etwas, wenn du noch mehr willst.“

Plötzlich erstrahlte draußen pinkfarbenes und gelbes Licht.

„Was ist das?“ Perdita lief an mir vorbei und sprang aufs Fensterbrett. Ich tat es ihr gleich, wobei ich aber den Umweg über das Bett und den Tisch nahm. Verwundert schaute ich hinaus.

Zwei Häuser im Maple Drive waren geschmückt wie Hollys Weihnachtsbaum im Flur, die bunten blinkenden Lichter malten Muster auf die Fassaden. Holly und Jack standen vor der Tür eines dritten und klopften dort an. Warum taten sie das?

„Komm mit", sagte Perdita. „Ich will wissen, was da los ist."

Ich zögerte. Auch ich war neugierig, andererseits hatte Perdita gesagt, dass unten noch mehr Lebkuchen warteten …

„Wir können uns den Lebkuchen auf dem Weg nach draußen holen", sagte sie, und ich sprang vom Tisch, um ihr zu folgen.

DAISY

Bella hatte für sie ein kleines Hotel in der Nähe des Bahnhofs gefunden, und nachdem die Familie glücklich in ihren jeweiligen Zimmern untergebracht war, konnte Daisy den nächsten Schritt ihres ständig wechselnden Plans angehen.

Sie hoffte, dass ausnahmsweise alles gleich beim ersten Mal klappen würde, damit sie bei Version A bleiben konnte. Von ihr aus auch B oder C. Aber wenn es so weiterging wie bisher, würden die Buchstaben des Alphabets bald nicht mehr ausreichen.

„Weißt du, wohin wir müssen?", fragte Oliver, als er mit Daisy das Hotel verließ.

„Zum Informationsschalter am Eurotunnel-Terminal", sagte Daisy abwesend mit Blick auf den billig gedruckten Gratisstadtplan in ihren Händen. Hielt sie den überhaupt richtig rum? Sie hätten Bella mitnehmen sollen. Bella hatte von ihnen allen noch den besten Orientierungssinn. „Ich denke, dass wir mehr Erfolg haben werden, wenn wir persönlich dort auftauchen. Dann müssen sie uns doch einen Platz geben, oder?"

„Wollen wir's hoffen." Oliver nahm ihr die Karte aus der Hand und drehte sie um. Er warf einen Blick darauf und drehte sie wieder so, wie Daisy sie gehalten hatte. „Also, ich glaube, wir müssen da lang." Er marschierte die Straße hinunter.

Daisy verdrehte die Augen, folgte ihm aber.

Letztlich musste sie sich jedoch damit abfinden, dass sie nur Tickets für den Zug am nächsten Tag buchen konnte. Bis zuletzt hatte Daisy die Hoffnung nicht aufgegeben, dass sie auf wundersame Weise doch noch heute einen Platz im Zug erhalten würden. Sie hatte sich gewünscht, dass sie eilig zum Hotel zurücklaufen mussten, um die Familie einzusammeln und die Hotelzimmer zu bezahlen, und rechtzeitig vor der Bescherung am nächsten Morgen zu Hause bei Claude wären.

Doch das Glück stand nicht auf ihrer Seite. Aber …

„Wenigstens wissen wir jetzt, dass wir morgen ganz sicher nach Hause fahren werden", tröstete Oliver und legte ihr den Arm um die Schultern, als sie das Ticketbüro verließen. „Das ist doch auch schon mal was, oder?"

„Schon." Es bedeutete jedoch auch, dass sie Claude eine weitere Nacht allein lassen mussten. Ganz zu schweigen davon, dass sie den Feiertag damit verbringen würden, von Calais über Folkestone nach Hause zu fahren. So viel zu dem perfekten Weihnachtsfest, das sie sich erhofft hatte.

Daisy seufzte. Von Claude einmal abgesehen, waren sie wenigstens alle zusammen. Und das war die Hauptsache.

„Beeilen wir uns", sagte sie und zog den Stadtplan aus ihrer Tasche. „Wir müssen meine Eltern vor den Kindern retten." Auf dem Hinweg hatten sie sich trotz Karte mehrmals verlaufen, daher sollten sie jetzt besser keine Zeit vertrödeln, wenn sie rechtzeitig vor Jays Schlafenszeit zurück im Hotel sein wollten.

„Eigentlich …“ Oliver blieb stehen und griff nach ihrer Hand.

„Was denn?“, fragte Daisy misstrauisch. Er hatte wieder diesen Blick, den er immer bekam, wenn er eine, wie er fand, fantastische Idee hatte, die sich dann aber als ziemlich unpraktisch und anstrengend herausstellte. Auch darauf konnte sie an Weihnachten gern verzichten.

„Ich habe vorhin mit deiner Mum gesprochen. Sie und dein Dad passen ein paar Stunden auf die Kinder auf.“

„Und was machen wir in der Zeit?“ Sie wollte nur noch ins Bett und schlafen, bis sie wieder zu Hause waren. Anscheinend stand das jedoch nicht zur Option.

Oliver lächelte. „Komm mit.“

Daisy unterdrückte einen genervten Seufzer und ließ sich von ihm durch die Straßen von Calais führen. Sie war viel zu müde, um die festliche Deko und die Festtagsstimmung zu genießen.

„Weißt du noch, als wir letztes Mal hier waren?“, fragte er. Daisy blinzelte, als die Erinnerung in ihr aufstieg.

„Hm, vor zehn Jahren? Oder ist das länger her? Bella war noch klein.“

„Und wir haben noch gar nicht an Jay und die Zwillinge gedacht.“

Daisy lächelte unwillkürlich. Himmel, sie hatten den Alltag schon mit einem Kind schwierig gefunden und dringend eine

Pause gebraucht. Ihre Eltern hatten Mitleid walten lassen und Bella übers Wochenende zu sich geholt, damit Daisy mit Oliver ein romantisches Wochenende in Frankreich genießen konnte. Sie hatten eine Nacht in Calais verbracht und eine Nacht irgendwo in einem Landhotel etwa eine halbe Stunde von der Stadt entfernt, das Olivers Kollege ihnen empfohlen hatte. Nach dem Wochenende hatten sie das Auto voll mit Wein gepackt, um ihre Eltern fürs Babysitten zu entschädigen, und waren mit der Fähre zurückgefahren.

„Damals sind wir noch spielend leicht nach Frankreich und auch wieder zurückgekommen“, sagte Daisy sarkastisch, und Oliver lachte. Ein richtiges Lachen, mit zurückgelegtem Kopf und aus dem Bauch heraus. Wann hatte sie das zuletzt gehört? Sie konnte sich kaum noch daran erinnern. Was war nur mit ihnen passiert? Seit wann sah sie in dem Mann, den sie liebte, öfter eine Nervensäge als einen Freund?

Und wie konnte sie das ändern?

„Komm mit“, sagte Oliver und ergriff erneut ihre Hand. „Hier geht's lang.“

Er führte sie eine kleine Seitenstraße entlang, und Daisy runzelte die Stirn. Die Gegend kam ihr irgendwie vertraut vor. Aber es war ein Jahrzehnt her, und damals hatte sie den nicht besonders berühmten Sehenswürdigkeiten von Calais kaum Aufmerksamkeit geschenkt. Sie hatte nur Augen für ihren Mann gehabt.

Oliver bog links ab, und sie entdeckte ein Restaurant, das sie kannte. Abrupt blieb sie stehen. „Das gibt es immer noch?“, flüsterte sie. Zwar hatte sie nur selten an das winzige Restaurant gedacht, in dem sie fast einen ganzen Nachmittag gesessen hatten, um zu warten, bis ihr Hotelzimmer frei wurde. Jetzt aber, da sie wieder davorstanden, konnte sie kaum glauben, dass sich nichts verändert zu haben schien.

Oliver hielt ihr die Tür auf, und auch drinnen sah alles noch genauso aus wie in ihrer Erinnerung. Dieselben klapprigen Holztische. Dieselben verwaschenen Tischdecken. Eine Tafel über der Theke, auf der die kurze Speisekarte geschrieben stand. Sie hatte sogar das Gefühl, dass immer noch dieselben Kellner die Gäste bedienten.

Oliver packte sein rostiges Französisch aus und bat um einen Tisch. In Nullkommanichts saßen sie, zwischen sich ein Brotkorb, und hielten Speisekarten in den Händen.

„Woher wusstest du, dass es das Restaurant noch gibt?", fragte Daisy und blickte über den Rand der Speisekarte, während der in der Nähe stehende Kellner darauf wartete, ihre Bestellung aufzunehmen.

Oliver zuckte mit den Schultern. Er hatte die Karte vor sich auf den Tisch gelegt. „Ich wusste es nicht. Ich hab's auf einen Versuch ankommen lassen."

„Weißt du noch, worüber wir geredet haben, als wir hier waren?", fragte Daisy.

„Ich glaube, über Gott und die Welt", scherzte Oliver. „Politik, Religion, Literatur … hauptsächlich aber über Bella, meine ich."

„Wir haben über die Zukunft gesprochen", erinnerte sich Daisy. „Wir haben über die Dinge gesprochen, die wir uns für unsere gemeinsame Zukunft gewünscht haben."

„Du wolltest vier Kinder“, sagte Oliver. „Du bist daran schuld, dass wir Zwillinge bekommen haben.“

Daisy lachte. Der Kellner verlor die Geduld und näherte sich erwartungsvoll ihrem Tisch.

Oliver wählte den Wein aus, weil er mehr davon verstand als sie. Zum Essen bestellte Daisy die Spezialität des Tages und Oliver ganz traditionell *moules frites*, Miesmuscheln mit Pommes frites.

Während der Kellner in die Küche lief, um ihre Bestellung weiterzugeben, lehnte sich Oliver zurück und betrachtete sie. Nervös strich sich Daisy die Haare hinter die Ohren. „Was ist?“, fragte sie.

Oliver schüttelte den Kopf. „Nichts. Ich dachte nur gerade, wie schön du bist. Und wie glücklich ich mich schätzen kann, dass ich dich habe.“

Daisy erwiderte sein Lächeln. Ein Abend zu zweit würde vermutlich nicht reichen, um alles, was in ihrer Ehe eingeschlafen oder im Alltag untergegangen war, wieder in Ordnung zu bringen. Aber es war ein wirklich guter Anfang.

HOLLY

„Ein wenig mehr nach links", rief Holly nach oben. Sie legte schützend die Hand über die Augen, um nicht von den hellen Lichtern geblendet zu werden, während sie Jack Anweisungen gab, der die Lichterketten an Kathleens Haus anbrachte. Sie hatten extra bis zum Schluss damit gewartet. Falls Kathleen rauskommen würde und sie erwischen sollte, wäre die ganze Straße schon festlich erleuchtet. Oder zumindest fast die ganze Straße. Holly war erstaunt, wie viele Menschen im Maple Drive bereitwillig die Lichterketten für ein paar Abende an ihren Häusern aufgehängt hatten. Sie hatte erwartet, dass man ihnen viel öfter die Tür vor der Nase zuschlagen würde. Stattdessen waren die Leute überraschend hilfsbereit und offen für ihre Idee.

„Irgendetwas Neues von Claude?", war die am häufigsten gestellte Frage, sobald die Tür sich öffnete.

Holly hätte nicht gewusst, was sie darauf antworten sollte, und hätte es auch nicht gewagt, ihr Vorhaben vorzutragen, aber Jack kannte keine solchen Hemmungen. Er strahlte die Leute mit diesem umwerfenden Lächeln an, bei dem sie immer ganz weiche Knie bekam, und sagte: „Nein, noch nicht. Falls Sie ihn sehen, geben Sie mir bitte Bescheid. Ich finde den Gedanken furchtbar, dass Claude an Weihnachten ganz allein ist. Aber eigentlich wollte ich Sie etwas anderes fragen. Es geht um die Weihnachtsfeier hier im Maple Drive. Kennen Sie Holly aus Nummer zwölf?"

Nicht alle waren Fans von Außenweihnachtsschmuck, aber als sie Hollys Auswahl sahen, griff doch fast jeder zu und fand etwas nach seinem Geschmack. Einige machten sich Gedanken, was Mrs. Templeton von der Beleuchtung halten würde, meistens Nachbarn, die in vergangenen Jahren ihre Häuser geschmückt und sich damit eine Beschwerde beim Stadtrat eingefangen hatten. Aber Jack hatte sie beruhigen können.

„Wir haben den Nachmittag mit Mrs. Templeton verbracht und zusammen eine alte Zeitkapseldose geöffnet. Die Schachtel stammt noch aus der Zeit, als sie Schulleiterin an der Forest Green war. Ich glaube, Mrs. Templeton hat nur deshalb ein Problem mit der Weihnachtsbeleuchtung, weil sie sich wünscht, dass alle Häuser im Maple Drive ein harmonisches Bild abgeben. So, wie das in einer echten freundschaftlichen Nachbarschaft üblich ist. Meinen Sie nicht auch, Holly?"

Holly hatte genickt. „Eine gute Nachbarschaft ist Mrs. Templeton sehr wichtig."

„Wenn also alle Häuser beleuchtet sind, hat sie ganz sicher nichts dagegen einzuwenden."

Dann hatte er wieder strahlend gelächelt, und sein Gegenüber hatte nachgegeben. Jedes Mal.

„Wo haben Sie das gelernt?“, hatte sie irgendwann auf dem Weg zwischen Nummer neun und Nummer sieben gefragt.

„Was?“, hatte Jack verwirrt geantwortet.

Holly wurde bewusst, dass es gar keine einstudierte Masche war, um seinen Willen durchzusetzen. Diese einnehmende Art gehörte einfach zu ihm.

Lächelnd blickte sie nun zu ihm hoch. Er befestigte gerade einen Schneemann auf Kathleens Dach, der ebenfalls beleuchtet war. Nun ja, er würde zumindest leuchten, sobald er an eine Steckdose angeschlossen worden war. Bis sie Kathleens Einverständnis eingeholt hatten, wollten sie ihn erst einmal von Hollys Außensteckdose mit Strom versorgen.

Holly ließ den Blick über die Straße schweifen. Nur zwei Häuser lagen noch im Dunkeln – Nummer elf und Nummer dreizehn. Das der McCawleys und das von Mrs. Templeton. Sie fragte sich, ob die McCawleys etwas dagegen hätten, wenn sie nur ein paar kleine Lichter … Aber vermutlich hatte Jack recht. Sie sollten besser warten, bis sie heimkamen. Und was Mrs. Templeton betraf … nun ja. Dazu müssten sie wohl erst mal in Erfahrung bringen, was sie von der Beleuchtung hielt.

„Alles klar da oben?“, rief sie. Jack nickte. Die Geste war in der Dunkelheit kaum zu sehen, trotz der Beleuchtung.

„Fast geschafft … und fertig.“ Er lehnte sich gegen die Leiter, und Holly atmete erleichtert auf. „Stecken Sie den Stecker mal ein, bevor ich runterkomme, damit wir wissen, ob alles funktioniert.“

„Ja.“ Sie lief in ihren Garten und schaltete den Schneemann

ein. Für einen Moment wurde die Nacht dank des weiteren Lichts noch ein wenig heller.

Im nächsten Augenblick lag jedoch die ganze Straße stockfinster da.

„Verdammt", fluchte Jack. „Da sind wohl irgendwo ein paar Sicherungen rausgeflogen."

Holly spürte, wie sich ihre Hoffnung trübte. So viel zu der perfekten Weihnachtsüberraschung.

„Soll ich mal nachsehen?" Sie war zwar kein gelernter Elektriker, aber sie hatte schon eine Menge dazugelernt, seit sie Hauseigentümerin geworden war. Sebastian hatte zwei linke Daumen gehabt und sich für Handwerksarbeiten sowieso nie interessiert.

„Moment", sagte Jack. „Ich glaube, Nachsehen allein reicht nicht. Ich komme runter. Halten Sie die Leiter?"

„Klar." Holly trat über die niedrige Hecke zurück in Kathleens Garten und umfasste die Leiter. „Okay, fertig."

Langsam stieg Jack in der Dunkelheit nach unten. Die Menschen strömten bereits mit Taschenlampen aus ihren Häusern, um festzustellen, was passiert war. Die aufsteigende Panik verursachte Holly ein bleischweres Gefühl im Magen. Oh Gott, das war alles ihre Schuld. Jeden Moment würde auch Kathleen aus dem Haus gelaufen kommen, und die Weihnachtsüberraschung wäre ruiniert. Die ganze Arbeit umsonst.

Warum lief in dieser Woche nur alles schief? Zuerst verloren sie Claude, nun hatten sie auch noch Weihnachten vermasselt.

Als hätte er seinen Namen in ihren Gedanken gehört, schoss im selben Augenblick ein kleiner stämmiger Hund aus der

Hecke zwischen den beiden Häusern. Ihm folgte zu ihrer Verwunderung Perdita, deren Schwanz buschiger wirkte als sonst. Offenbar hatte die plötzliche Dunkelheit die beiden Tiere erschreckt.

„Claude!“, rief sie, und der kleine Hund blieb stehen.

„Claude ist hier?“, rief Jack. Er war die Leiter halb herabgestiegen.

„Er ist gerade hier aufgetaucht!“ Holly versuchte sich zu bücken, ohne die Leiter loszulassen. Das war schwieriger als gedacht. „Ruhig, Junge. Alles ist gut, Claude. Wir wollen nur, dass du gut aufgehoben bist, damit …“

Mit ungeahnter Geschwindigkeit flitzte Claude davon.

„Claude!“, rief sie und ließ die Leiter los, um ihn festzuhalten. Doch der kleine Hund schlüpfte ihr durch die Finger und rannte weiter – geradewegs gegen die Leiter.

„Was zum …“, brüllte Jack, doch der Fluch erstarb ihm in der Kehle. Die Leiter fiel polternd zu Boden, und er stürzte ins Gras.

14. KAPITEL

CLAUDE

Als die Leiter direkt neben mir herunterknallte, wich ich erschrocken in die Dunkelheit zurück. Es dauerte einen Moment, bis ich erkannte, dass das stöhnende Etwas auf dem Boden Jack war.

„Jack!“ Holly bückte sich zu ihm. Offenbar hatte sie mich vergessen. Das war meine Chance, unentdeckt zu verschwinden. Nur auf diese Weise konnte ich verhindern, dass ich im Tierheim landete. Und dieses Schicksal stand mir nach diesem Vorfall bevor, dessen war ich mir sicher.

Es war meine Schuld, dass Jack gestürzt war.

Ich hatte ihn verletzt.

„Was machst du denn noch hier?“ Perdita tauchte neben mir auf. Ihr Fell war buschiger als je zuvor. „Lauf weg, du Idiot! Sonst gerätst du in große Schwierigkeiten!“

Sie hatte recht – man wurde nicht gestreichelt und mit Lebkuchen gefüttert und mit „Guter Hund“ gelobt, wenn man so etwas Schlimmes getan hatte. Es waren ja nicht mal meine Menschen. Sie hatten keinen Grund, mir zu verzeihen.

Aber meine Pfoten waren wie festgewachsen, ich konnte mich nicht bewegen. Hollys Schrei dröhnte mir noch immer in den Ohren. Ich konnte hier nicht weg, weil Jack verletzt war, und das nur wegen mir.

„Mir geht's gut“, hörte ich Jack sagen, aber er stöhnte, als er sich aufrichtete. „Was ist passiert?“

Immer mehr Menschen strömten von allen Seiten des Maple Drive in den Garten. Da die Straße noch immer im Dunkeln lag, schwenkten sie Taschenlampen umher, um festzustellen, was geschehen war und ob es Jack gut ging. Ich konnte die Gesichter in dem schwachen Schein kaum erkennen und daher auch nicht feststellen, wer Freund und wer Feind war. Aber ich war immer noch Jacks Freund, auch wenn er das nicht wusste.

„Es tut mir so leid!“, schluchzte Holly. Sie kniete neben Jack. „Ich hab die Leiter losgelassen, um Claude einzufangen, aber er ist mir entwischt und gegen die Leiter gestoßen.“

Holly gab sich die Schuld? Das konnte ich nicht zulassen. Schließlich war Jack eindeutig nur wegen mir gestürzt.

Kein Wunder, dass Daisy und Oliver mich zurückgelassen hatten. Wer weiß, welchen Ärger ich ihnen bei *Frankreich*, *Fähre* und *Château* eingebrockt hätte.

Jack und Holly waren jedoch hier. Und ich hatte bei ihnen etwas wiedergutzumachen – zumindest musste ich ihnen zeigen, wie leid es mir tat.

Ich drängte mich durch die Menschenansammlung und hüpfte über die Sprossen der Leiter, bis ich Jack erreichte. Schnell drückte ich meine Schnauze gegen seine Hand, bis er mich zwischen den Ohren kraulte.

„Hallo Claude, Kumpel", sagte er und setzte sich mühsam auf. „Du bist nach Hause gekommen."

Claude ist zurück. Ein Raunen durchlief die Menge, bis mein Name den Maple Drive auszufüllen schien. Alle kannten mich – und alle wussten, was ich getan hatte.

Ich winselte und hoffte inständig, dass es Jack gut ging und dass er mir vergeben würde.

„Du solltest nicht sitzen", mahnte Holly und drückte ihn an den Schultern wieder nach unten. „Du brauchst einen Arzt."

„Wo ist Dr. Roberts?", rief jemand aus der Menge. „Aus Nummer zwei?"

„Er zieht sich nur schnell noch Schuhe an", rief ein anderer. „Er ist schon unterwegs."

„Mir geht es gut. Wirklich", sagte Jack. „Ich hab während meiner Zeit in der Army viel schlimmere Schläge auf den Kopf abbekommen."

Ich jaulte, weil mich Jacks Verletzung so traurig machte, und er schlang eine Hand um meinen Bauch und zog mich an sich. „Lauf mir ja nicht wieder weg", murmelte er. „Du bleibst bei Holly und ich füttere dich mit Lebkuchen, sobald ich wieder aufstehen darf, okay? Wir bringen dich bald nach Hause, versprochen."

Jacks Versprechen erfüllte mich mit wohliger Wärme – diesem Zuhause-Gefühl, das ich seit Daisys und Olivers Verschwinden nicht mehr verspürt hatte.

Konnte wirklich alles wieder in Ordnung kommen?

Dann kam der Doktor und untersuchte die Beule an Jacks Kopf. Holly hob mich hoch und drückte mich an sich.

„Wir haben uns solche Sorgen um dich gemacht, Claude. Warum hast du uns denn nicht vertraut? Wir sind doch deine Freunde."

Ich hätte es ihr gern erklärt. Ich wollte ihr sagen, dass ich Angst bekommen hatte, als sie übers Tierheim geredet hatten. Aber jetzt … wenn sie mich nicht wegschickten, obwohl ich Jack verletzt hatte, konnte ich ihnen vielleicht wirklich vertrauen. Vielleicht hatte ich ein neues Zuhause gefunden.

Unvermittelt öffnete sich Kathleens Tür. Es schien mir Tage her, seit ich versucht hatte, ihre Aufmerksamkeit durch mein Gehopse vor dem Fenster auf mich zu ziehen. Noch sehr viel länger schien es her, seit ich in ihrer Küche gesessen und zum ersten Mal Lebkuchen gekostet hatte. So viel war in der Zwischenzeit passiert.

„Was um Himmels willen ist denn hier los?", fragte sie.

„Es tut mir so leid, Kathleen." Holly ging zu ihr hinüber, während sie mich noch immer fest an sich drückte. Aber ich zappelte, bis sie mich absetzte, und legte mich an Ort und Stelle auf ihre Füße. Ich würde nirgendwohin gehen, bis ich wusste, dass es Jack gut ging. Ein Doktor war so etwas wie ein Tierarzt für Menschen. Ich wollte ihn sagen hören, dass Jack nichts passiert war. „Wir wollten Sie überraschen und Ihnen eine Freude machen. Und uns auch. Deshalb haben wir die Häuser in der ganzen Straße mit Lichterketten und Leuchtfiguren dekoriert. Aber dann sind die Sicherungen rausgeflogen, und Jack ist gestürzt, und jetzt ist alles ruiniert."

„Eine Überraschung?", rief Kathleen erstaunt. „Für mich?"

„Tut mir leid, dass wir es vermasselt haben."

„Aber Schätzchen, allein die Vorstellung, dass ihr in dieser hektischen Zeit des Jahres an mich gedacht habt, ist unglaublich schön." Sie beugte sich vor und küsste Holly auf die Wange. „Vielen Dank, meine Liebe. Gott segne Sie."

„Nun, wie es mir scheint, sind keine bleibenden Schäden zu befürchten", gab Dr. Roberts Entwarnung und stand auf. „Aber ich würde Sie gern einen oder zwei Tage im Auge behalten. Und Leitern sind für Sie erst mal verboten. Verstanden?"

„Ja, Sir." Jack setzte sich erneut auf, und dieses Mal hatte niemand etwas dagegen einzuwenden. Ein Mann streckte eine Hand aus und half Jack auf die Füße. „Und wie bekommen wir jetzt wieder Licht?"

„Bin schon dran", rief jemand, der vor Hollys Haus stand. „Mein Bruder arbeitet bei den Elektrizitätswerken. Er will sich um die Sache kümmern. Dann sollten wir im Nu wieder Strom haben."

Ich lehnte mich gegen Jacks Bein, nur um mich zu vergewissern, dass es ihm auch wirklich gut ging und ich ihn nicht allzu schlimm verletzt hatte.

Und ja, ich gebe es zu, auch um ihn daran zu erinnern, dass ich immer noch auf die versprochenen Lebkuchen wartete.

„Auf geht's", sagte Jack. „Wir haben bis morgen noch eine Menge zu erledigen. Und ich habe Claude Lebkuchen versprochen."

Sofort bellte ich meine Zustimmung, und Holly lachte. „Das Wort kennt er natürlich."

Sie drehte sich um, Jack an ihrer Seite, mich zu ihren Füßen, und ging durch die Menge zu ihrem Haus zurück. Fast hätte sie es sogar geschafft. Doch unvermittelt verstummten alle Gespräche, denn Mrs. Templetons Stimme hallte donnernd durch die Nacht.

„Was zum Teufel geht hier vor?"

DAISY

Es war fast Mitternacht, als Daisy und Oliver sich auf den Rückweg zum Hotel machten. Nach mehreren Gläsern von dem ausgezeichneten Hauswein des Restaurants fühlte sie sich etwas beschwipst. Den Kopf an Olivers Schulter gelehnt, kuschelte sie sich in seinen Arm, um sich vor der eisigen Kälte zu schützen.

Vielleicht wird Weihnachten doch nicht so katastrophal, dachte Daisy. Die Familie war zusammen, und sie hatte zum ersten Mal seit über einem Jahr einen wundervollen Abend mit ihrem Mann verbracht. Und nun würden sie die Nacht in einem schönen Hotel verbringen, bevor sie am nächsten Morgen nach Hause zu Claude fuhren. Die netten Hotelbesitzer hatten ihnen sogar angeboten, die verderblichen Sachen aus dem Delikatessenkorb in ihrem Kühlschrank aufzubewahren. Die Chancen standen daher gut, dass der Räucherlachs am nächsten Tag noch genießbar war. Die Pute war im Kühlschrank im Château geblieben. Daisy war nicht bereit gewesen, den Riesenvogel auch noch mitzuschleppen. Nein, im Großen und

Ganzen hätten die Dinge sehr viel schlimmer stehen können. Wirklich sehr viel … „Ach Mist“, rief sie und blieb stehen.

„Hey, was ist denn?“, fragte Oliver.

„Der verflixte Weihnachtsmann.“ Wie hatte sie nur ihre wichtigste elterliche Weihnachtspflicht vergessen können? Schließlich brauchte Santa Claus die Hilfe der elterlichen Weihnachtswichtel. Jay würde am Boden zerstört sein, wenn er beim Aufwachen keine Geschenke vorfand.

Oliver stöhnte. „Vielleicht konnte er uns nicht finden. Vielleicht hat er die Geschenke im Maple Drive gelassen.“

„Ja, genau. Als ob Jay uns das abkaufen würde.“ Daisy seufzte. „Nein, es nützt nichts. Wir müssen die Geschenke aus dem Auto holen und uns heimlich ins Zimmer der Kinder schleichen.“

„Ohne Jay und Bella zu wecken?“, fragte Oliver skeptisch. „Das erscheint mir noch unwahrscheinlicher als die Geschichte, dass der Weihnachtsmann uns nicht gefunden hat.“

„Ich weiß.“ Jay hatte einen leichten Schlaf. Die Sache würde schwierig bis unmöglich werden.

„Vielleicht können wir die Geschenkestrümpfe von außen an den Türgriff hängen“, schlug Oliver vor.

„Das könnte funktionieren. Wir könnten sie auch in unser Zimmer bringen, aber du weißt ja, was letztes Jahr passiert ist.“

„Nur zu gut.“ Oliver erschauerte. Um halb fünf morgens war Jay in ihr Zimmer geplatzt, aufs Bett gesprungen und auf Olivers empfindlichstem Körperteil gelandet, was ihren Mann offenbar dauerhaft traumatisiert hatte.

„Ich glaube nicht, dass er zwei Jahre in Folge so gut zielen kann“, beruhigte Daisy ihn. „Wenn er jedoch während der Geschenkejagd in unser Zimmer stürmt und die Zwillinge aufweckt, bevor sie ausgeschlafen haben, wird Weihnachten wirklich die Hölle werden.“ Und wenn es nur annähernd so lief wie im vergangenen Jahr, würde sie dringend etwas zur Nervenstärkung brauchen. Der Haken daran war nur, dass es ziemlich sicher nicht als schicklich galt, wenn man schon vor Sonnenaufgang den ersten Drink zu sich nahm. Und einer von ihnen musste ja auch noch fahren.

„Die Geschenke müssen auf jeden Fall ins Zimmer der Kinder“, stimmte Oliver hastig zu.

Daisy nickte. „Dann besteht zumindest die Chance, dass Jay sich bis Sonnenaufgang mit seinen Geschenken beschäftigt. Wir müssen nur alles ins Hotel schleppen.“

„Dann sollten wir uns besser beeilen“, sagte Oliver. Am Hotelparkplatz zog er die Autoschlüssel aus der Tasche. Während sie das absurd riesige Geschenk für die Zwillinge in den dritten Stock schleppten, überlegte Daisy, ob der Weihnachtsmann die Geschenke nicht einfach zum Auto geliefert haben konnte. Das würde die Sache deutlich vereinfachen, selbst wenn Oliver dafür wieder mal einen Treffer unter die Gürtellinie kassieren müsste.

„Gab’s Probleme?“, fragte Daisy ihre Mutter leise, als diese zu ihr hinaus in den Flur kam, damit sie die Zwillinge nicht aufweckten. Oliver deutete zur Treppe und holte die nächste Ladung Geschenke.

„Nein, sie waren wie kleine Engel“, sagte ihre Mum. Das

klang ganz und gar nicht nach ihren Kindern, aber Daisy beschloss, es ihr zu glauben.

„Schlafen Jay und Bella auch?“ Hoffentlich. Sie konnte nicht versprechen, dass sie die Augen offen halten würde, bis der Weihnachtsmann seine Arbeit verrichten konnte, falls sie warten mussten, bis sich Jays Adrenalinlevel so weit gesenkt hatte, dass er einschlafen konnte.

„Ich glaube schon. Vor einer Stunde habe ich bei ihnen reingeschaut, und Jay war fest eingeschlafen. Bella trug immer noch die Kopfhörer, aber ich hab sie ihr abgenommen. Beiden geht's gut“, beruhigte ihre Mutter.

„Wunderbar.“ Daisy seufzte erleichtert. „Danke, Mum.“

Ihre Mutter lächelte. „Hattet ihr einen schönen Abend?“

„Ja, danke. Es war schön, wieder mal nur zu zweit zu sein.“

Das Lächeln ihrer Mutter verblasste, und ein trauriger Zug lag um ihren Mund. „Man stelle sich nur vor, genau davor haben dein Vater und ich uns gefürchtet, vor der Zeit zu zweit.“

„Wollt ihr das Château wirklich behalten?“, fragte Daisy. Der Wein hatte offenbar ihre Zunge gelockert.

„Vielleicht. Wir könnten es als Ferienhaus vermieten …“

„Für Vogelbeobachter vielleicht“, sagte Daisy.

Mum lachte schnaubend, den Mund mit einer Hand bedeckt, um das Geräusch zu dämpfen, damit sie die Zwillinge nicht aufweckte. Ihre Augen wurden groß, als ob der Versuch, das Lachen zu unterdrücken, ihren Körper anschwellen ließ. Daisy konnte nicht anders. Kichernd stützte sie sich mit einer Hand an der hässlichen Rosentapete ab, um nicht umzukippen, während der Lachkrampf sie ergriff. Keuchend schnappte sie nach Luft.

„Als … als dein Dad …“, sagte ihre Mutter und brachte die Wörter kaum zwischen den lautlosen Lachern hervor. „Als dieser Vogel ihm auf den Kopf gekackt hat!“

„Ich weiß!“ Daisy brach erneut in Gelächter aus. „Und als … als er ihn mit der Kasserolle einfangen wollte!“

Ihre Mutter beugte sich vor und schlang einen Arm um den Bauch, als hätte sie Schmerzen vor lauter Lachen. „Ich hab ihn noch nie so kreativ fluchen hören!“

„Seine französischen Flüche sind wirklich beeindruckend“, sagte Daisy grinsend.

Oliver tauchte hinter ihnen auf, mit einer weiteren Tasche voller Geschenke. „Was ist so lustig?“

„Dad“, stieß Daisy hervor. „Und der Vogel. Wir sollten … Oh Gott, wir sollten ihm zum Geburtstag ein Fernglas zur Vogelbeobachtung schenken!“

Ihre Mum gluckste erneut los, doch Oliver verdrehte nur die Augen.

„Bringen wir erst mal Weihnachten hinter uns“, schlug er gut gelaunt vor. „Kommt, meine Wichtel. Der Weihnachtsmann braucht eure Hilfe.“

„Ja, ja.“ Daisy richtete sich auf und wischte sich die Lachtränen aus den Augen.

„Aber eine neue Kasserolle braucht dein Dad definitiv“, sagte Mum. Daisy gab den Kampf auf, lehnte sich gegen die Wand und brach vor Lachen zusammen.

Oliver seufzte. „Mit so was musste sich der Weihnachtsmann sicher nie herumschlagen“, sagte er. Aber er wirkte nicht verärgert. Als Daisy ihn kichernd anblickte, dachte sie, dass er zum ersten Mal seit Langem wieder dem Mann ähnelte, den sie geheiratet hatte.

Und zum ersten Mal seit der Geburt der Zwillinge fühlte sie sich wieder wie die Frau, die er geheiratet hatte.

HOLLY

Trotz all der Taschenlampen, die auf sie gerichtet waren, erschien Holly die Nacht stockfinster. Sie spürte Jacks Hand in ihrer und hoffte, dass er ihr die Kraft gab, um ihren Willen durchzusetzen und Mrs. Templeton ihre Meinung zu sagen. Sie war sich so sicher gewesen, dass der Nachmittag eine Veränderung bei der alten Frau bewirkt hatte. Nach all dem Gerede über gute Nachbarschaft und ihrer Bereitschaft, an der Weihnachtsüberraschung mitzuwirken, hatte Holly wirklich gehofft, dass Mrs. Templeton auf ihrer Seite stünde. Dass die Bewohner im Maple Drive Freunde werden konnten und nicht Streit die bisher vorherrschende Gleichgültigkeit ersetzte.

Mrs. Templetons grimmige Miene verriet jedoch deutlich, dass Holly sich geirrt hatte. In einen roten Morgenmantel gehüllt, die Arme über der Brust verschränkt, wartete sie auf eine Erklärung. Mit einem Pantoffel klopfte sie ungeduldig ins Gras.

„Ich frage noch einmal“, sagte sie, als niemand antwortete. „Was geht hier vor? Und warum wurde ich als Vorsitzende der

Nachbarschaftswache nicht aufgeweckt, als der Strom ausfiel? Ich hätte davon nichts bemerkt, wenn Sie hier draußen nicht so einen höllischen Krach veranstaltet hätten."

„Es tut uns leid, Mrs. Templeton." Jack rieb sich den Hinterkopf. Er musste Schmerzen haben, dessen war sich Holly sicher. Ihr schauderte bei dem Gedanken, dass er sich ernsthaft hätte verletzen können. „Das sollte eine Überraschung werden."

Mrs. Templetons Blick wanderte über die Lichterketten und Leuchtfiguren, die die Häuser zierten, aber nicht mehr beleuchteten. Im Taschenlampenlicht wirkten die Umrisse traurig und verloren. Holly folgte ihrem Blick. Ein eisiger Schauer durchlief sie, als sie sich fragte, was Mrs. Templeton wohl von Rudolf Rentier auf Dach Nummer drei halten würde, wenn sie Hollys elegante Eiszapfenlichterkette schon abscheulich fand.

„Das ist es ganz sicher", sagte Mrs. Templeton leise. „Wie ich sehe, haben Sie nicht daran gedacht, auch an meinem Haus Lichterschmuck anzubringen."

Holly und Jack wechselten einen Blick. Hatte sie etwa darauf gehofft? Oder war die Bemerkung als Warnung zu verstehen? Mrs. Templetons Miene gab keinen Aufschluss darüber. „Ihr Haus stand als Nächstes auf unserer Liste", sagte Holly auf gut Glück. „Natürlich hätten wir zuerst um Erlaubnis gefragt."

„Natürlich." Mrs. Templeton nickte majestätisch. „Ich glaube, diese Schneeflockenlichterkette könnte ich akzeptieren. Damit die ganze Straße harmonisch geschmückt ist."

„Ich hänge Sie gern für Sie auf", sagte Jack strahlend.

„Nein, das tun Sie nicht“, schaltete sich Dr. Roberts ein und drängte sich durch die Menge. „Sie haben Leiterverbot, schon vergessen? Sie bleiben sitzen und erholen sich. Es gibt genügend Leute hier, die das sicher gern für Sie übernehmen.“

Ein Raunen ging durch die Reihen, und schließlich bot sich Jessica aus Nummer drei an.

„Gut.“ Mrs. Templeton rieb sich die Hände. „Nun, da das geklärt ist oder zumindest geklärt sein wird, wenn wir wieder Strom haben, was steht als Nächstes auf dem Plan? Ich nehme nicht an, dass der Lichterschmuck die einzige geplante Weihnachtsüberraschung für die Bewohner der Straße ist.“

Für die Bewohner der ganzen Straße? Eigentlich hatten sie anfangs nur eine schöne Weihnachtsfeier für Kathleen und sich selbst geplant. Dann war Mrs. Templeton zu ihnen gestoßen, und nun sollte offenbar jeder im Maple Drive mitfeiern dürfen. Wie war das denn passiert?

Und warum brachte sie der Gedanke zum Lächeln?

Die Menge schwieg und wartete auf ihre Antwort. „Äh, der Plan ist noch in Arbeit“, antwortete Holly immer noch grinsend.

Mrs. Templeton verdrehte die Augen. „Das hätte ich mir ja denken können. Tz, immer diese Amateure. Sie können von Glück sagen, dass ich zu meiner Zeit das ein oder andere Fest ausgerichtet habe. Ich weiß genau, was zu tun ist. Zuerst einmal gehen wir rein, damit wir alles in Ruhe besprechen und die Aufgaben verteilen können.“

Holly kümmerte es nicht, dass es schon beinahe Mitternacht war und ihr Haus nicht genügend Platz für alle bot. Und auch nicht, dass sie Kerzen anzünden musste, damit sie Licht hatten. Sie machte sich auch keine Sorgen darüber, dass Claude zu ihren Füßen lag und einen Platz für die Nacht brauchte. Und es war ihr auch egal, dass sie mit der Hälfte der Leute auf der Straße noch nie ein Wort gewechselt hatte.

„Kommen Sie gern zu mir rüber“, rief Holly glücklich. „Ich hoffe, Sie mögen Mince Pies!“

JACK

Sein Kopf schmerzte immer noch, als Jack den Bewohnern des Maple Drive in Hollys Haus folgte. Claude trottete neben ihm her. Vielleicht war das alles nur ein Traum, ausgelöst durch eine Gehirnerschütterung. Das erschien ihm viel wahrscheinlicher als die Tatsache, dass Holly aus heiterem Himmel die ganze Nachbarschaft auf ein Glas Glühwein und Mince Pies bei Kerzenlicht zu sich einlud. Noch dazu an Heiligabend.

„Ich habe die Findet-Claude-Seite auf den neuesten Stand gebracht", sagte Jessica aus Nummer drei, als sie sich durch die Haustür zwängten. „Die McCawleys sehen die Nachricht zwar womöglich erst morgen früh, aber ich habe ihnen geschrieben, dass Claude wieder aufgetaucht ist und Sie sich um ihn kümmern. Ich werde versuchen, ihnen auch ein Foto zu schicken, damit sie sehen können, dass es ihm gut geht."

„Danke", sagte Jack. Allein der Gedanke daran, dass Claude zurückgekommen war, machte ihm das Herz leichter. Obwohl der kleine Hund an seinem Unfall nicht ganz unschuldig war. Doch das hatte Jack ihm längst verziehen.

Mrs. Templeton riss die Leitung der Besprechung rasch an sich, während Holly Gläser und Tassen holte, um sie mit Glühwein zu füllen.

„Es gibt sicher genug Arbeit für uns alle", sagte Mrs. Templeton gut gelaunt. Ihr Blick schweifte über die Menge, die sich im Haus drängte. Sie schüttelte den Kopf. „Aber zuerst einmal brauchen wir eine Liste, was alles erledigt werden muss. Daher können die meisten von Ihnen erst mal nach Hause gehen und sich ins Bett legen."

Als Einwände laut wurden, fügte Holly hinzu: „Natürlich, nachdem Sie mit uns einen Glühwein getrunken und einen Mince Pie gegessen haben."

„Aber morgen ist Feiertag", sagte Mrs. Hodgkins aus Nummer eins. „Wir können doch nicht alle einfach für Ihr Überraschungsfest auf unsere Pläne und Weihnachtstraditionen verzichten."

„Das sollen Sie auch nicht", beschwichtigte Holly. „Und wir wollen auch niemanden dazu zwingen, an unserem Straßenfest teilzunehmen. Aber wenn sich jemand an Weihnachten alleine fühlt und sich nach Gesellschaft sehnt, dann ist er bei unserer Nachbarschaftsweihnachtsfeier herzlich willkommen. Wir bleiben ja hier im Maple Drive, daher können Sie einfach kurz vorbeischauen, wenn Sie Zeit und Lust dazu haben. Und niemand muss helfen. Das ist alles freiwillig. Stimmt's, Mrs. Templeton?"

Mrs. Templeton sah nicht ganz so überzeugt aus, aber Jack vermutete, das lag daran, dass sie es als Schulleiterin jahrzehntelang gewohnt war, Leute herumzukommandieren.

„Holly hat recht", sagte er, weil er das Gefühl hatte, sie brauchte ein wenig Unterstützung. „Eine Gemeinschaft wird nur zur Gemeinschaft, wenn sich jeder wohlfühlt und gern beteiligt. Wir würden uns freuen, morgen mit Ihnen allen Weihnachten zu feiern. Aber wir haben natürlich Verständnis dafür, wenn Sie andere Verpflichtungen haben oder lieber nicht an dem Fest oder den Vorbereitungen teilnehmen möchten."

Das besänftigte die Menge, vielleicht lag es aber auch an Hollys Glühwein. Jack schaute sich um und beobachtete das geschäftige Treiben, das sich in Gang setzte. Einige Leute verließen das Haus durch die Hintertür, andere kamen durch den Flur herein. Ein paar Nachbarn saßen im Wohnzimmer, ihnen wurde das Gespräch durch eine seltsam festliche Version von „Stille Post" zugeflüstert. Claude stromerte in der Küche umher und ließ sich mit Lebkuchen und Gebäck füttern. Irgendwer hatte ihm ein Rentiergeweih aufgesetzt, aber es schien ihm nichts auszumachen. Vermutlich haben ihm nie zuvor so viele Leute die Ohren gekrault, dachte Jack. Und jeder schien sich ehrlich darüber zu freuen, dass der kleine Hund wieder an dem Ort war, an den er gehörte, und es ihm gut ging. Das Geweih war wohl nur ein kleiner Preis, den er für die Zuneigung zahlte, die ihm entgegengebracht wurde.

Jack konnte sich kaum vorstellen, dass er erst gestern noch gedacht hatte, es gäbe kein Nachbarschaftsgefühl im Maple Drive, keinen Weihnachtsgeist. Und nun plante die ganze Straße gemeinsam ein Fest … nicht nur eine Überraschung für Kathleen. Wie schön könnte es wohl werden, wenn sich alle einbrachten? Eine Kombination aus Weihnachts- und Nachbarschaftsfeier vielleicht.

Aber eigentlich war es egal, wie man dieses Fest nannte. Es zählte nur, dass es trotz aller Hindernisse in die Tat umgesetzt wurde.

Irgendwann tauchte Mr. Yates' Bruder vom Elektrizitätswerk auf und machte ein paar Anrufe, die, wie Jack vermutete, für niemanden sonst mitten in der Nacht getätigt worden wären. Anschließend informierte er sie, dass sie in einer oder zwei Stunden wieder Strom haben würden.

Als der Glühweinnachschub versiegte, gingen die meisten nach Hause, aber bis dahin hatte Mrs. Templeton schon eine lange Liste auf dem Notizblock niedergeschrieben, den sie aus ihrem Morgenmantel gezogen hatte. Viele Nachbarn hatten ihre Hilfe angeboten. Manche wollten beim Aufbau helfen, andere Speisen fürs Buffet spenden, und Mrs. Templeton schien alles im Griff zu haben, obwohl Jack längst den Überblick verloren hatte.

Eine Weile später befanden sich nur noch Jack, Holly, Kathleen, Mrs. Templeton und Claude in der Küche.

Jack setzte sich zu den Frauen an den Tisch und erhob keine Einwände, als Claude sich, mit krümelverschmierter Schnauze, in seinen Schoß kuschelte. Der kleine Hund strahlte Wärme und Gemütlichkeit aus, und Jack setzte ihm vorsichtig das Geweih ab. Claude wirkte zufrieden und schläfrig, und Jack fragte sich unwillkürlich, ob er je erfahren würde, welche Abenteuer der kleine Ausreißer erlebt hatte, als er ausgebüxt war.

Was auch immer geschehen sein mochte, Claude schien froh zu sein, dass er wieder unter Freunden – und in der Nähe von Leckereien wie Lebkuchen – war. Und Jack freute sich, ihn wieder bei sich zu haben.

„Ich glaube, dann haben wir alles." Mrs. Templeton unterstrich einen Punkt auf ihrer Liste, dann zeigte sie Kathleen und Holly ihre Notizen, die beide nickten.

„Wir sollten jetzt auch besser noch ein wenig schlafen." Kathleen legte die Hände auf den Tisch und schob sich hoch. „Morgen gibt es noch genug zu tun."

„Einverstanden." Holly sah müde aus, fand Jack. Aber ihre Augen glänzten immer noch fiebrig im Kerzenschein von all der Aufregung. Er fragte sich, ob sie überhaupt Schlaf finden würde.

„Du siehst so aus, wie ich mich als Kind an Heiligabend immer gefühlt habe, wenn ich auf das Weihnachtswunder gewartet habe", sagte er, als er den Mantel anzog.

„Nur dass wir nicht auf das Weihnachtswunder warten", erwiderte Holly. „Wir lassen es selbst wahr werden."

Jack lachte. Vermutlich hatte sie recht.

Claude schnarchte selig in Perditas Körbchen, und Jack ließ ihn schlafen, während er die beiden älteren Damen aus der Nachbarschaft nach Hause brachte. Es war kalt, dunkel und glatt, und beide trugen nur Pantoffeln und Morgenmäntel. Er wollte kein Risiko eingehen, dass sie womöglich noch hinfielen. Ein Sturz pro Nacht reichte.

Als er zurück zu Hollys Haus lief, erstrahlte die ganze Straße plötzlich wieder im Licht – Schneemänner, Rentiere, Eiszapfen,

Schneeflocken und Weihnachtsbäume leuchteten um die Wette. Er blieb einen Moment vor der Haustür stehen und betrachtete den Lichterglanz. Selbst bei Mrs. Templeton hing nun unter jedem Fenster eine Schneeflockenlichterkette. Der einzig dunkle Fleck in der Straße war Haus Nummer elf – Claudes Zuhause.

„Glaubst du, seine Familie wird morgen nach Hause kommen?“, fragte Holly hinter ihm, und Jack merkte, dass auch sie den Blick auf das Haus der McCawleys gerichtet hatte.

„Ich hoffe es“, antwortete er. Seine Gedanken schweiften zu der Familie, die gerade in Frankreich festsaß und Claude sicher vermisste.

„Ich auch“, sagte Holly. Er drehte sich zu ihr um und sah, dass sie die Arme um sich geschlungen hatte, um die Kälte fernzuhalten. Spontan ergriff er ihre Hand und zog sie an sich, sodass sie mit dem Rücken an seiner Brust lehnte, und legte die Arme um ihre Taille.

„Wir kümmern uns um ihn, wenn sie es nicht tun“, sagte er. Plötzlich verspürte er das dringende Bedürfnis, ihre Sorgen zu vertreiben.

„Ich weiß, aber …“ Sie seufzte. „Ich weiß, wie es sich anfühlt, verlassen zu werden. Ich möchte nicht, dass Claude sich so fühlt. Er kann nicht wissen, dass sie alles daransetzen, um zu ihm zurückzukommen. Er weiß nur, dass er allein ist.“

„Aber das ist er doch nicht“, widersprach Jack. Er hegte den Verdacht, dass es nicht länger nur um Claude ging. Schließlich war der kleine Hund nicht der Einzige, der an Weihnachten verlassen worden war. Holly hätte inzwischen mit diesem

Idioten Sebastian verheiratet sein sollen. Den Gedanken daran konnte Jack kaum ertragen. „Er hat neue Freunde gefunden – uns. Neue Menschen, die ihn mögen und ihn nie alleinlassen werden.“

Holly erstarrte in seinen Armen, und er wusste, dass sie die versteckte Botschaft in seinen Worten verstanden hatte. „Vielleicht“, sagte sie. „Aber wie kann man je sicher sein, dass man nicht verlassen wird. Die Dinge können sich ändern, oder? Plötzlich ergeben sich neue Möglichkeiten. Eine neue Arbeit … und dann geht man fort.“

„Schon möglich“, gab Jack zu. Vielleicht geht es auch nicht nur um Sebastian, überlegte er. Er hatte ihr erzählt, dass er sich um eine Versetzung beworben hatte. Und ja, seitdem hatte sich vieles verändert. Er schloss nun die Möglichkeit nicht mehr aus, dass er hier wohnen bleiben würde – falls sich seine Hoffnung erfüllte. Aber das konnte Holly nicht ahnen. Sie dachte, dass er fortgehen würde – und er war sich nicht hundertprozentig sicher, ob sie wollte, dass er blieb.

Dennoch wusste er, dass er sein Glück versuchen musste. Er würde es ewig bereuen, wenn er es nicht tat.

Holly aber nur davon zu erzählen, dass er nicht wegziehen wollte, war ihm nicht genug. Sie war schon zu oft enttäuscht und im Stich gelassen worden. Er musste ihr beweisen, dass er es ernst mit ihr meinte.

Und plötzlich, als er die in der Dunkelheit strahlenden Lichter im Maple Drive betrachtete, wusste er genau, wie er es ihr beweisen konnte.

15. KAPITEL

CLAUDE

„Na, ihr beiden Turteltäubchen.“ Hollys Stimme drang durch den Nebel des Schlafes, der mich einhüllte. Ich regte mich und versuchte, die Schläfrigkeit abzuschütteln. Dabei fiel mir auf, dass neben mir etwas Weiches, Pelziges lag. Es war ziemlich flauschig … Moment mal, lag Perdita mit mir im Körbchen? Ich konnte mich vage daran erinnern, dass ich dort eingeschlafen war.

Ach, wen kümmert’s? Ich hatte es warm und kuschelig, und zum ersten Mal seit Tagen fühlte ich mich ausgeruht und erholt. Mein Magen knurrte schon, weil ich so lange geschlafen hatte.

„Frohe Weihnachten, euch beiden! Ich hab euch ein besonderes Frühstück gemacht.“

Frühstück! Sogar ein besonderes Frühstück.

Plötzlich war ich hellwach.

Holly lachte. „Ich hab mir schon gedacht, dass ich dich damit zum Aufstehen bewegen kann. Na los, kommt. Wir haben noch viel zu erledigen.“

Aus der Anlage auf der Küchentheke schallte Musik, und Holly sang laut mit, als sie Futter in Perditas Napf füllte und dann eine zweite Schüssel aus dem Schrank holte. Mit dem Löffel gab sie den Inhalt aus einer weiteren Futterdose hinein. „Ein Geschenk von Mr. Yates aus Nummer sechs", erklärte sie. Das Futter sah feucht, saftig und fleischig aus. Es roch großartig. „Er hat befürchtet, dass dir Katzenfutter nicht schmeckt, und mir gleich nach Sonnenaufgang das hier für dich gebracht." Sie hielt die blaue Dose hoch. Darauf war ein Hund abgebildet, der mir ähnelte, obwohl er natürlich nicht so stattlich und attraktiv aussah wie ich. „War das nicht nett?"

Ich zeigte meine Dankbarkeit für Mr. Yates, indem ich meinen Kopf in der Schüssel versenkte und den Inhalt verschlang. Oh, das schmeckte himmlisch.

Es klopfte an der Tür, und Holly verließ die Küche, um zu öffnen. Stimmen schwirrten durchs Haus – Weihnachtswünsche und Gelächter und noch mehr Musik. Perdita schlenderte zu ihrem Napf. „Vermutlich denkst du jetzt, du kannst dich hier häuslich einrichten", sagte sie und seufzte, als sie vorsichtig einen Happen kostete. Aber in ihrer Stimme klang kein giftiger Hass durch.

Allmählich fing ich an zu glauben, dass es Perdita gar nichts ausmachen würde, wenn ich blieb.

„Danke, dass ich in deinem Körbchen schlafen durfte", sagte ich zwischen zwei Bissen. „Das war sehr nett von dir."

Perdita sah mich mit schräg gelegtem Kopf an. „Gern geschehen", sagte sie. „Ausnahmsweise. Nur, bis deine Familie zurückkommt."

„Einverstanden." Daisy und Oliver kamen bestimmt bald, und dann konnte ich endlich nach Hause.

Aber Holly würde ich sicher gelegentlich besuchen. Und Jack. Und Kathleen. Vor allem, wenn einer von ihnen Lebkuchen für mich hatte.

Nach dem Frühstück ging ich in den Flur, um zu sehen, woher die Stimmen kamen. Die Luft roch frisch und kalt, darunter mischte sich der wundervoll würzige Duft von Lebkuchen. Auf der Straße wimmelte es von Menschen. Sie trugen Tische und Stühle hinaus und brachten Teller und Kisten von Haus zu Haus. Sie lachten und scherzten dabei. Der Leuchtschmuck an den Häusern brannte zwar nicht, doch die Wintersonne brachte den weißen, frostigen Boden zum Glitzern und tauchte die Straße in ihr Licht. Alles sah hell und neu und strahlend aus.

Und alle, die mir begegneten, als ich die Straße hoch und runter lief, um das Geschehen zu beobachten, blieben stehen, sagten „Hallo, Claude" und kraulten mir die Ohren.

Der Maple Drive schien sich in den beiden Tagen seit Daisys und Olivers Abwesenheit völlig verändert zu haben.

Und ich musste zugeben, mir gefiel der neue Maple Drive sehr viel besser als der alte.

DAISY

„Er war da! Mum, Dad! Er war da!“ Jays Stimme schallte von draußen ins Hotelzimmer, und Daisy lächelte, als Oliver den Kopf stöhnend unter dem Kopfkissen vergrub. Im Reisebett begann erst Lara, dann auch Luca sich zu regen, weil Jay an die Tür hämmerte.

„Frohe Weihnachten, Liebling.“ Daisy küsste Olivers nackte Schulter, dann zog sie sich den Bademantel über und ließ ihre älteren Kinder herein.

„Ich hab ihn so lange aufgehalten, wie ich konnte“, sagte Bella. Sie sah müde aus. „Aber er wollte unbedingt zu euch, sobald er alle Geschenke aus seinem Strumpf ausgepackt hatte.“

„Schon gut“, sagte Daisy und umarmte ihre Tochter. „Frohe Weihnachten, Bella.“ Sie hörte, wie Oliver hinter ihr aufjaulte, als Jay aufs Bett sprang.

Ja, so allmählich kam Weihnachtsstimmung auf.

„Frohe Weihnachten zusammen!“, rief Daisys Dad von der Tür. Eine Weihnachtsmannmütze saß schief auf seinem Kopf.

„Gibt's hier brave Kinder, die auf Geschenke warten?", fragte ihre Mum hinter ihm.

Kurz darauf hatten sich alle ins Hotelzimmer gequetscht. Jay lag zwischen Daisy und Oliver unter der Decke, Bella saß am Fußende des Bettes, Dad im Stuhl vor dem Fenster und Mum auf dem Stuhl vor dem Frisiertisch mit Lara in den Armen. Luca kuschelte sich in Daisys Arme, und plötzlich vergaß Daisy, wie oft sie nachts aufgestanden war, um die Zwillinge zu füttern, und wie schrecklich die Windeln beim Wechseln um zwei Uhr in der Früh gestunken hatten.

Das Wichtigste war, dass sie ihre Familie um sich versammelt hatte, die in einem Meer aus Geschenkpapier fast versank. Da das Frühstück erst in einer Stunde serviert wurde, hatten sie sich Croissants und Schokoladenaufstrich aus dem Delikatessenkorb geholt, und genossen die süße Köstlichkeit, während sie die Weihnachtsgeschenke auspackten. Daisy hoffte, dass das Zimmermädchen das Krümelmeer später wieder komplett beseitigen konnte …

Den Zwillingen gefiel ihr riesiges Spielnest mit den verschiedenen Stofftieren, die beim Draufdrücken Geräusche machten. Außerdem gab es unterschiedliche Stoffe zum Betasten, Plastikspiegel, Beißspielzeuge und natürlich das Old-MacDonald-Lied. Begeistert beschäftigten sich Lara und Luca mit ihrem neuen Spielzeug, während die anderen ihre Geschenke auspackten.

„Cool", freute sich Bella, als sie die neuen Kopfhörer entdeckte, die Daisy für sie im Internet bestellt hatte, nachdem Bella sie erwähnt hatte. Oliver bekam ein neues Kochbuch, speziell für Männer, und schaute Daisy mit hochgezogenen Augenbrauen an.

„Ein Wink mit dem Zaunpfahl?“, fragte er.

Daisy riss die Augen auf. „Wenn, dann kommt dieser Wink vom Weihnachtsmann, Liebling. Vielleicht findet er ja, dass du öfter kochen solltest.“

„Hmmm“, murmelte Oliver. Aber er schlug das Buch auf und fing an zu lesen, was Daisy als kleinen Triumph verbuchte.

„Mum? Das ist für dich.“ Jay reichte ihr ein nachlässig eingepacktes Päckchen mit Glitzerschleife. Olivers Einpackkünste, erkannte Daisy.

„Danke, Schatz.“ Sie küsste Jay auf den Kopf und machte sich daran, die ganze Rolle Klebeband zu entwirren, die um ihr Geschenk gewickelt war. Schließlich war es geschafft, und sie zog eine Tasse heraus, auf der eine Kinderzeichnung und die Worte „Weltbeste Mama“ in dicken roten Buchstaben prangten.

„Das sind wir“, erklärte Jay und deutete auf die Strichmännchen. „Der mit der Krawatte ist Dad, und du bist die mit den schönen Haaren. Und das sind Bella und ich und die Zwillinge. Die sind aber nicht so gut geworden, deshalb habe ich sie in ihrem Kinderwagen gezeichnet. Und das da ist Claude.“ Seine Stimme zitterte ein wenig, als er den Namen seines geliebten Hundes aussprach.

Daisy zog ihn an sich. „Die Tasse ist wunderschön. Danke, Jay. Ich liebe sie. Das ist das schönste Geschenk überhaupt.“

„Warum hab ich mir bloß die Mühe gemacht, dir einen Wellnessgutschein zu besorgen“, murmelte Oliver, und sie schenkte ihm ein Grinsen.

„Okay, das ist auch ein ziemlich schönes Geschenk." Nicht der Gutschein, sondern das darin verborgene Versprechen. Irgendwann in nicht allzu weit entfernter Zukunft würde Oliver einen ganzen Tag lang auf die Kinder, das Haus und den Hund aufpassen, während sie irgendwo entspannte und sieben Stunden lang rein gar nichts tun musste. Der Himmel auf Erden.

„Gut, eins haben wir noch", sagte Dad. Alle Augen richteten sich auf ihn, als er den roten Samtsocken mit aufgestickten Knochen aus der Tasche zog.

„Der ist für Claude", sagte Jay und biss sich auf die Lippe.

Plötzlich trübte sich die Stimmung wieder. Ja, es war schön, die Familie an Weihnachten um sich zu haben, aber ein Familienmitglied fehlte.

Bella zog das Handy aus ihrer Schlafanzugstasche. „Ich hab noch ein Weihnachtsgeschenk für euch", sagte sie und hielt ihr Handy hoch.

„Was denn?", fragte Jay und runzelte die Stirn. „Das ist doch nur dein Handy."

„Schau genau hin."

„Das ist ja Claude!", rief Jay. Daisy kam näher und betrachtete das fremde Foto von ihrem Hund. Er trug ein Rentiergeweih auf dem Kopf und hatte einen Teller Lebkuchenschneemänner vor sich stehen. „Wo ist er?"

„Der Postbote und die Frau aus Nummer zwölf kümmern sich um ihn", sagte Bella lachend. „Ihm geht's gut, und er wartet schon sehnsüchtig darauf, dass wir nach Hause kommen."

„Ich hab mich getäuscht. Das ist das beste Weihnachtsgeschenk aller Zeiten", sagte Daisy von Erleichterung erfüllt. Sie schaute auf die Uhr. „Gut, in eineinhalb Stunden müssen wir am Bahnhof sein. Also lasst uns aufräumen, uns anziehen und dann ab ins Auto und nach Hause, was meint ihr?“

Jay brach in Jubel aus, und sogar Bella ließ sich zu einem begeisterten „Ja“ hinreißen.

Es wurde höchste Zeit, dass sie endlich zu Claude nach Hause kamen, denn erst dann würde das Weihnachtsfest perfekt sein.

JACK

Der Maple Drive war nicht mehr wiederzuerkennen, als Jack am ersten Weihnachtstag die Straße entlanglief. Er hatte verschlafen, weil er am Vorabend so spät nach Hause gegangen war und der Sturz ihn doch mehr mitgenommen hatte als gedacht. Seine Nachbarn hingegen schienen schon seit Sonnenaufgang auf den Beinen zu sein.

Tische reihten sich in der Mitte der Straße aneinander, auf denen ein buntes Durcheinander aus weißen, roten, goldfarbenen und grünen Tischdecken lag. In regelmäßigen Abständen waren Bambusstöcke an den Stühlen angebracht worden, zwischen denen Mr. Yates' fünfzehnjähriger Sohn Toby Lametta und Hollys gebastelte Girlanden aufhängte. Dabei half ihm ein anderer Junge, den Jack nicht kannte. Nachbarn liefen mit Tischdeko, Geschirr und sogar einem großen, bereits geschmückten Weihnachtsbaum an ihm vorbei. Mitten in dem Trubel stand Mrs. Templeton, die einen festlich wirkenden Schottenrock und eine dicke rote Strickjacke trug und das Kommando führte. Dabei hielt sie ihr Notizbuch fest in den Händen.

„Zach! Nicht noch mal rotes Lametta neben das grüne", rief sie den Jungen zu. „Wechselt mal ab!"

„Ja, Oma", sagte der Junge, den Jack nicht erkannt hatte. Aber nun hatte er ja seine Erklärung, wer er war. Er fragte sich, ob das Fest Mrs. Templetons Familie wohl dazu bewegen würde, ihren Besuch ein wenig zu verlängern.

Trotz all der Leute im Maple Drive suchte Jack den Menschen, nach dem er sich am meisten sehnte, vergeblich. Holly.

Er grüßte die Leute kurz mit einem Winken, als er über die Straße zu Hollys Haus lief. Die Tür stand sperrangelweit offen, und er betrat zögernd den Flur. Auf dem Weg hatte er sich die Worte zurechtgelegt, die er ihr sagen wollte, doch nun machte er sich Sorgen, dass sie gar keine Zeit haben würde, ihn anzuhören.

„Ja, der Kuchen kann raus", hörte er sie sagen, bevor er einen Blick auf sie erhaschen konnte. „Aber Vorsicht, die Schneeflocken sind noch nicht ganz trocken."

„Alles klar." Heather Roberts, die Frau des Arztes, trat mit einer riesigen Torte aus der Küche – dreistufig, mit einer perfekten weißen Zuckerglasur und silbrig glitzernder Schneeflockendeko. Jack betrachtete das Wunderwerk ehrfürchtig, als Heather an ihm vorbei nach draußen lief. Er wusste, dass Holly talentiert war, aber dieser Kuchen war ein Meisterwerk …

„Du solltest Konditorin werden", sagte er, als sie in den Flur kam und sich die Hände an der Schürze abwischte.

Sie hatte Mehl auf der Nase, Glitzer im Haar, und Jack fand, dass sie nie schöner ausgesehen hatte.

„Irgendwann mal vielleicht“, antwortete sie mit geröteten Wangen. „Aber wenn ich nur Kuchen backe, wird mir wohl langweilig. Es gibt so viele andere Dinge, die ich gerne mache.“

„Und was hattest du mit dem ganzen Ton vor?“, fragte Jack, ohne eine Miene zu verziehen. Holly lachte – ein zauberhaftes, melodisches Lachen.

Himmel, was würden seine Kameraden wohl dazu sagen, dass er verrückt nach einer Frau war und sein ganzes Leben mit ihr teilen wollte, obwohl er bisher kaum mehr als einen Tag mit ihr verbracht hatte?

Er überlegte kurz und kam zu dem Schluss, dass sie sich bestimmt für ihn freuen würden. Und auch ein klein wenig eifersüchtig sein würden.

Jack lächelte, als er beobachtete, wie Mrs. Roberts die Torte in die Mitte des langen Tisches stellte. Selbst aus der Entfernung sah sie beeindruckend aus.

„Du bist ein Juwel“, sagte er.

„Und du zu spät dran“, antwortete sie. „Wir arbeiten hier schon seit Stunden.“

„Ich hab noch etwas gesucht“, gab Jack zu und griff in seine Tasche.

Neugierig musterte Holly ihn. „Etwas für heute? Für unser Weihnachtsfest im Maple Drive?“

„Gewissermaßen.“ Er zog die kleine Schachtel heraus, die er nach einer Stunde intensiver Suche ganz unten in einem Rucksack gefunden hatte, den er schon fast vergessen hatte.

Da war er nun – der Moment, in dem er Holly etwas beweisen wollte.

Der Moment, der seine Zukunft verändern konnte.

Er musste ihr nur die Schachtel geben und es ihr erklären.

„Jack! Wir brauchen Sie hier draußen." Kathleen steckte den Kopf zur Tür herein und lachte. „Frohe Weihnachten übrigens. Aber wir brauchen ein wenig Hilfe, bevor wir mit dem Feiern anfangen können."

„Einen Moment noch", fing er an, aber es war schon zu spät.

„Holly? Wo sollen wir Claudes Lebkuchenhaus hinstellen?" Mrs. Yates drängte sich an Kathleen vorbei und baute sich zwischen ihm und Holly auf. Jack gab jegliche Hoffnung, den zukunftsweisenden Moment noch zu retten, auf. Er betrachtete das perfekt glasierte Lebkuchenhaus. Es war mit Süßigkeiten verziert, die Claude ganz sicher lieber nicht fressen sollte. Dann entdeckte er vor der Tür des Lebkuchenhauses eine winzige schwarz-weiß-glasierte Französische-Bulldoggenfigur und lachte. Es war perfekt.

„Hm, vielleicht ist auf dem Desserttisch noch Platz", sagte Holly und folgte Mrs. Yates nach draußen. „Bis später, Jack", sagte sie, und Jack nickte.

Die Romantik musste wohl warten. Erst einmal mussten sie die Weihnachtsfeier in die Gänge bringen.

„Also gut", sagte er zu Kathleen. „Wobei soll ich Ihnen zuerst helfen?"

16. KAPITEL

CLAUDE

Bis zum Mittag hatte ich einen Lebkuchenschneemann und eine weitere Schüssel besonderes Hundefutter verdrückt und mit mindestens drei Hunden in der Straße gebellte Weihnachtsgrüße ausgetauscht. Alle hatten mir eigenartige Blicke zugeworfen, aber erst als ich bei Perdita stehen blieb, um mich mit ihr zu unterhalten, erhielt ich eine Erklärung dafür.

„Ja, kapierst du denn nicht?“, sagte sie. „Du bist in dieser Straße jetzt eine Berühmtheit. Ohne dich hätte Jack nie Kathleen kennengelernt, und dann wären Jack und Holly nie auf die Idee gekommen, ein Straßenweihnachtsfest zu organisieren. Und wenn du gestern Jack nicht von der Leiter geschmissen hättest … na ja, dann wäre all das hier nicht passiert.“

„Aber woher wissen denn alle davon?“, fragte ich verwirrt. Ich hatte bestimmt niemandem etwas erzählt.

Perdita reckte die Nase fast so hoch wie ihren Schwanz in die Luft. „Manche Tiere tratschen eben“, sagte sie, als ob das was Schlechtes wäre. Aber dann ging mir ein Licht auf. Die Einzige, die von allem noch wusste, war Perdita.

„Danke, Perdita", rief ich ihr nach, als sie zu Holly schlenderte, die mit Jack am Ende des Tisches saß.

Perdita hatte mich zur Legende gemacht. Sie hatte meine Geschichte erzählt, und die machte in der ganzen Nachbarschaft die Runde, bis jeder davon wusste. Vielleicht hatte ich die Tiere im Maple Drive genauso zusammengebracht wie Jack und Holly die Menschen.

Der Gedanke gefiel mir.

Alle hatten an dem langen Tisch in der Mitte der Straße Platz genommen und beluden ihre Teller mit den Köstlichkeiten, die die Nachbarn für das Fest gestiftet hatten. Ich arbeitete mich langsam von einem Ende des Tisches zum anderen vor. Immer dann, wenn es so aussah, als ob mir ein wohlmeinender Mensch etwas zustecken wollte, einen Happen Truthahn oder etwas, das noch himmlischer schmeckte, blieb ich stehen. Als ich das Ende des Tisches, das in der Nähe meines Zuhauses lag, erreichte, hatte ich mir den Bauch schon ziemlich vollgeschlagen.

Na ja, ein Stück Lebkuchenschneemann ging bestimmt noch rein, aber mehr wohl nicht.

Ich setzte mich neben den Tisch. Mrs. Templeton thronte am Kopfende und beaufsichtigte die Nachbarschaft, so wie immer. Ich hatte Holly vorhin sagen hören, dass die alte Frau viel netter war, als sie erwartet hätte, aber so richtig konnte ich das nicht glauben. Wenn mich aus der Straße noch jemand ins Tierheim schicken wollte, dann am ehesten sie.

Plötzlich, als hätte sie meine Nähe gespürt, drehte sie ihren Stuhl zu mir um und schaute mit strenger Miene auf mich herab. Ich erstarrte und überlegte, in welche Richtung ich davonlaufen sollte.

Dann tat Mrs. Templeton jedoch etwas, was ich noch nie zuvor bei ihr erlebt hatte.

Sie lächelte.

„Du bist also noch hier“, sagte sie. „Gut. Ich glaube, wir zwei sollten Frieden schließen, wenigstens über Weihnachten.“ Sie klopfte an ihr Bein, und ich trat zögerlich näher.

Dann nahm sie einen Lebkuchenschneemann vom Tisch und streckte ihn mir hin. Ich dachte mir, wenn ich mit meiner flauschigen Erzfeindin Perdita Freundschaft schließen konnte, warum nicht noch einen weiteren Feind zum Freund machen? Also sprang ich in ihren Schoß und genoss meine Leckerei.

Das Klirren von Glas, gegen das ein Löffel geschlagen wurde, durchschnitt die eisige Luft, und die Gespräche am Tisch verstummten. Alle wandten sich Jack zu, der neben dem Tisch mit den Desserts stand.

„Wenn ich einen Moment um Ihre Aufmerksamkeit bitten darf“, rief Jack. Er wirkte verlegen, weil alle ihn anstarrten, aber dann stellte sich Holly neben ihn, ergriff seine Hand, und er lächelte wieder. „Ich möchte Ihnen danken, weil Sie alle dazu beigetragen haben, dass das erste Maple-Drive-Straßenweihnachtsfest zum Erfolg geworden ist.“

Applaus brandete auf, und ich bellte meine Zustimmung.

„Ohne Sie hätten wir all das nicht geschafft“, ergänzte Holly. „Und es ist wunderschön geworden.“

„Das stimmt“, bestätigte Jack. „Einem gebührt aber unser

ganz besonderer Dank, denn er hat all das erst ermöglicht. Und das ist unser Freund Claude."

Ich? Verwundert stellte ich die Vorderpfoten auf den Tisch, als die Leute wie wild klatschten. Applaus für mich. Offenbar hielten mich nicht nur die Tiere in der Nachbarschaft für eine Berühmtheit, sondern auch die Menschen.

„Wäre Claude nicht mit einer Bauchlandung in Hollys Küche gelandet, hätten wir uns vielleicht nie richtig kennengelernt", fuhr Jack fort. „Und wäre er nicht auf der Jagd nach Lebkuchen in Kathleens Haus gestürmt, wären wir nie auf die Idee für dieses Weihnachtsfest gekommen."

„Vergiss die Zeitkapseldose nicht", ergänzte Holly. „Claude hat sie gefunden und so dazu beigetragen, dass Mrs. Templeton von unserem Plan erfuhr und ihre Mithilfe angeboten hat."

„Übrigens", sagte Mrs. Templeton, „auf dem Buffettisch habe ich die Zeitkapseldose und Papier, Stifte und Umschläge bereitgelegt. Ich dachte, es wäre schön, wenn wir eine Maple-Drive-Zeitkapsel zusammenstellen würden – als Erinnerung an dieses Fest."

„Eine wundervolle Idee!" Holly strahlte. Sie wirkte glücklicher, als ich sie je erlebt hatte. „Was sollen wir tun?"

„Schreiben Sie einfach Ihre schönste Weihnachtserinnerung oder einen Weihnachtswunsch auf, und legen Sie das Blatt in die Dose. Wir verbuddeln die Dose irgendwo, wo Claude sie nicht finden kann, und graben sie in … sagen wir fünf Jahren … wieder aus."

„Klingt gut", stimmte Jack zu. „Und das bedeutet, dass ich

nun nur noch eine letzte Sache erledigen muss." Er nahm einen Teller vom Tisch und kam zu mir.

Meine Augen wurden groß, als ich sah, was er mir brachte. Ein ganzes Lebkuchenhaus mit einer Figur von mir am Eingang.

„Claude, das ist für dich. Danke, dass du uns Menschen an diesem Weihnachtsfest zusammengebracht hast."

„Aber schling nicht alles auf einmal runter", mahnte Holly lachend.

Ich versprach gar nichts. Plötzlich war wieder ziemlich viel Platz in meinem Bauch. Sie hatten mir ein Lebkuchenhaus gemacht. Sie hatten über mich geredet, als wäre ich wichtig – nicht nur für meine Menschen, sondern für alle im Maple Drive. Ich wusste jetzt, dass, ganz egal, wo Daisy und Oliver steckten, ich im Maple Drive immer ein Zuhause haben würde. Hier war mein Platz, hier gehörte ich hin.

Ich bellte vor Glück, als Mrs. Templeton ein kleines Stück Lebkuchen vom Dach abbrach und mir gab.

Alles lief wie am Schnürchen.

Und dann ließ das Motorenbrummen eines sich nähernden Autos die Gespräche unvermittelt verstummen, und alle drehten sich um, weil sie sehen wollten, wer uns besuchen kam.

Tief in meinem Herzen wusste ich es allerdings schon.

Meine Familie war endlich zurück.

DAISY

„Warte mal, fahr langsamer“, rief Oliver, und Daisy bremste sofort ab.

„Was ist denn? Warum … oh.“ Ungläubig starrte sie durch die Windschutzscheibe und traute ihren Augen nicht. War das wirklich der Maple Drive?

„Was ist denn hier los?“ Bella zwängte sich zwischen den Sitzen der Zwillinge hindurch, um einen besseren Blick auf das Geschehen zu erhaschen.

„Ich hab nicht die leiseste Ahnung“, sagte Daisy mit schwacher Stimme.

Aus irgendeinem Grund schienen sich alle Bewohner des Maple Drive, die meisten in dicke Jacken eingemummelt, mitten auf der Straße zum Essen versammelt zu haben. Sogar ein Weihnachtsbaum stand neben der langen Tischreihe. Zwischen Stöcken waren Girlanden gespannt. Und … hingen da etwa Lichterketten an den Häusern? Da sie nicht eingeschaltet waren, konnte man das bei Tageslicht nur schwer erkennen, doch Daisy war sich ziemlich sicher, dass sie sich nicht täuschte.

„Wir waren doch nur zwei Tage weg." Oliver schüttelte verwundert den Kopf.

„Das hat niemand auf der Findet-Claude-Seite erwähnt", sagte Bella.

„Seht ihr Claude irgendwo?", rief Jay vom Rücksitz und versuchte, sich an seiner Schwester vorbeizuquetschen.

„Noch nicht", sagte Daisy beschwichtigend. „Vermutlich ist er im Haus, Jay. Mach dir keine Sorgen. Kommt, wir schauen mal nach."

Sie parkte halb auf dem Bürgersteig und sah im Rückspiegel, dass ihre Eltern dasselbe taten. Als sie aus dem Auto stieg, kam sie sich vor, als hätte sie ein Filmset betreten. Die Sorte Film, die nur an Weihnachten lief, in dem alle am Ende zusammenkamen, um irgendwen oder irgendetwas zu feiern. Doch Daisy und ihre Familie waren zu spät ins Kino gekommen, hatten den Anfang verpasst und deshalb keine Ahnung, worum es ging.

Die Leute, die ihnen am nächsten saßen, standen auf, begrüßten sie und winkten sie heran. Wie aus dem Nichts tauchten weitere Stühle auf und wurden zwischen die anderen an den voll besetzten Tisch gestellt.

„Sie sind zurück!" Ein Mann mit dunklem Haar und einem herzlichen Lächeln kam auf sie zu und streckte ihnen die Hand entgegen. „Claude wird ganz aus dem Häuschen sein vor Freude."

Daisy schüttelte ihm die Hand und versuchte sich zu erinnern, woher sie ihn kannte. Moment, das war doch der Postbote. Bella hatte erwähnt, dass er Claude gefunden hatte. „Ist er hier?", fragte sie hastig. „Wir haben uns so bemüht, eher zurückzukommen. Als wir sein Verschwinden bemerkt haben, haben wir uns sofort darum gekümmert. Aber die Fähren konnten wegen des Wetters nicht fahren, und wir konnten erst für heute Morgen Plätze in einem Zug bekommen, alle früheren Züge waren ausgebucht, deshalb sind wir gestern Nacht in Calais gestrandet und … tut mir leid. Wissen Sie, wo Claude ist?“

Als Claudes Name fiel, war Jay sofort an die Seite des Mannes gerannt. Bella folgte ihm auf den Fersen. Daisy überließ es Oliver und ihren Eltern, sich um die Zwillinge zu kümmern, und schaute den grinsenden Postboten fragend an.

„Natürlich weiß ich, wo Claude ist! Er ist unser Ehrengast bei der Feier. Und ich sollte Sie warnen. Er hat seine Liebe zu Lebkuchen entdeckt. Da drüben ist er.“ Er deutete ans andere Ende des Tisches, und Daisy folgte der Richtung seines Fingers, bis sie ihren Hund entdeckte.

Diese albernen, wundervoll schwarzen Ohren. Dieses faltige Gesicht. Die treuherzigen Knopfaugen. Ihr Claude.

Aber warum in aller Welt saß er auf Mrs. Templetons Schoß?

HOLLY

„Holly, der Kuchen ist göttlich!“ Eine große blonde Frau in weißem Mantel und Wildlederstiefeln, die aussah, als würde sie niemals im Leben Kuchen essen, stellte sich zu Holly an den Desserttisch. Angestrengt überlegte Holly, wie die Frau hieß und in welchem Haus sie wohnte.

Vielleicht Nummer vier? Die … Welwoods, so hieß die Familie, glaubte sie.

„Danke“, sagte sie und lächelte. Obwohl die vermutliche Mrs. Welwood bereits die Dritte war, die sie in den letzten zehn Minuten für den Kuchen gelobt hatte, freute sie sich immer noch sehr über das unerwartete Lob.

„Sie müssen unbedingt den Kuchen für den vierzigsten Geburtstag meines Mannes backen“, fuhr die Frau fort. „Der ist im März, es ist also noch ein wenig Zeit. Ich kann Ihnen einige Ideen für das Motto zusammenstellen, und Sie nennen mir einfach den Preis, wenn wir uns entschieden haben, ja?“

„Äh, das wäre sicher schön“, sagte Holly und fragte sich, welchen Preis sie um Himmels willen für eine Geburtstagstorte nehmen sollte. Bisher buk sie nur für Freunde und ihre Eltern, die ihr, wenn überhaupt, die Zutaten bezahlten. Einen echten Auftrag hatte sie noch nie gehabt.

„Vielleicht können Sie mir auch mit der Partyplanung helfen", fuhr Mrs. Welwood fort. „Bei der Deko zum Beispiel. Sie sind handwerklich so begabt. Und vielleicht haben Sie auch Ideen zur Auswahl des Mottos? Sie haben sicher eine großartige kreative Fantasie. Und das hilft doch bestimmt beim Gestalten der Einladungen und allem anderen …"

„Mrs. Welwood", sagte Holly und hoffte inständig, dass der Name stimmte. „Soll das heißen, Sie möchten, dass ich die Geburtstagsparty für Ihren Mann organisiere?"

„Oh ja, bitte." In Mrs. Welwoods Gesicht erschien ein erleichtertes Lächeln, und plötzlich wirkte sie gar nicht mehr so groß und einschüchternd. „Sagen Sie doch bitte Sharon zu mir. Die Sache ist die, ich hab nicht die leiseste Ahnung, womit ich anfangen soll, und Sie haben diese Party so wundervoll organisiert!"

„Nun ja, das ist zum größten Teil Mrs. Templetons Verdienst …"

Sharon schüttelte den Kopf. „Nein. Wir alle haben Sie beobachtet. Sie haben darauf geachtet, dass Mrs. Templeton es mit ihrem Befehlsgehabe nicht übertreibt. Holly, Sie haben diese Party zum Erfolg gemacht. Sie und Ihr wundervoller Freund …"

„Ich würde nicht sagen, dass Jack mein Freund ist", sagte Holly und hoffte, dass Sharon ihre geröteten Wangen der Kälte zuschrieb. „Ehrlich gesagt habe ich noch nie eine Party organisiert. Ich kann Ihnen die Torte backen, aber …"

„Und alles andere bekommen wir sicher gemeinsam hin. Ich bezahle Sie natürlich dafür. Und nach dem Erfolg, den wir sicherlich haben werden, stehen bestimmt meine ganzen Freunde Schlange, um Sie zu engagieren!“

Holly dachte darüber nach. Das zusätzliche Geld konnte sie gut gebrauchen, um die Hypothek fürs Haus abzuzahlen und Sebastian, der die Hälfte zur Einlage dazugegeben hatte, sein Geld schnellstens zurückzugeben. Wenn sie Partys organisieren würde und dazu die Einnahmen aus ihrem Handarbeits-Online-Shop nahm und obendrein anfing zu sparen, dann konnte das Haus irgendwann ganz allein ihr gehören. Dann wäre es wirklich ihr Zuhause.

Sie schaute den Maple Drive hinauf und sah, wie Jack die McCawleys zu Claude brachte, der auf Mrs. Templetons Schoß saß. Sie sah Kathleen, die den halben Tisch mit Anekdoten aus ihrer Jugend und ihren Reisen unterhielt. Und ihr wurde klar, dass sie hier leben wollte.

Der Maple Drive war ihr Zuhause. Und Sharon Welwoods Party war der erste Schritt, um dafür zu sorgen, dass man ihr das nicht mehr nehmen konnte.

„Ich mache es“, sagte sie.

Sharon klatschte freudig in die Hände. „Wunderbar! Ich rufe Sie im neuen Jahr an, und dann schmieden wir Pläne, ja?“

„Ich freue mich schon darauf“, antwortete Holly und war selbst überrascht, dass dies sogar der Wahrheit entsprach.

„Holly?“ Kathleen winkte sie zu sich, und Holly ging zu ihr herüber.

„Rebecca aus Nummer sieben hat sich gerade nach Ihren

Wimpelgirlanden erkundigt, meine Liebe. Sie hätte gern welche für das Kinderzimmer. Nehmen Sie auch Auftragsarbeiten an?"

Holly betrachtete Rebecca, deren runder Schwangerschaftsbauch sich gegen den Tisch drückte, und schaute dann auf die Weihnachtsgirlande, die zwischen den Bambusstöcken hing. Sie war leicht anzufertigen und machte viel her. Holly könnte sie beim Fernsehschauen basteln, wenn sie sich einsam fühlte.

„Gerne", sagte sie. „Wir setzen uns bald zusammen und besprechen, was genau Sie sich wünschen", sagte sie zu Rebecca. Die Frau war ihr noch nie zuvor begegnet, aber sie sah nett aus, und Holly war sich sicher, dass sie sie mögen würde.

Rebecca strahlte. „Oh, das wäre ganz wunderbar! Wir wohnen noch nicht so lange hier und ich hatte leider noch keine Gelegenheit, die Nachbarn in der Straße kennenzulernen. Wie es scheint, sind Sie und Jack die Seele des Maple Drive. Sie beide müssen uns unbedingt mal zum Dinner besuchen."

„Gerne", sagte Holly, aber Rebeccas Worte machten ihr das Herz schwer. Sie und Jack. Es gab kein Holly und Jack. Sie hatten sich bisher noch nicht einmal geküsst. Dabei hatte sie gedacht, dass er sie gestern küssen wollte, aber dann hatte er sie nur angelächelt und war winkend gegangen.

Außerdem hatte er gesagt, dass er vielleicht bald wegziehen würde.

Würde sie ohne ihn im Maple Drive immer noch Freunde haben? Sie hoffte es.

Nein, halt. Das war falsch.

Sie würde dafür sorgen, dass es so war.

Das war ihr Zuhause, ihre Heimat, ob mit oder ohne Jack.

Und die Menschen hier bewunderten ihr Talent und wollten sie besser kennenlernen. Sie mochten sie, so, wie sie war. Bald schon würde sie mithilfe ihrer Hobbys Sebastian auszahlen und die Hypothek auf ihr Haus ablösen können. Und sie würde in der Nachbarschaft Freunde finden, so, wie sie es sich gewünscht hatte, selbst wenn Jack fortgehen würde.

Aber … sie hoffte inständig, dass er sich zum Bleiben entschied.

17. KAPITEL

CLAUDE

Ich starrte über den Tisch hinweg zu Daisy und Oliver, Bella und Jay, zu Oma, die die Zwillinge in ihrem Doppelkinderwagen schob, und Opa, der ihr mit Petal an der Leine folgte. Alle liefen auf mich zu, und ich wusste nicht, was ich machen sollte. Mein Herz klopfte so heftig in meiner Brust, dass ich befürchtete, ich müsste den eben heruntergeschlungenen Lebkuchen wieder ausspucken. Ich wollte zu ihnen laufen, doch ich hatte Angst. Angst davor, dass sie nicht bleiben würden. Angst, dass sie mich nicht so sehr vermisst hatten wie ich sie. Angst, dass sie mich wieder vergessen könnten, sobald etwas Interessantes auftauchte. Ich wusste jetzt, dass ich auch ohne die McCawleys überleben konnte. Ich hatte andere Menschen gefunden. Menschen, die mich fütterten und für mich sorgten. Aber tief in meinem Herzen wusste ich, dass die McCawleys immer meine Familie sein würden.

Ich wünschte nur, ich könnte glauben, dass sie mich auch als Familienmitglied betrachteten.

„Sie haben es also endlich nach Hause geschafft", sagte

Mrs. Templeton. Ihre Hand lag immer noch auf meinem Rücken.

Daisy lächelte, aber sie sah müde aus. Müder als ich sie je seit der Geburt der Zwillinge erlebt hatte. „Endlich, ja. Wir haben versucht, Rückreisetickets zu bekommen, seit wir Claudes Fehlen bemerkt haben."

War das wirklich wahr? Mein Herz hüpfte in meiner Brust, bis ich es fast in meiner Kehle spüren konnte.

Dann rief Jay: „Claude!" Er rannte auf mich zu, und ohne nachzudenken, sprang ich von Mrs. Templetons Schoß und lief ihm entgegen.

Der kleine Junge schlang die Arme um meinen Hals und drückte mich an sich. Meine Vorderpfoten lagen auf seinen Schultern, und ich presste mich so fest an ihn, wie ich konnte. Ich zitterte, genauso wie Jay. Tränen purzelten auf mein Fell, als er flüsterte: „Ich hab dich so doll vermisst, Claude. Wir wollten dich ganz bestimmt nicht zurücklassen, weißt du. Wir sind so schnell wie möglich zurückgekommen. Ohne dich wäre es doch gar kein richtiges Weihnachten."

Plötzlich verebbte all meine Furcht und löste sich in der frostigen Luft auf. Auch Bella, Oliver und Daisy bückten sich zu mir, streichelten mich und versicherten mir ihre Liebe.

Wir waren wieder eine Familie. Und ich wusste, dass sie mich nie wieder allein lassen würden.

DAISY

Als die abendliche Dunkelheit sich über den Maple Drive legte, lehnte sich Daisy in dem Stuhl zurück, den Jack ihr gebracht hatte. Jay hatte sich in ihren Schoß gekuschelt, und die Zwillinge schliefen im Buggy neben ihr. Claude lag auf ihren Füßen und hielt sie schön warm. Sie ließ den Blick über die festliche Szenerie schweifen, bis sie Bella entdeckte, die in der Nähe des Weihnachtsbaums neben Zach Templeton saß. Sie hatte den Kopf zur Seite geneigt und strich sich verlegen die Haare hinter die Ohren. Daisy seufzte innerlich. War Bella nicht noch viel zu jung für Jungsgeschichten? Aber darüber konnte sie sich auch morgen noch Gedanken machen. Oder an einem weniger perfekten Tag wie diesem.

Oliver gab ihr einen Kuss auf die Schläfe und legte einen Arm um ihre Schultern. So aneinandergeschmiegt lauschten sie, wie ein Chor aus Nachbarn, begleitet von Dr. Roberts am Keyboard, Weihnachtslieder zum Besten gab.

„Hätten wir gewusst, dass Weihnachten im Maple Drive so schön sein würde, hätten wir doch niemals darauf bestanden, dass ihr zu uns ins Château kommt!“ Daisys Mum ließ sich auf einen freien Stuhl neben ihr fallen. „Dein Vater hat sich schon drei Mal Essensnachschub geholt, und ich habe ein interessantes Gespräch mit einem deiner Nachbarn geführt. Warum habt ihr uns nie erzählt, was wir hier verpassen?“

„Weil wir es selbst nicht wussten“, gestand Daisy. „Im Maple Drive gab es solche Nachbarschaftsfeste noch nie.“

„Ich habe anfangs sogar gedacht, wir wären in die falsche Straße abgebogen“, sagte Oliver. „Ich habe nicht die leiseste Ahnung, was passiert ist, dass sich alles plötzlich so verändert hat.“

„Das haben wir alles Claude zu verdanken“, sagte eine Frau im roten Mantel. Lächelnd kraulte sie Claudes Ohren. Der kleine Hund schaute auf, legte den Kopf aber gleich wieder auf die Pfoten. „Entschuldigung, wir kennen uns noch nicht. Ich bin Holly. Ich wohne im Haus gegenüber von Ihnen, in Nummer zwölf.“

„Schön, Sie kennenzulernen“, sagte Daisy. „Aber wie soll ausgerechnet Claude all das bewirkt haben?“

Holly lachte. „Oh, während Sie weg waren, hat er ein richtiges Abenteuer erlebt!“

Bella kam zu ihnen herüber, Zach folgte ihr mit verliebtem Blick. „Das stimmt, Mum. Schau mal! Jessica aus Nummer drei hat das hier aufgenommen und es auf die Findet-Claude-Seite gestellt.“ Sie hielt ihr Handy hoch, sodass alle sehen konnten, wie Jack, der Postbote, über Claude sprach und ihm ein Lebkuchenhaus präsentierte.

Oliver schüttelte den Kopf. „Ich verstehe es immer noch nicht. Er ist doch nur ein kleiner Hund.“

„Klären Sie uns bitte auf", bat Daisy. „Wir haben ihn so schrecklich vermisst. Es wäre schön zu erfahren, was er ohne uns angestellt hat."

Holly nickte kurz und setzte sich zu ihnen. „Wie ich gehört habe, haben Sie die ganze Zeit versucht, nach Hause zu kommen?"

„Das stimmt", bestätigte Daisy. „Ich kann immer noch nicht fassen, dass wir ihn vergessen konnten. Wie wir hörten, ist er wohl aus seiner Box im Auto gesprungen und einer Katze nachgejagt."

„Das war vermutlich meine Perdita", sagte Holly. „Aber ob Sie es glauben oder nicht, inzwischen sind die beiden beste Freunde geworden!"

Oliver griff nach seinem Weinglas. „Das ist wirklich eine unfassbare Geschichte."

„Stimmt", sagte Holly. „Und sie fing damit an, dass sich Claude durch Perditas Katzenklappe in meine Küche gezwängt hat …"

Daisy hörte aufmerksam zu. Der Himmel verdunkelte sich, aber die Heizpilze, die um den Tisch herum verteilt standen, verbreiteten eine wohlige Wärme. Eine Woge von Glücksgefühl überlief Daisy. Sie hatte ihre ganze Familie um sich und ihre Nachbarn, und Claude ging es gut.

Das war das schönste Weihnachtsfest überhaupt.

JACK

Es war ein fast perfekter Tag gewesen.

Alle hatten Jack versichert, wie viel Spaß sie hatten, dass sie sich schon immer gewünscht hätten, die Nachbarn besser kennenzulernen, aber nicht wussten, wie sie das anstellen sollten. Hoffnung erfüllte den Maple Drive an diesem Weihnachtstag, und Jack freute sich, dass er ein wenig dazu beigetragen hatte. Vor einer Weile hatte es sogar ein wenig geschneit – nicht stark genug, um alle in ihre Häuser zu treiben, aber auf Büschen und Hecken lag eine puderzuckerweiße Schneedecke.

Und Claude hatte seine Familie wiedergefunden.

Ja, alles war beinahe perfekt.

Aber eben nur beinahe.

Er saß neben dem Weihnachtsbaum und beobachtete, wie Holly sich mit den McCawleys unterhielt und dabei wild mit den Händen gestikulierte.

Erzählte sie ihnen die Geschichte von Claudes Abenteuer? Vermutlich. Er wusste jedoch auch, dass die Frau, die er vor zwei Tagen kennengelernt hatte, sich niemals getraut hätte,

Fremde von sich aus darauf anzusprechen.

Holly hatte sich verändert, und er war so stolz auf sie, dass er fast platzte. Sie hatte ihren Platz in der Gemeinschaft gefunden, und er wusste, was immer das Leben noch für sie bereithielt, sie würde es meistern. Er hoffte nur, dass sie das ebenfalls wusste.

Und er hoffte, dass auch er einen Platz in ihrem Leben haben würde.

Als Holly lächelnd aufstand und sich von den McCawleys verabschiedete, beschloss Jack, das herauszufinden. Schnell ging er um den Tisch herum und fing sie ab, bevor ein weiterer Nachbar die Chance ergreifen konnte, sie nach ihren Kuchen oder Dekorationen zu fragen.

Er hatte es so eilig, dass sie ihm geradewegs in die Arme lief und mit ihm zusammenstieß.

„Hey", sagte er, als sie ihn überrascht anschaute.

„Hey. Entschuldige, ich hab dich eben gar nicht gesehen."

„Und ich hab dich den ganzen Tag kaum gesehen", sagte Jack und lächelte, damit sie wusste, dass seine Bemerkung kein Vorwurf sein sollte. „Du bist stark gefragt."

Holly senkte den Kopf. „Ich weiß gar nicht, warum. Du und Mrs. Templeton habt mindestens genauso viel zu dem Fest beigetragen wie ich – vermutlich sogar noch mehr!"

„Aber du bist diejenige, die der Idee Leben eingehaucht hat", stellte er klar. „Du wusstest genau, was diese Nachbarschaft hier braucht und was sich hier alle gewünscht haben. Und du bist diejenige, die uns alle zusammengebracht hat."

„Na ja, ich und Claude", sagte Holly und lächelte ihn an.

„Und Claude“, stimmte er zu. „Wo ist er überhaupt?“

„Er schläft mit vollgeschlagenem Lebkuchenbauch auf Daisys Füßen“, sagte Holly. „Ich habe mich eben mit den McCawleys unterhalten. Das sind nette Leute, weißt du. Ich hatte gehofft, dass sie Claude nicht absichtlich zurückgelassen haben.“

„Davon war ich überzeugt“, sagte Jack. „Sogar noch, bevor wir von der Findet-Claude-Kampagne erfahren haben. Dieser kleine Kerl erobert die Herzen im Sturm. Es fällt schwer, ihn nicht zu mögen. Ganz so wie noch jemanden, den ich kenne.“

Holly schaute abrupt auf und suchte seinen Blick. „Ach ja?“

Jack atmete tief durch. „Ich hab vorhin mit dir reden wollen.“

„Ja, ich weiß.“ Hollys Schultern versteiften sich. Jack versuchte, den Grund dafür zu erraten. Nahm sie all ihren Mut zusammen, um ihm einen Korb zu geben? „Geht es um deine Versetzung?“, fragte sie. „Weißt du schon, wann du wegziehst?“

„Nein!“, sagte Jack etwas zu laut, und die Leute drehten sich zu ihnen um. Verdammt. Genau das, was er nicht brauchte – Publikum. Er seufzte. Egal, er würde jetzt sagen, was zu sagen war, ob man ihm dabei zuschaute oder nicht. „Genau das wollte ich dir sagen. Ich gehe nicht weg.“

„Noch nicht“, ergänzte Holly. „Aber es ist okay, wenn du gehen willst. Also, ich fände es natürlich schön, wenn du bleiben würdest. Aber wir kennen uns ja erst seit ein paar Tagen, und ich würde dich niemals darum bitten, deine Entscheidung bloß wegen mir zu ändern. Es ist schon in Ordnung. Mir ist heute etwas klar geworden … Der Maple Drive ist mein Zuhause. Hier möchte ich leben. Und ich glaube, ich werde hier auch meinen Platz finden – selbst wenn du gehst. Mir wird es gut gehen."

„Das ist schön zu wissen", sagte Jack lächelnd. „Aber das ändert nichts daran, dass ich hierbleiben will, bei dir – und deinen Bastelsachen, deiner Glitzerkatzenleine, deinen unglaublichen Kuchen, aber vor allem bei dir. Ich mag dich, genau so, wie du bist. Vertrau mir. Ich gehe nirgendwohin."

Dieses Mal dauerte es etwas länger, bis Holly antwortete. Sie verengte die Augen und musterte ihn eindringlich. „Du … du gehst … nicht? Sicher?"

„Ganz sicher." Jack schlang einen Arm um ihre Taille und zog sie an sich. „Aber ich verstehe, dass du das nur schwer glauben kannst. Vor allem, weil wir uns eigentlich erst seit zwei Tagen kennen. Deshalb wollte ich dir etwas geben, um dir zu beweisen, dass es mir ernst ist." Er zog die Schachtel aus der Tasche.

Hollys Augen weiteten sich. „Jack, wirklich, ich glaube dir. Du musst mir nichts schenken und mir etwas beweisen …"

„Ich will aber", sagte er und öffnete den Deckel. In der Schachtel lag eine zarte Silberkette mit einem silbernen Schneeflockenanhänger, der mit glitzernden Diamanten besetzt war.

„Oh …" Holly berührte die Kette vorsichtig und zog dann schnell die Finger zurück, als eine echte Schneeflocke auf ihre Fingerkuppe fiel. „Die ist wunderschön."

„Sie hat meiner Mutter gehört", erklärte Jack. Er schenkte den Flocken, die vom Himmel fielen, keine Beachtung. „Sie liebte den Winter mehr als jede andere Jahreszeit, und vor allem liebte sie Weihnachten. Deshalb hat mein Dad ihr diese Kette geschenkt. Und jetzt schenke ich sie dir."

Holly sah ihn entsetzt an, und Jack befürchtete einen Moment, dass er alles falsch gemacht hatte. War sein Geschenk morbide? Oder einfach nur verrückt? Oder …

„So ein wertvolles Geschenk kann ich nicht annehmen, Jack! Die Kette hat immerhin deiner Mutter gehört."

Ah. Das ergab Sinn. Aber er wusste zum Glück die perfekte Antwort darauf.

„Wie wär's, wenn du für mich darauf aufpasst", schlug er vor. „Ich werde sie sicher nicht tragen."

Er nahm die Kette aus der Schachtel und legte sie ihr um den Hals. Er verharrte einen Moment länger als nötig und sah zu, wie der Schnee auf ihre Haare fiel und sie zum Funkeln brachte.

„Auf sie aufpassen?" Holly wischte sich eine Flocke aus dem Gesicht. Der Schnee fiel nun dichter, aber Jack war das gleichgültig. Lieber fror er hier draußen mit Holly, als in diesem Augenblick an einem anderen Ort ohne sie zu sein.

„Ja. Und wenn ich jemals gehen sollte, kannst du sie mir wiedergeben", schlug er vor. „Aber ich versichere dir, dass ich die Kette nirgendwo lieber sehen würde als an dir."

Hollys Wangen färbten sich in einem hübschen Rosaton. „Wirklich? Dann solltest du besser in der Nähe bleiben, damit du sie sehen kannst."

„Das stimmt wohl." Einen langen Moment standen sie lächelnd voreinander, und Jack verlor sich in ihren blauen Augen, bis jemand aus der Menge rief: „Jetzt küss sie endlich, du Trottel.“ Offenbar hatten sich die anderen auch nicht vom Schnee vertreiben lassen. Der ganze Maple Drive sah zu ihnen herüber, doch Jack kümmerte es nicht. Das waren seine neuen Freunde, seine neue Familie. Seine Nachbarn und Holly. Für immer. Er hatte genau das gefunden, wonach er die ganze Zeit gesucht hatte.

Als Jack sich vorbeugte, um Hollys Lippen zu berühren, betätigte jemand den Schalter, den Jack vor einer Weile installiert hatte. Und als sie sich küssten, erstrahlte jede Lichterkette und Leuchtfigur im Maple Drive und tauchte die Nacht und alle Leute, die neuen Freunde und alten Nachbarn, in ein warmes, helles Licht.

Und als er Holly in seinen Armen hielt, wusste Jack, dass in seinem Leben nie wieder Dunkelheit herrschen würde.

EPILOG

CLAUDE

Ich fand mein Zuhause so vor, wie ich es verlassen hatte.

Während Daisy und Oliver die Kinder ins Bett brachten, rollte ich mich in meinem Körbchen neben dem Weihnachtsbaum zusammen. Ich genoss die vertrauten Gerüche und Geräusche, die ich in den vergangenen Tagen so sehr vermisst hatte. Unwillkürlich fragte ich mich, was es morgen wohl zum Frühstück geben würde.

Vielleicht eine schöne Dose Hundefutter. Ehrlich gesagt, selbst ich hatte allmählich von Lebkuchen genug.

Aber es war eigentlich ganz egal, was es zum Frühstück geben würde. Es zählte nur, dass ich es hier fressen konnte, in meinem Zuhause mit meiner Familie.

Ich hörte Bella gute Nacht rufen, und übers Babytelefon drang Daisys Stimme zu mir, die den Zwillingen ein Lied vorsang. Irgendetwas von einer stillen Nacht, was sehr optimistisch klang.

Müde kuschelte ich mich in meine Decke. Es war ein langer Tag gewesen. Vor dem Fenster fielen immer noch Schneeflocken, und die Weihnachtslichterketten, die Holly und Jack aufgehängt hatten, strahlten in der Dunkelheit. Allein das Wissen, dass es die beiden gab, löste ein Glücksgefühl in mir aus, und ich war dankbar dafür, dass ich mich im warmen Haus befand, wo ich hingehörte.

Ich hörte das Knarzen einer Stufe, und einen Augenblick später öffnete sich die Wohnzimmertür. Träge hob ich ein Lid, um zu sehen, wer da kam, dann öffnete ich schnell auch das andere Auge, weil es Jay war.

Er kniete sich neben mein Körbchen und stopfte seine weiche Kuscheltierbulldogge neben mich. Liebevoll gab er mir einen Kuss zwischen meine Ohren. „Gute Nacht, Claude", flüsterte er. „Frohe Weihnachten."

Dann rief Oliver, dass Jay sich die Zähne putzen sollte, und Jay lief aus dem Zimmer. Doch das Stofftier ließ er bei mir.

Ich seufzte tief und kuschelte mich an das weiche Spielzeug. Rundum glücklich schlief ich ein.

– ENDE –

DANKSAGUNG

Wie bei jedem Buch schulde ich allen, die mich während des Schreibens ertragen haben, ein ganz großes Dankeschön. Mein spezieller Dank geht an:

Meine Mum, weil sie sich jedes Mal, wenn jemand von uns krank wurde (was in diesem Jahr überraschend oft passierte), um uns gekümmert hat.

Meinen Dad, der in diesen Zeiten ganz ohne meine Mum auskommen musste. Und vor allem auch meinem neuen MacBook, mit dem ich diesen Roman geschrieben habe.

Meinem Mann Simon für seine immerwährende Unterstützung, Fürsorge und weil er einfach wunderbar ist. Danke dafür, dass du mir Wein einschenkst, die Wäsche machst und mir geduldig zuhörst, wenn ich dir meine Pro- und Contra-Liste vorlese, sobald ich eine Entscheidung treffen muss, egal, um was es sich handelt.

Meiner Tochter Holly, für ihre Geduld mit mir und weil die Welt mit ihr sehr viel interessanter geworden ist. Siehst du,

Schätzchen, wie versprochen hab ich ein Buch geschrieben, in dem eine Holly vorkommt!

Meinem Sohn Sam, weil er der süßeste kleine Junge ist, den es gibt, auch wenn er vier lange Monate aus dem Kindergarten jede Erkältung, jeden Husten und absolut jeden Magen-Darm-Virus anschleppte, der in der Luft herumschwirrte. Danke auch dafür, dass du endlich nachts durchschläfst. Dein Vater und ich wissen das sehr zu schätzen.

Meiner Agentin Gemma Cooper, weil sie mir nie vorhält: „Ich habe es dir ja gesagt", auch wenn das stimmt, und weil sie immer auf meine noch vor dem Frühstück abgeschickten vierundachtzig panischen E-Mails mit einem beruhigenden und tröstenden Anruf antwortet.

Meiner Lektorin Charlotte Ledger, weil sie mich seit 2012, als wir uns bei einer Tasse Tee kennenlernten, motiviert, unterstützt und ermutigt. Ich freue mich jedes Mal riesig, wenn wir zusammenarbeiten.

Originalausgabe

Petra Schier

Kleiner Streuner – große Liebe

Pünktlich zum ersten Schnee bekommt der kleine Streuner ein warmes Zuhause und einen Namen. „Socke" gefällt ihm ganz wunderbar. Es passt zu seinen weißen Pfötchen. Er wohnt jetzt bei André und darf jeden Tag mit ihm zur Arbeit fahren und dort Eva sehen. Sie ist nun Sockes neues Frauchen. Warum sie allerdings nicht auch bei ihm und André einzieht, versteht Socke nicht ganz, aber das scheint so ein Menschending zu sein. Das will Socke unbedingt lösen – am besten noch vor Weihnachten.

ISBN: 978-3-95649-751-3
9,99 € (D)

Originalausgabe

Petra Schier

Kleines Hundeherz sucht großes Glück

Eine warme Küche und zwei Menschen, die ihn umsorgen – so stellt sich der kleine, weiße Mischlingshund Amor das Glück vor!
Als er eines kalten Winterabends in der städtischen Sozialstation auftaucht, lässt er sich von der schüchternen Lidia und dem Sozialarbeiter Noah das Ohr kraulen. Glücklich erkundet Amor daraufhin die Küche, schnüffelt am köstlichen Schokokuchen – und stibitzt Lidias Geldbeutel. Noah und Lidia versuchen, ihn einzufangen, und scheinen sich dabei sogar näherzukommen ... Amor sieht seine Chance, die Liebe in ihr Leben zu bringen und ein echtes Zuhause zu finden. Doch werden seine Weihnachtswünsche wahr?

ISBN: 978-3-95649-242-6
9,99 € (D)

Deutsche Erstveröffentlichung

Julia Williams

Ein Weihnachten zum Glücklichsein

ISBN: 978-3-95649-784-1

9,99 € (D)

Wie jedes Jahr will Beth mit ihrem Mann und den Kindern ein entspanntes Weihnachtsfest bei ihren Eltern verbringen. Aber diesmal geht alles drunter und drüber: Ihr Bruder Ged steht mit einer neuen und schwangeren Freundin vor der Tür. Beths Schwester Lou ist wieder einmal Single, und auch bei Beth selbst läuft so einiges schief. Zu guter Letzt machen auch ihre Eltern eine überraschende Mitteilung, und plötzlich droht das Band, das die Familie zusammenhält, zu reißen ...